SV

POLNISCHE BIBLIOTHEK
Begründet und herausgegeben von Karl Dedecius
Deutsches Polen-Institut Darmstadt
Gefördert von der Robert Bosch-Stiftung
Redaktion: Wolfram Schäfer
und Andreas Lawaty

DAS JUNGE POLEN

LITERATUR
DER JAHRHUNDERTWENDE
EIN LESEBUCH
VON KARL DEDECIUS

SUHRKAMP VERLAG

Aus dem Polnischen von Jean Paul d'Ardeschah, Stefan George, Jeannine Łuczak-Wild, Stanisław von Odrowonsch, Carl von Pentz, Marek Scherlag, Klaus Staemmler, Margaret Stisi und – soweit nicht anders angegeben – Karl Dedecius.

Zweite Auflage 1990

Quellenhinweise am Schluß des Bandes
Satz: LibroSatz, Kriftel
Druck: Nomos Verlagsgesellschaft, Baden-Baden
Printed in Germany

Vorwort
von Karl Dedecius

Die Bezeichnung »Das Junge Polen« prägte Artur Górski 1898 in der Krakauer Zeitschrift *Leben* (Życie). Das, was man schlechthin »jungpolnische Literatur« nennt, hatte jedoch bereits um 1890 begonnen und zwischen 1895 und 1905 seine Blütezeit erlebt. Danach gab es Verfallserscheinungen, Wiederbelebungsversuche, heftige polemische Auseinandersetzungen, und 1918 folgte schließlich das »Ende der Legende«.

Europäische Paten des »literarischen Jugendstils« in Polen waren französische Dichter (Baudelaire, Verlaine), skandinawische Prosaisten und Dramatiker sowie die deutschen Philosophen Schopenhauer und Nietzsche. Nicht ohne Einfluß auf den »Anfang der Legende« war die Entdeckung Richard Wagners als »Universalkünstler«; und auch die Boheme mit ihrer Kleinkunstluft wirkte aus Paris, Berlin, München und vor allem Wien nach Krakau hinüber. Da Warschau unter russischer Besatzung für die Stimmungen und Strömungen des Westens weniger zugänglich war und Lemberg am anderen Ende Galiziens ebenfalls mehr im Einflußbereich des Ostens lag, wurde Krakau zum eigentlichen Schauplatz des Protests und der Rebellion der Künstler gegen die Gesellschaft und ihre Spießermoral. Die Kritik am »Moder« (Roman von Berent) der Städte führte zur Verklärung des Landlebens, ja, zur Volkstümelei der Intellektuellen (*Die Hochzeit,* Drama von Wyspiański). Das Versagen der pessimistischen, der »chimärischen« Weltsicht (wie sie in der führenden Zeitschrift *Chimera* zum Ausdruck kam), löste eine neue Kraftanstrengung mit konstruktiven, patriotischen und sozialen Vorzeichen aus. So bestand diese Literatur im Grunde aus lauter Widersprüchen, die allerdings sehr folgenreich, anregend und fruchtbar waren: mo-

dernistisch (was das auch immer heißen mochte) und neuromantisch, symbolistisch und dekadent, naturalistisch und surrealistisch, erotomanisch und vaterländisch, blasphemisch »satanisch« und hymnisch gläubig, impressionistisch und expressionistisch – in einem.
Der Historiker Feldman beschrieb und ordnete die Vorgänge als Befürworter, der Philosoph und Kritiker Brzozowski war der Hauptgerichtsvollzieher nach dem verlorenen literarischen Prozeß. Doch die Erbmasse blieb immerhin beachtlich. Aus Warschau und Kongreßpolen hatten einige Publizisten wie Nałkowski und Krzywicki sowie der von sozialen Ideen besessene Romancier Żeromski daran teil. Aus Lemberg stieß der Lyriker Staff hinzu, dessen *Träume von der Macht* 1901 einen Umbruch bedeuteten. Auch Irzykowski, neben Brzozowski der entschiedenste Gegner der destruktiven Tendenzen und Untergangslaunen des »Jungen Polen«, griff ein. Krakau war für alle der Anziehungspunkt und die Metropole des Ferments. Boy, ein geistreicher Chronist jener Tage, beschrieb die Stadt als die »originellste unter der Sonne«. Ihre geographische Lage allein machte sie zu einem Unikum: Sie duckte sich in den äußersten Winkel Westgaliziens, abgeschnitten sowohl von dem Hinterland, das ins Russische reichte, als auch vom wohlhabenden Industriegebiet Schlesiens. Lemberg, ihr bunteres Gegenstück im Osten, war dank seiner orientalischen Geschäftigkeit zum Zentrum der Provinz avanciert. Krakau indessen, ehemals Hauptstadt der Jagellonen, krümmte sich, von allen Seiten am Wachstum gehindert, im Staub ihres ehrwürdigen Pflasters und Gemäuers zur schläfrigen Kleinstadt. Zu Beginn des neunzehnten Jahrhunderts war die Einwohnerzahl auf etwa achttausend zusammengeschrumpft; gegen Ende des Jahrhunderts waren es immer noch nicht mehr als sechsundfünfzigtausend Bewohner. 1906 hatte sie es mit Not auf hunderttausend gebracht.

Galizien lebte fast ausschließlich von der Landwirtschaft, in der nahezu 85% der Bevölkerung beschäftigt waren. Ein paar Sägewerke und primitive Hütten, Schnapsbrennereien und Zuckerfabriken waren wohl die einzigen Zweige, die florierten. Der Rest der Landlosen arbeitete in der Manufaktur, der Herstellung von Webwaren. Ein klägliches Schicksal hatte die einst so königliche, nun im Schatten der galizischen Festung dahindämmernde Stadt getroffen. Sie war von »Traurigkeit infiziert« (Boy). Die Weichsel floß hier »träge, langsam« (Przybyszewski), was nicht ohne Folgen blieb: unterdrückte, apathische Vegetation, »ohne Überraschungen, ohne Risiko, ohne Aussicht« (Boy). Die Armut der Stadt, das biedermeierliche Bürgertum und die in Palästen residierenden oder auf Auslandsreisen sich distanzierenden Aristokraten bildeten die soziale Dissonanz. Die Stadt muß damals so gewesen sein, wie sie der Dramatiker Michał Bałucki in seinen Stücken beschreibt: »unerhört spaßig, entsetzlich dumm und schrecklich lächerlich« mit ihren Grafen und Pfaffen und Professoren, den »Bettelstudenten« und dem Beamtenbettel. Für den Gesprächstoff sorgten Koketterie und Bigotterie, die Philosophaster und die Philister; für Lichtblicke aber die magischen Mondscheinnächte, da Krakau (nach Boy) trotz allem »eine lunatische Stadt« voller Geheimnis war.
Eine Besonderheit von Krakakanien (Nowaczyński nannte Krakau »Kraxau«) war seine grenzenlose Titelsucht. Der Schriftsteller und Übersetzer Leo Belmont hatte sie 1903 in der satirischen Zeitschrift *Liberum veto* in Versen beschrieben: In dieser nach Stand und Stellung gierenden Gemeinde heiße jeder Gymnasiast Student, jeder Student Akademiker, jeder Akademiker Doktor, jeder Lehrer Professor, jeder Advokat zumindest Mäzen, jeder Polizist Inspektor und so weiter und so weiter. Nur an gewöhnlichen Dummköpfen fehle es, denn diese seien allesamt ausgewachsene Esel. Die Nähe von Wien machte sich bemerkbar. Die

Krakauer Livreen ähnelten denen vom Hofe Kaiser Franz Josephs, die Witze denen vom Grafen Bobbi. Es roch nach Servilität, nach Muff, nach Kleinmut.
In dieser senilen, einem Aschenhaufen vergleichbaren Welt begann sich um 1890 ein bunter Phönix zu regen (der sich später als »Pfau« entpuppte). Mit seinen Federn – Theater, Literatur, Malerei – schlug er Rad, machte Wind und streifte die greise Stadt mit einem Hauch von Jugend. Es war »Das Junge Polen«, der Krakauer Jugendstil, der Versuch einer modernistischen Renaissance. Begonnen hatte es mit dem Einzug einer verjüngten Melpomene. Im Oktober 1893 wurde (nach dem Vorbild des Wiener Burgtheaters und dem Prager Narodni Divadlo sehr ähnlich) die neue Bühne durch Tadeusz Pawlikowski eröffnet, der sein gesamtes Vermögen dem Theater geopfert hatte und den Przybyszewski den »polnischen Fürsten von Meiningen« nannte. Unter seiner Leitung zog Europa in Krakau ein, zumindest auf die Bretter, die die Scheinwelt bedeuteten: Ibsen, Strindberg, Maeterlinck, Hauptmann, Tschechow, d'Annunzio. Begabte Schauspieler und einfallsreiche Regisseure machten dem polnischen Schauspiel wieder Mut: Das neue große Nationaldrama feierte mit Stanisław Wyspiański, dem Universalgenie, seinen Einzug. Auch eine neue Schule der plastischen Künste, die dem Impressionismus nahestand – Wyspiański, Malewicz, Weiss – eroberte bald das Krakau der Wiener Sezession und des »altenbergischen Snobismus«.
Die Literatur war lichterloh – oder mondscheinblaß – dabei. 1894 erschien die zweite Serie der Gedichte von Kazimierz Tetmajer, in denen sich die Generation kunstvoll artikuliert wieder- und verstanden fand: mit dem Herbstgeschmack süßlicher Auflösungssucht in der (jungen) Seele, mit zielloser Traurigkeit in den Augen und müder Genüßlichkeit in den Bewegungen. Die seltsame Mischung aus Anspruch und Ohnmacht, aus Volkstümelei und Exklusi-

vität ergab eine komödiantische Atmosphäre und machte den ehrwürdigen Schauplatz zum »teatre dell'arte, aus dem man alle Augenblicke eine richtige Leiche hinaustrug« (Boy).

In der Zeitschrift *Welt* (Świat) schlug ihr Herausgeber Miriam, einer der Sprecher der Bewegung, mit seinen Übersetzungen aus Rimbaud, Baudelaire, Leconte de Lisle die Fenster auf (um eine verbrauchte Luft hereinzulassen). 1897 gründete Ludwig Szczepański die progressive Zeitschrift *Leben* (Życie) als das Organ der jungpolnischen Gärung, in dem Miciński (symbolisch, surreal, expressiv) experimentieren, Lemański grotesk fabulieren und Nowaczyński seine ersten Unverschämtheiten üben durften.

1898 kam aus Berlin der damals dreißigjährige Stanisław Przybyszewski nach Krakau. Er wurde empfangen wie der Revisor aus Gogols Komödie. Die südliche Provinz huldigte dem in der Metropole des Nordens, in Berlin, zu Ruhm und Ehren gekommenen Landsmann und »Satansbruder«. Die ihm zugedachte Rolle eines geistigen Führers konnte er mit Bacchanalien, mit Scharlatanerie und Chopin nur kurz behaupten. Die Rolle beflügelte und amüsierte ihn, aber er war ihr auf die Dauer nicht gewachsen. Eintagsfliegen umschwirrten seinen Lampenschirm, wenn er bei Wodka und Champagner Klavierorgien feierte, mit Cognac nachspülte und zwischendurch Verse seines Freundes Dehmel sang:

> Noch eine Stunde, dann ist Nacht,
> Trinkt, bis die Seele überläuft . . .

Der Hexenmeister, von seinen »Satanskindern« umschwärmt, empfing im Hauptquartier der Jungpolen, im Café »Paon« (Pfau), zum Entsetzen der Hüter der Tradition und der ewigen Werte (insbesondere des gräflichen Literaturprofessors Stanisław Tarnowski), seine Jünger und jagte nach »nackten Seelen« wie einst Silen in den mythologischen Hainen nach Nymphen. Die Zeit zeugte Trugbilder und Legenden en masse, aber auch ungewöhnliche Originale und Talente. Sie schossen wie Pilze aus dem Boden: Viele gediehen nur eine Saison, andere waren beständiger: Staff zum Beispiel mit seinen klassizistischen, und Leśmian mit den symbolistischen Gedichten.

Eines unterschied die jungpolnische von der eigentlichen und oft beschworenen Romantik aus der ersten Hälfte des 19. Jahrhunderts immerhin: die Wiederentdeckung des Humors. Die Krakauer Bohème nistete sich im »Michelsloch« (Jama Michalikowa), in der Nähe der Kunsthochschule ein und machte sich dort breit und lustig. Das »rasende« Kabarett »Der grüne Luftballon«, Gefechtsstand der Luftikusse der Stadt, zu dessen geistigen Vätern Boy gehörte, hatte sieben Jahre lang dem Krakauer Leben komplementäre Farbe und Atmosphäre verliehen. Die Farbe war giftgrün und die Atmosphäre leicht.

Diejenigen, die das »Junge Polen« lächerlich fanden, hatten Gelegenheit genug, ihm den »Affenspiegel« (Nowaczyński) vorzuhalten oder es mit dem »leichteren Kaliber« (Irzykowski) des Aphorismus aufs Korn zu nehmen.

Der wohl tüchtigste Kopf jener Zeit, Stanisław Brzozowski, hielt vom »Jungen Polen« aus begründeter Überzeugung nichts. Er kritisierte bei den Modernisten vor allem den »Mangel an Gedanken. Diese ganze Bewegung hatte nicht einen einzigen Gedanken hervorgebracht . . . sie hatte Gedanken nur gelten lassen, wenn sie Empfindungen erzeugten«. Das »Junge Polen« war eben keine Schule, sondern eine Gärung, die zwar künstlerische, aber keine sozialen oder politischen Folgen hatte. »Handeln als Faktor des geistigen Lebens gab es nicht« (Brzozowski). Es gab nur die restaurierte, reich facettierte, in Mären und Chimären schwelgende Neuromantik; keine zukunftsweisende Kraft. Trotzdem kennt die polnische Literaturgeschichte kaum eine ebenso fruchtbare Epoche wie die kurze Blütezeit des »Jungen Polen«. So widerspruchsvoll ihre Tendenzen, so

kontrovers ihre Argumente und kunterbunt ihre Erzeugnisse waren, ebenso unbestritten ist ihr Humuscharakter, den sie vor allem für die Zeit der freien Republik zwischen den beiden Weltkriegen hatte. Alles, was sich nach 1918 in der polnischen Literatur ereignen sollte, war im Keim im »Jungen Polen« vorhanden.»Dort ist unser Anfang«, wird Czesław Miłosz, der Nobelpreisträger von 1980, in seinem *Poetischen Traktat* (1956), einer synthetischen Deutung der polnischen Dichtung in diesem Jahrhundert, nachdrücklich wiederholen: »Dort ist unser Anfang.«
Leseproben dieses Anfangs – Ausschnitte aus Bekenntnissen, Polemiken, Stimmungsbildern, Romanen, Stücken und Gedichten, Satiren und Sentenzen – sind in diesem Buch kaleidoskopisch aneinandergereiht. Wenn auch nicht alles, was drei Jahrzehnte gezeugt haben, hier Platz finden konnte, so sollten die zehn thematisch gruppierten Kapitel doch etwas von der Atmosphäre und der Zielvorstellung der Jungpolen anhand der wichtigsten Namen und ihrer Texte vermitteln: Historiker und Kritiker (Feldman, Brzozowski), Theoretiker und Polemiker (Górski, Matuszewski, Nałkowski, Przesmycki, Żywicki), Bekenner (Przybyszewski) und Widersacher (Irzykowski, Nowaczyński), Erzähler (Berent, Orkan, Reymont) und Poeten (Tetmajer, Kasprowicz, Staff, Leśmian, die Brüder Brzozowski, Miciński, Rolicz-Lieder, Komornicka, Wolska), Vorkämpfer der Emanzipation (Zapolska) und Vorkämpfer des neuen Nationaltheaters (Wyspiański) – die Galerie der Namen könnte fortgesetzt werden, aber wozu? Den unvorbereiteten Leser würde das sicher nur verwirren, den vorbereiteten langweilen. Lesebücher sind dazu begünstigt (und verurteilt), die Würze in der Kürze zu suchen.
Wir haben unsere Auswahl deshalb zu zehn Schwerpunkten gruppiert: am Anfang steht das theoretische und polemische Kapitel, das die Geburt der jungpolnischen »Legende« begründet, den Schluß bildet der kritische, demas-

kierende Teil, der das »Ende der Legende« belegt. Dazwischen umschreiben acht Themenkreise die Hauptinhalte und Formvarianten des polnischen, namentlich Krakauer Modernismus: den Führungsanspruch des freien Künstlers in der unfreien Gesellschaft; die Apathie und Nostalgie als Schutzhaltung gegen verhaßte Gewohnheiten und Gesetze des »normalen« Lebens; das Hadern der »nackten Seele« mit Gott und Teufel; die Genußsucht als Ausdruck der Sehnsucht nach absolutem Glück und absoluter Verweigerung vor der »Gesellschaft«; die Steigerung des Naturerlebnisses zu einem Mythos; das Schattenboxen gegen den Grund allen Übels, den Spießer; die Träume von der Macht der Poeten, die den nationalen Mythos erneuern und aktivieren wollten; schließlich den Weltschmerz als seelischen Rückstand des in vielen Proben durchgeführten Experiments. »Elend ist überall – in der Liebe wie im Leid« (Kasprowicz), war zunächst Ruf der Resignation; das letzte Postscriptum des Philosophen Brzozowski klingt nicht anders: »O du mein Land der lächelnden Sünden . . .«

Über die literaturgeschichtlichen und ästhetischen Gesichtspunkte hinaus hat diese Literatur für uns einen gewichtigen Quellenwert: sie verhilft uns zu der Erkenntnis, den polnischen Geist in seiner Geschichtsgebundenheit und Schicksalhaftigkeit zu begreifen. Aus dieser nationalen Literatur und Geschichte ist noch die Ananke der griechischen Tragödie ablesbar. Ohne diese Kenntnis wird uns das »Polnische« dunkel und ein Rätsel bleiben; was nicht bedeutet, daß uns die Lektüre der Texte von der analytischen Eigenleistung befreit – im Gegenteil: sie sollte zu Folgerungen und zu eigener Urteilsbildung anregen.

ANFANG EINER LEGENDE

Ansammlung alter Bücher, mein Lieber . . . das ist kein Archiv, kein Buchladen, sondern ein lebendiger Organismus, der sich artikuliert. Jedes dieser Bücher hat seine Geschichte für den Menschen, der es länger und nachdenklich betrachtet, es hat eigentümlichen Reiz und weckt Respekt. Bedenken Sie, was es hier alles gibt: Auseinandersetzungen, Erforschungen, seelische Erhebungen, Visionen, Träume, poetische Ergriffenheit, Mahnungen, Fluch und Segen . . .
Und wie bald ist das alles – Friedhof.

Stefan Żeromski, *Lichtstrahl,* 1897

Zwei Gedichte von Kazimierz Tetmajer

Nachdenklichkeiten II

Im Andenken an meinen Vater
und an meine Mutter

Sehnsucht, Trauer, Unlust, Melancholie, Chimären
sind meiner Seele Inhalt . . . Mit gebrochenem Flügel
streunt der Gedanke, statt den Weltraum zu durchqueren,
wie ein verletzter Kranich am Fuße der Hügel.

Was hilfts, daß er zuweilen auffliegt, der Versehrte,
mit wehem Schrei der Sehnsucht, dort, woher die Sonne
erglüht, noch nicht verfinstert vom Gebräu der Erde,
wo das Gewölk vorbeirauscht, in den Wind versponnen . . .?

Ein Flügel, der gebrochen, kann nicht lange heben,
der fallende Gedanke, steinverletzt, muß treiben,
er schleppt sich weiter, während seine Erdenwege
die rote Blutspur zeichnet – – und so wird es bleiben.

1894

Ich glaub an nichts

Ich glaub an nichts und wünsch, ich hätte nichts besessen,
ich find den Eifer dumm und eklig alle Taten,
ich werfe meine Traumgebilde, weil mißraten,
vom Sockel auf den Müll, zerschmettert, ins Vergessen . . .

Aber zuvor zertrete ich im wilden Wahne –
wie jener Künstler seine Marmoraphrodite

zertrat, als er erfuhr, daß er umsonst sich mühte –
den Schmerz mit Fluch und Lachen mischend, das Getane.

Allein der eine Glaube ist mir noch geblieben:
Notwendigkeit sei alles, nichts der Menschenwille –
und nur noch diesen einen Wunsch hab ich auf Erden:

Nirwana, wo man ruht mit allen seinen Trieben,
in Ohnmacht, Apathie, in Träumen in der Stille,
und wo wir, gar nichts fühlend, langsam Nichtsein werden.

1894

Zueignung der Jungen an die Alten
von Artur Górski

Hattest du jemals, Leser-Philister, aufheulen müssen vor Schmerz? So aufheulen müssen, wie Hunde heulen? Weißt du überhaupt, was Schmerz ist? – Man hatte dir Zähne gezogen? So brutal, mir nichts dir nichts, wie man junge Bäumchen aus dem Erdboden reißt und hinter die Mauer wirft? Nein? Schade! Alles lesen und verstehen kannst du nicht, natürlich; du wirst mir auch nicht in allem recht geben können.
Aber vielleicht bist du einmal am Rand eines Abgrunds gegangen, wovon dir schwindlig wurde im Kopf? Die Steine rutschten dir unter den Füßen weg und fielen in den steilen Schlund, seitlich drängte eine Granitwand dich ab in die Kluft – du aber gingst vorwärts, gefaßt, mit zusammengebissenen Zähnen ...
– Und kennst du etwa das Rachegefühl, das nach dem Blut ganzer Völker dürstet und ganze Jahrhunderte vor sein Gericht ruft – und doch bei all seiner Kraft kein einziges Blatt von einem Baum zu schütteln vermag? Und das Gefühl der Verzweiflung, das wie ein Kind auf einem Kirchengesims schwankt, und die Angst, die an die Brust greift wie ein Räuber in einem alten Wald?
– Und hattest du je, ein Buch lesend, dir die Augen bedeckt und das Buch auf die Erde geworfen, und dieses Buch war die *Geschichte Polens?* ...
Denn wurdest du nie wie das Meer von entgegengesetzten Sturmwinden hin und her gerissen, dann wirst du auch nicht begreifen, warum die Seele der Jungen ruhelos ist und sich auflehnt – und warum nicht Dampfer mit Heringsfässern sie befahren, sondern, o Graus, Medusen der Tiefe sie bevölkern, die nach oben tauchen. Denn hattest du nie den Fluß der Zeit zum anderen Ufer durchschwommen, über

den dritten Teil der *Ahnen* [auch *Totenfeier* genannt, des Nationaldramas von Adam Mickiewicz] und über das *Jahr 63* [des letzten mißlungenen Aufstands im XIX. Jahrhundert] hinweg, und hattest du nicht alle Krankheiten der Zeit und des Volkes vor deinem 25. Lebensjahr erfahren, dazu die tägliche Dressur der »Staatsraison«, der »Logik des Lebens« und all der grausamen Verrenkungen, die heute die Seele eines jungen Polen peinigen – hat die brutale Hand des Fatums nicht deine Seele verändert – dann werden wir [Leser-Philister] uns schwerlich verständigen können.

1898

Confiteor
Leitartikel der Nummer 1 der Krakauer Zeitschrift »Leben« (Życie) von Stanisław Przybyszewski

Kunst ist nach unserem Verständnis weder »das Schöne«, noch »ein Teil der Erkenntnis«, wie sie Schopenhauer nannte; wir erkennen auch keine der zahllosen Formeln an, die die Ästheten, beginnend mit Plato bis zu den greisen Ungereimtheiten Tolstois geprägt hatten – Kunst stellt das dar, was ewig, von allen Veränderungen oder Zufälligkeiten frei und unabhängig ist, sowohl von der Zeit als auch vom Raum, also:

sie bildet die Wesenheit, das ist die Seele, nach. Und zwar die Seele, wie sie im All und in der Menschheit oder im Individuum in Erscheinung tritt.

Kunst ist demnach Nachgestaltung des Lebens der Seele in allen ihren Äußerungen, unabhängig davon, ob sie gut oder schlecht, häßlich oder schön sind.

Das ist der Grund-Satz unserer Ästhetik.

Die Gegenwartskunst stand im Dienst der sogenannten Moral. Sogar die potentesten Künstler, mit kleinen Ausnahmen, waren nicht in der Lage, die Regungen der Seele losgelöst von den so wandelbaren Begriffen wie die moralischen oder die gesellschaftlichen zu beobachten; immer haben sie für ihre Werke das moralisch-nationale Mäntelchen gebraucht. Die Kunst in unserem Sinne kennt keine Klassifizierung der seelischen Symptome in gute oder böse, sie kennt keine moralischen oder gesellschaftlichen Regeln; für den Künstler in unserem Sinne sind alle Äußerungen der Seele gleichgewichtig, er beobachtet nicht ihren Zufallswert, nimmt keine Rücksicht auf ihre beiläufig böse oder gute Wirkung, sei es auf den Menschen, sei es auf die Gesellschaft, sondern er mißt sie nur nach ihrer Aus-

druckskraft. Also ist die Basis unserer Kunst einzig und allein ihre Energie, ganz unabhängig davon, ob sie Gutes oder Böses, Schönheit oder Häßlichkeit, Reinheit oder Harmonie, Zügellosigkeit, Verbrechen oder Tugend ist . . . Kunst kennt keine Zielsetzung, sie ist sich selbst Ziel und selbst das Absolute, denn sie ist die Widerspiegelung des Absoluten – der Seele.
Und weil sie das Absolute ist, kann sie nicht im Zaum gehalten werden, darf nicht irgendwelchen Ideen zu Diensten stehen, sie ist Gebieterin und Urquell allen Lebens.
Die Kunst steht über dem Leben, dringt in das Wesen der Alldinge ein, entziffert dem einfachen Menschen verborgene Runen, erfaßt die Allheit von einer Ewigkeit zur anderen, kennt weder Grenzen noch Gesetze, sie kennt nur die ewige Fortdauer und die Macht des Seins der Seele, sie vereint die Seele des Menschen mit der Seele der Allnatur, die ihren Ausdruck in der Seele des einzelnen findet.
Die belehrende, die Tendenz-Kunst, die Kunst-Unterhaltung, die patriotische Kunst, die Kunst mit moralischen oder gesellschaftlichen Zielen ist keine Kunst, sondern eine biblia pauporum für Leute, die nicht denken können oder ungenügend gebildet sind, um einschlägige Handbücher zu lesen – und solche Leute brauchen Wanderlehrer und keine Kunst . . .
Eine so verstandene Kunst wird zur höchsten Religion, ihr Priester aber ist der Künstler . . .
Ein Volk ist ein Teilchen der Ewigkeit und in ihm stecken die Wurzeln des Künstlers, aus ihm, aus dem Heimatboden schöpft der Künstler seine vitalste Kraft. Im Volk steckt der Künstler, nicht aber in seiner Politik, nicht in seinen äußerlichen Wandlungen, sondern nur darin, was in einem Volk ewig ist: was ihn von allen anderen Völkern als Besonderheit unterscheidet . . .
Das ist unser Glaubensbekenntnis . . .

1899

Kunst und Gesellschaft
von Ignacy Matuszewski

Für den Künstler ist, und sie sollte es sein, die Kunst als solche das Ziel, denn nur wer aus innerem, unüberwindlichem Antrieb schafft, schafft geschlossene, echte d. h. subjektiv wahre Werke und kann den, zumindest relativ, höchsten Grad der Vollkommenheit erreichen. Sobald er aber bewußt fremden, äußeren Einflüssen unterliegt, und wären sie noch so positiv, verläßt er den ihm eigenen Weg, verwandelt er sich in einen Politiker, einen Publizisten, einen Moralisten, einen Prediger oder Verbreiter [fremder Ideen] und schafft Halbheiten, die zunächst möglicherweise den Reiz der Aktualität haben, im Grunde jedoch ohne Bestand sind, weil ihnen Geschlossenheit fehlt: vom Standpunkt der Kunst aus sind sie zu wenig künstlerisch, vom Standpunkt der Ethik, der Politik und der Soziologie aus nicht »ernst« und nicht exakt genug.

Wer von der Literatur unbedingt Tendenz verlangt, gleicht einem spaßigen Philister, der eine andere Musik als die Tanzmusik nicht gelten läßt.

Ist daraus zu folgern, daß der Künstler alles, was mit dem gesellschaftlichen Leben zusammenhängt, zu leugnen habe und politische, soziale und ethische Themen meiden solle? Keinesfalls! Moral, Politik, Geschichte und gesellschaftliches Leben sind im allgemeinen ein ebenso guter Stoff wie die individuelle, die normale und die pathologische Psychologie, wie die Mystik, wie die Stimmungen und Sehnsüchte der überempfindsamen Wesen, wie Verbrechen und Tugend, Licht und Schatten, Farben und Linien, Klänge und Rhythmen, Geist und Materie, mit einem Wort – alles, was ist, war und sein wird, und sogar das, was es nie gab und niemals geben wird auf der Welt.

Niemand setze dem Adler Grenzen im Flug,

Niemand dem Dichter seiner Freiheit Grenzen.

Der Künstler kann, ohne die Kunst zu verraten, gesellschaftliche Themen behandeln, wenn es seiner Veranlagung und Begabung entspricht, wenn er dort Motive findet, die ihn tief bewegen und zum echten, selbstlosen Schaffen anregen, ohne Fälschung der eigenen Eindrücke zugunsten einer soziologisch-politischen oder moralischen Doktrin.

Der Künstler darf sein Werk sogar mit Ideen überladen, nur müssen diese Ideen seine eigenen Kinder sein, keine Bastarde der Tendenz und der Aktualität, sie müssen das ewige Licht ausstrahlen und nicht das bengalische Feuer ephemerer Parteiparolen.

Behüten uns Götter vor dem Tragen fremder Farben:
Die Seele sei unser und nicht ausgeliehen.

Das Wesentliche der Kunst ist nicht das Thema, sondern dessen Bearbeitung, nicht der Rohstoff, sondern was die Meisterhand daraus macht . . .

1899

Der neue Mensch und die Höhlenbewohner
Eine jungpolnische Typologie
von Wacław Nałkowski

Im Leben wie in der Literatur unserer Zeit tauchen immer öfter Typen auf, deren Innenleben schwerer wiegt als das äußere, das geistige mehr als das leibliche, das menschliche als das tierische, das betrachtende als das tätige. Typen von einer ungewöhnlich empfindsamen, subtilen seelischen Struktur. Typen, die in der Atmosphäre der Alltäglichkeit, um so mehr in der Gemeinheit, nicht überleben können. Typen, deren Bedürfnisse im krassen Mißverhältnis zu ihren Möglichkeiten stehen, auch Möglichkeiten ihrer Verwirklichung; Typen also, an denen eine abgründige innere Unzufriedenheit zerrt. Typen, die eine Höchstmenge von neuen Ideen produzieren, zugleich aber auch die höchste Anzahl der Selbstmörder und Irren stellen. Typen, die im allgemeinen in der Gesellschaft eine untergeordnete Position einnehmen und im äußeren Leben der Menschheit untergeordnete Rollen spielen, im Gegensatz zu ihrer hochentwickelten psychischen Individualität. Typen, die vom physiologischen Standpunkt nervig (Nervöse, Hirnmenschen) genannt werden könnten, vom psychologisch-evolutionären wiederum – evolutionär (»Vorhut der psychischen Evolution«).
Hinter diesen relativ nicht zahlreichen, aber sich kraß von der Umgebung abhebenden Typen bleibt die ganze ideenfeindliche Menge zurück. In dieser Menge, die man vom physiologischen Standpunkt aus unempfindlich, animalisch, vom psychologisch-evolutionären wiederum – troglodytisch (Höhlenmenschen) nennen könnte, treten drei Urtypen besonders deutlich hervor, nämlich: der Stier-Mensch, der Schwein-Mensch und der Holz-Mensch (Automat).

Der Stier-Mensch fällt vor allem als Speicher brutaler Energie auf; auf höherer Entwicklungsstufe und bei größerer Intelligenz bekommt dieser Typ manchmal Züge eines Löwen; im umgekehrten Fall nimmt er bestimmte »bürgerliche« Gewohnheiten an, wird »ausgeglichen« und somit zum »Ochsen«. Im Leben ist er ein Viveur, ein Tatmensch, oft sehr nützlich, im äußeren Leben der Menschheit manchmal sogar wegweisend, doch vom Standpunkt der psychischen Entwicklung aus betrachtet, ist dieser Typ so etwas wie ein Zugtier in einer Armee.

Der Schwein-Mensch ist von kümmerlicher Kraft, ein Philister schlimmster Gattung, dessen eigentliches Element der Morast ist. In der Gesellschaft nimmt auch er manchmal einträgliche Positionen ein, weil er sich überallhin, sogar ohne »Schmierseife«, geschickt hineinzuschleichen versteht, aber Nutzen bringt er keinen; in der Fortentwicklung der Menschheit ist er widerlicher, schändlicher Balast.

Der Holz-Mensch (Automat, Maschine, »Schuster«) ist gefühlsatrophisch, ein Gefühlsidiot. Als Fachkraft kann er sehr hoch avancieren und eine exakt funktionierende Maschine sein; dabei ist er für gewöhnlich rechtschaffen (was ihm bei seinem Mangel an Leidenschaft leichtfällt), kann also bei der gesellschaftlichen Arbeit, in die er sich widerstandslos einspannen läßt, nach Art der Dressur, ähnlich wie rechnende Hunde, sprechende Papageien u. ä. sehr nützlich sein. Solche Leute können gute, ja, hervorragende Schuster sein, überhaupt Handwerker, Beamte, Apotheker, gelehrte Sammler von Insekten, Eiern, alten Münzen und Briefmarken; sehr gefragte Professoren (die allerdings ein Phonograph ersetzen könnte) usw., usw.; für die innere, psychische, geistige Entwicklung der Menschheit ist der Holz-Mensch allerdings wohl der schädlichste von allen. Während der Stier-Mensch nicht allzu beliebt ist und über den Schwein-Menschen sich fast alle ein wenig lustig machen, hat der Holz-Mensch, bei uns besonders, dank seiner Fachkenntnis, Biederkeit und Neutralität (»Erfahrenheit«) dominierenden Einfluß auf die Meinungsbildung; er ist »solide«.

Stellt man sich den Vormarsch der Menschheit als Kampfhandlung vor, dann läßt sich der Holztyp, dem innere Konflikte und äußere Auseinandersetzungen fremd sind, mit einem Troßknecht vergleichen, der zwar im Lager bei der Erfüllung verschiedener Pflichtverrichtungen nützlich ist, doch völlig außerhalb des Kampfes steht, weil er dafür weder einen Impuls noch Mut oder Fähigkeit besitzt. Er kann im Kampf sogar ein Hindernis, ein Klotzambein sein. Bemerkenswert, daß infolge der zahlenmäßigen und vitalen Überlegenheit der zweiten Kategorie (der Troglodyten) über die erste (die Vorhut), die allgemeine Einschätzung des Verhältnisses beider Kategorien zueinander die Wirklichkeit komplett auf den Kopf stellt. In der Überzeugung der »Menge« ist sie allein »normal« und »gesund«; die Nervösen sind nach Ansicht der Stier-Menschen »Tölpel« (denn die Stier-Menschen begreifen keine andere Kraft als die ihres brutalen Alltags), nach Ansicht der Schwein-Menschen sind sie »unmoralisch« (denn Schweine halten nur den Morast, in dem sie zu leben gewohnt sind, für moralisch), nach Ansicht der Holz-Menschen sind sie »unreif, überspannt, hysterisch, neurotisch« usf., überhaupt »krank« (weil einem Automaten starke Empfindsamkeit unbegreiflich bleibt). Der in der »Menge« gebräuchlichste Terminus nennt die Nerventypen »entartet«, zum Untergang verurteilt; die Zukunft gehöre allein den Troglodyten.

Leider, meine Herren Troglodyten, ist das nur eine Ihrer reizenden Täuschungen; kann man denn »entartet« nennen, was sich von der Urnatur entfernt, »normal« hingegen, was den Typen der Vorzeit ähnlicher geblieben ist? In der Geologie (die die Entwicklung des Lebens auf der Erde erkennbar macht) wird die organische Evolution, der Entwicklungsgrad einer bestimmten Formation nach ihrer Entfernung von der Urform und nach ihrer Differenzierung bestimmt.

Nebenbei gesagt, ist es überflüssig, sich auf das schwächere Argument der Analogie zu berufen, da man dasselbe auch aus der unmittelbaren Gegenüberstellung der einzelnen Eigenschaften und aus der Beurteilung ihres Wertes erfahren kann. Und zwar: Was bedeutet schon jene »Tölpelei«, eigentlich aber größere Neigung zur Reflexion als zur Tat (und sogar zum Wort) der ersten, verglichen mit dem Tatendrang und der Beredsamkeit der zweiten? – die Tiefe, verglichen mit der Oberflächlichkeit, die rasche Entscheidungen, und seien diese noch so dumm, begünstigt? Was bedeutet die relativ geringere Teilnahme der ersten an den öffentlichen Alltagsangelegenheiten? – den Widerwillen gegen Kompromisse und Gewissensentscheidung dort, wo jeder Schritt, und sei er auch positiv, zur Hälfte im Morast getan werden muß. Was bedeutet die Unzufriedenheit, der Pessimismus der ersten, verglichen mit der Fröhlichkeit der zweiten? – der Maßstab für große, starke Wünsche der einen und die Banalität der zweiten? Gerade die Unzufriedenheit ist eine unverzichtbare Voraussetzung für die geistige Entwicklung wie der Zweifel für die Wissensentwicklung. Was bedeutet die »Unreife« der ersten, verglichen mit der »Erfahrenheit« der zweiten? – Aufrichtigkeit der Gefühle und Kühnheit der Überzeugungen hier und Heuchelei und Anpassung dort. Was bedeutet die sogenannte »schwache Leber« der ersten, verglichen mit der Objektivität der zweiten? – die Fähigkeit, sich über Falschheit, Niedertracht und Unrecht zu empören, auch Subtilität der Gefühle im Gegensatz zu der Dickfälligkeit, Holzigkeit und oft Schweinerei und Gemeinheit der zweiten; Menschlichkeit im Gegensatz zur Animalität? Was bedeutet die »Unmoral« der ersten im Vergleich mit der »moralischen Gesundheit« der anderen, d. h. ihrem Hinnehmen aller überlieferten Vorschriften – der Ausbruch aus Gefängnismauern, dic die freie Entwicklung der Menschheit behindern; das Einschlagen der Fensterscheiben, um die Luft, in der die neue subtilere Generation mit dem tieferen Atem nicht mehr atmen kann, zu erfrischen. Was bedeutet die häufige Sinnesstörung und die Selbstmorde der ersten, verglichen mit dem ungetrübten Gleichmut der zweiten? – daß sich die ersten seelisch zu sehr verausgaben, zu weit vorauswagen, dem die Kräfte ihres Organismus nicht gewachsen sind, und wären sie noch viel größer als die der Gleichmütigen; das Vieh kennt keine Geistesstörung, es entscheidet auch nicht über seinen Freitod. (Übrigens sind Ursache dieser Unglücksfälle die Troglodyten selbst, indem sie die Nervösen bei ihrem Schaffen hemmen und die ihnen verhaßten höheren Individualitäten zugrunde richten . . .)

Die ersten Typen sind, verglichen mit den zweiten, hochempfindliche kleine Präzisionswaagen, die auf den leisesten Lufthauch reagieren und bei den exaktesten wissenschaftlichen Untersuchungen verwendet werden können, während die anderen, verglichen damit, wie plumpe Waagen für Heu und Kohle aussehen. – Wirklich, es wäre gut, den Herren Troglodyten, die sich über die eigene Person sehr täuschen, einen Spiegel vorzuhalten wie in dem deutschen Witz, in dem gefragt wird: »Kennen Sie den Affen?«
Also: meine Herren »Stiere«, meine Herren »Schweine«, meine Herren »Hölzer«, geruhen Sie zu begreifen, daß das, was Sie Entartung nennen, etwas anderes ist, es ist Evolu-

tion! Es entfernt uns nämlich von der Urnatur, von der stierischen, schweinischen oder hölzernen – und Stiere, Schweine oder Hölzer sind ja wohl keine Vorbilder der Menschheit!
Es stimmt, meine Herren: wir sind Zeugen bei der Geburt eines neuen Menschentypus, der sich stärker vom Typus des Stier-Menschen, des Schwein-Menschen und des Holz-Menschen unterscheidet, als diese sich von ihren eigentlichen Prototypen unterscheiden ...

1895

Pro Arte
Bemerkungen zur Kunst und Kultur
Eine Entgegnung von Zenon Przesmycki (Miriam)

Was ist »Modernismus«? Wer sind die »Modernisten«? Was haben diese unsinnigen, dem Berliner Kabarettistenjargon entliehenen Termini – auf unsere Literatur angewandt – zu bedeuten?

Hatte bei uns irgendeine Gruppe, Schule oder auch nur ein einzelner Literat diesen Namen je verwendet? Hatte man sich für eine so titulierte Doktrin etwa eingesetzt? Haben wir denn »modernistische« Manifeste veröffentlicht, Polemiken ausgefochten, Versuche gemacht, das Wesen und den Wert einer solchen Richtung und eines solchen Namens zu begründen?

Nein. Das Phantom »Modernismus« und seinen heute mondänen Namen – ähnlich wie die der diversen Dekadentismen, Symbolismen, Sezessionen u. ä. früher – erfanden, vielmehr plagiierten die heimischen Ritter von der »wissenschaftlichen« oder auch Zeitungskritik, die, eine Parodie des Don Quijote, gegen Mühlen kämpften ... die sie selbst errichtet haben – aus fremden, selbstverständlich Berliner billigen Materialien ...

Als in den letzten zwanzig Jahren des 19. Jahrhunderts im Westen auf die sterile Sandbank des Naturalismus die Welle einer neuen, tiefen Kunst mächtig überschwappte und eine erstaunlich fruchtbare Bewegung literarisch-künstlerischer Erneuerung begann – gab es bei uns sehr wohl Leute, die, als sie mit ihr gründlich und unmittelbar, aus erster Hand Bekanntschaft machten, seine wesentlichen, kreativen, einzig wertvollen Symptome von der gewöhnlichen äußeren Spreu der *Sturm-und-Drang*-Phrasen, Gebärden, Parolen, Manifeste, Streitigkeiten, Schmähungen, Lobhudeleien, *cénacle's,* Geschwätzigkeiten und Anekdoten zu unterscheiden wußten. Sie machten damals unsere Gesellschaft mit wirklichen Talenten bekannt, mit großartigen Werken, tiefen Ideen, edlen Formen der Schönheit, die diese vitale neue Strömung an Land gebracht hatte – ohne sie als Modell anzunehmen oder anderen zum sklavischen Nachahmen zu empfehlen, sondern im festen Glauben daran, daß jedes schöne und tiefe Werk für wirkliche, unverbrauchte, kreative Persönlichkeiten nur belebender Anreiz, wachrufende Anregung sein kann und muß.

Aber es gab von diesen gewissenhaften Forschern, diesen selbstlosen Vorboten der neuen Ästhetik nur wenige, kaum drei oder vier. Die Mehrheit der heimischen Kritiker (90%, um es bedenkenlos zu sagen) ließ sich bemerkenswert selbstsicher über die »neuen Strömungen im Westen« aus und hatte nicht die geringste Ahnung davon; sie konnte weder sagen, wer diese Strömungen repräsentiert, noch hatte sie selbst auch nur eins von den Kunstwerken eines einzigen dieser tatsächlich ungewöhnlichen Autoren gelesen; sie verließ sich ausschließlich auf den journalistischen Tratsch und die Anekdoten, auf die unbeholfenen doktrinären Pamphlete in der Art der Nordauschen *Entartung* und auf Manifeste plumper, aber lautstarker Troßknechte und Marodeure der Erneuerungsarmee.

Lawinen von Artikeln, Debatten, Broschüren, Büchern, *Niedergangszeiten, Zerfallserscheinungen,* Philosophien der Dekadenz, der Symbolismen, Instrumentismen und später der Sezessionismen und Modernismen strömten auf uns ein. Man könnte meinen, die neue literarische Bewegung habe nirgendwo so viele Kenner, Berichterstatter und Kommentatoren gefunden wie bei uns.

Indessen lieferten diese Stöße von Makulatur dem Leser – neben banaler, abgegriffener, überall anwendbarer und überall nichtssagender Phrasendrescherei – nur Klatsch (über Baudelaire's Verderbtheit, über den Alkoholismus

und die Verhaftung Verlaines, über Oskar Wildes oder – oh, welche *haute nouveauté!* – Stefan Georges abartiges Sexualleben, über die Satanismen Huysmans' und Peladans, über die Kaffeehaus- oder Kabarett-Sitzungen der cénacle-Leute, über die Klatschsucht, die Gehässigkeiten, Manifeste und Gegenmanifeste) – oder auch über den irreführenden literarischen und ästhetischen Unsinn und die Ungereimtheiten (über die Theorien Gauthiers (sic!) und Banvilles, die »vom Dichter weder Eingebung noch großen Verstand verlangen«, über die Verslibreismen Verlaines (!?), über die Verworrenheiten und Künstlichkeiten Baudelaires, über die Musik des Gedichts, die angeblich den Inhalt (!!) zu ersetzen habe, über die Vorrangstellung der Form und zugleich über den Verfall der Sprache, der Syntax, der Metrik bei den Dekadenten und Symbolisten etc. pp.).
Dieses Geschnatter hatte kein einziges tatsächliches Merkmal der neuen Wende in der Literatur klar festgestellt und charakterisiert, kein einziges überragendes Talent – gebührend empfunden, analysiert und gewürdigt. Alle bekämpften Schulen, Richtungen, Etiketts sind, was sie immer waren, etwas ganz und gar Unsicheres, aus der Luft Gegriffenes, Phantastisches, Gespenstisches, die neuesten wiederum Proben einer allgemeinen Charakteristik des gegenwärtigen literarisch-künstlerischen Umbruchs, als der neuen Romantik oder Neoromantik, sind zwecklose Tautologie zweier Unbekannter (zuerst müßte man nämlich die bis heute umstrittene Frage nach dem Wesen der Romantik klären) wie auch zum Teil Resignation, das Eingeständnis der Unfähigkeit, den Begriff anders als durch Analogie zu bestimmen . . .
Ohne auf die Frage nach den Gründen weiter einzugehen und zu entscheiden, ob das Phänomen positiv oder negativ zu werten sei, müssen wir hier feststellen, daß von den frühesten Zeiten bis heute Spuren des so treffend die Franzosen (und bis zu einem gewissen Grad auch die Deutschen)

charakterisierenden *esprit d'enrégimentement et d'étiquettage immédiat* in unserem Schrifttum nicht zu finden sind. Bei uns ging jeder seine Wege, jeder redete nur für sich, und zwar immer zuerst mit Werken und nicht mit Parolen oder Theorien. Unsere Literatur kennt keine Manifeste, die die Kreativität vorwegnehmen würden und die man bündelweise als Banner übernommen hätte. Der Kampf der Romantiker mit den Klassikern reduzierte sich bei uns eigentlich auf den persönlichen Zusammenstoß Mickiewicz' mit der Warschauer Kritik, und die Antwort *An die Kritiker und Rezensenten* ist eher die letzte Etappe dieses Kampfes als ein Ankündigungsmanifest. Versuche, unsere Literatur wenigstens dem Namen nach (den sogenannten mazowischen, ukrainischen und anderen Schulen) regional zu unterscheiden, beschränken sich stets auf Individuelles – und kommen konkret in den Arbeiten, nicht jedoch durch revolutionären Druck zum Ausdruck. Die »Warschauer Bohème« war etwas völlig Lockeres, mehr ein gesellschaftlich-geselliger denn ein historischer Begriff. In der »Murgerschen Bohème« gab es zwischen den Namen und den Werken der Beteiligten eine weitaus engere Beziehung. Die Aufsätze A. Górskis über das »Junge Polen« aus letzter Zeit sind seine rein persönliche Ansicht über den Seelenzustand der neuen Künstlergeneration und keine dogmatische oder apostolische Erklärung im Namen irgendeiner Gemeinschaft. Przybyszewski schrieb sein *Confiteor* nicht als Programm, sondern als Synthese der eigenen Meinung über die Kunst, sozusagen als theoretischen Epilog zu den früher veröffentlichten Arbeiten. Das Krakauer *Leben* druckte nicht nur die Bekenner, die Mitglieder der Sekte, sondern [gegensätzliche Autoren] von Przybyszewski bis zu Sieroszewski. *Chimera* schließlich sollte man besser aus eigener Lektüre kennenlernen statt durch Vermittlung der bodenlos naiven oder arglistigen Flüsterpropaganda von einer »unbeweglichen«, »inhaltlosen«, »auf musealen Pfaden trippelnden«,

»lebensfeindlichen«, »in diesen oder jenen Türmen eingeschlossenen« Kunst. – *Chimera* hat, wie erwähnt, nur an die unveränderlichen Grundlagen der Kunst erinnert, die selbst in Zeiten der »Kunstrevolutionen« verbindlich waren. Sie stellte Postulate auf, die zwar auf Surrogate und Spreu nicht anwendbar, aber so breit angelegt waren, daß jedes wahre Talent, jeder wirkliche Künstler sich trotz der individuellen Unterschiede bequem und frei in ihnen bewegen konnte. Sie forderte, jeder habe in der Kunst sich selbst, nur sich zu geben; nicht seine oberflächlichen, vorübergehenden Eigenschaften, sondern sein Innerstes, sein Wesen, sein der Ewigkeit zugewandtes Gesicht. Sie publizierte, sofern es Werke der echten, tiefen Inspiration waren, Erzeugnisse aller Länder, Epochen, Schulen und Richtungen. Wo sind also die ausschließlichen, doktrinären Strömungen, Richtungen, Schulen und Sekten, deren Vorhandensein den nachsichtigen Lesern so lange eingeredet wurde? In der gesamten neuen Literatur zeichnet sich eine große Wende ab. Es gibt etwas, das die letzten Werke von Żeromski, Kasprowicz, Wyspiański, Berent, Komornicka, Reymont, Miciński, Staff, Lemański und anderer unsichtbar verbindet, doch jeder dieser Autoren geht so unterschiedliche Wege, daß der gemeinsame Boden erst nach genauer Kenntnis eines jeden von ihnen erkennbar wird. Daß diesen echten Künstlern eine drängende Meute von Snobs und Nachahmern hinterherläuft, leugnet niemand. Allerdings sollte jeder, der das heutige Schrifttum charakterisieren möchte, die tatsächlichen Talente und nicht die parodierende Menge der Nachzügler in Betracht ziehen. Andernfalls verwandelt sich die Literaturgeschichte in eine Geschichte der Dummheit und der Graphomanie.

1904

Die Geburt einer Legende
Die Grundidee des »Jungen Polen«
Ein literaturhistorischer Essay
von Wilhelm Feldman
Deutsch von Klaus Staemmler

Unsere Entwicklung hat die gleiche Richtung genommen wie die ganz Europas. Die Kunst aller Kulturgesellschaften zeigt im Prinzip eine ähnliche Evolutionslinie. Das »Junge Polen« hat mit der Poesie und der Kunst der höchstentwickelten Nationen eine Verbindung hergestellt – und pflegt sie weiter –, wie sie die frühere »Krakauer Schule« nicht kannte, die mit Matejko alle anderen Sterne verblassen ließ und die Jugend von allen kühneren Gedanken des »fauligen Westens« abschnitt. Auch der Warschauer Positivismus hatte diese Verbindung in bezug auf seine »künstlerischen« Ambitionen nicht. Tarnowski und andere Gegner des »Modernismus« wollen uns auf die Stufe eines vom Zeitgeist getrennten asiatischen Stammes niederdrücken, wollen die seligen Zeiten der Wasa und der Sachsenkönige wieder erstehen lassen. Damals hat der Westen Europas den Menschen geformt und neue Wege des Denkens und der Kunst eingeschlagen, die ihn zu der heutigen Position führten, während Polen auf der Stelle trat. Nun hat das »Junge Polen« die Nation verjüngt und auf die geistige Hochebene der Gegenwart gestellt; und wenn die polnischen Politiker, Organisatoren und Industriellen ebenso »schöpferisch« wären wie unsere Künstler, würden sie manche Nation überflügeln, die sich auf ihre Unabhängigkeit und ihre Jahrhunderte alte Kraft wer weiß was einbildet. Und genauso wie die künstlerische Form schreitet das poetische Denken in Übereinstimmung mit dem des Westens voran, nur ist es höher und tiefer als bei einigen Nationen mit der höchsten »Zivilisation«.

Wir haben es als Erbschaft unserer großen Romantiker übernommen, von denen Cyprian Norwid bis in unsere Zeit hineinwirkt. Wir haben seinen doppelten Charakter erkannt: Einerseits brodelt in ihm das unsterbliche orphische, geheimnisvolle Element, das die Seele in Überwelten hebt und den Menschen Gott und der Unsterblichkeit näherbringt, andererseits waltet in ihr der polnische Drang nach Verkörperung der Wahrheit im Leben, nach ihrer Bezeugung durch den einzigen, zutiefst persönlichen und gleichzeitig überpersönlichen Maßstab, die nationale Tat.
Das halbe 19. Jahrhundert, ein halbes Jahrhundert der Qualen und Erfahrungen, irrt dieser Gedanke suchend umher – und wir erreichen äußerst verschiedene Ziele, die jedoch inhaltlich die unablässige Fortdauer des Prozesses geistiger Verzweigung bezeugen.
Norwid und die anderen großen Romantiker waren in einer Zeit der Dogmen und der traditionellen Begriffe erzogen, die von der nationalen Qual teils verstärkt, teils zerrieben wurden, mit denen sie aber ihr Leben lang zu kämpfen hatten – in Leid und Mißklang, manchmal in Resignation zu Füßen des Kreuzes, manchmal mit prometheischem Hymnus den Himmel stürmend. Deshalb hatte ihre Orphik weniger eine griechische Färbung als vielmehr – oft – eine leicht mittelalterliche; daher der Dualismus, der sie Zeit ihres Daseins verfolgte: nicht das Emporschweben in die Überwelten, denn das ist die Berufung der Dichtung, das Recht eines erhabenen Lebens, sondern die Suche nach dem Jenseits; daher ihre Systeme geistiger Wahrheiten, die Zeit und Kritik überragen und ewig sind, im Gegensatz zu den wie Seifenblasen an den starken Strömungen kritischer Gedanken zerplatzenden theogonischen Systemen. Dabei darf man nicht vergessen, daß alles, was diese Dichter und Denker sagen, mehr durch den Ton als durch die Systematik wirkt, daß dieser Ton dem Heiligsten in uns Ausdruck verleiht, dem, was uns über Zeit und Ort erhebt, was uns

frei und schöpferisch macht, was uns mit dem Weltall und den Generationen [unserer Ahnen] verbindet, was uns in das Land des großen Geheimnisses, in unser wahres Vaterland heimführt. Dieser Ton bewahrt die Göttlichkeit unseres Ichs, in ihm fließen alle Klänge der großen Dichtung unserer Romantiker zusammen.

Der Ton verstummte, vom Geschrei der Sieger nach dem letzten Pogrom betäubt, danach vom Lärm des bejahten Lebens, das sich in einem anderen Gedankenkreis bewegte und sich eine andere Aufgabe gesetzt hatte. Ein rücksichtsloser Empirismus trat seine Herrschaft an, man wandte sich ab vom Königreich des Ichs; unsere innere Welt, die alle Sinne überschreitende Welt, der geheimnisvolle und heilige Hain der Gefühle und Ahnungen, die uns mit dem Weltall verbinden, dieser dunkle, aber existente Wald, ebenso dunkel und dennoch existent wie der Kosmos außerhalb des engen Umkreises unserer Erfahrungen, dieses Unermeßliche verödete und verstummte. Seine ewigen Wächter, die Dichter, wandten sich von ihm ab, sie traten in den Dienst einer Macht, die zu etwas ganz anderem berufen ist, nämlich zur Erkenntnis, und die zur Erzielung gewisser Ergebnisse ihren Horizont auf bestimmte Erfahrungsfelder begrenzt, wenn dahinter der Bereich des Unerkennbaren beginnt. Hier bleibt jeder Agnostizismus stehen, nicht verneinend und nicht bejahend, sondern nur ignorierend; folglich befriedigt er den tiefsten Trieb des denkenden Menschen nicht, liefert er keine Seinsstruktur, keine Weltanschauung. Tradition und orphische Sehnsüchte scheinen verschwunden: Weder ins Jenseits noch in die Überwelten erhebt sich die Seele, sie ist gefesselt und zur Zwangsarbeit verurteilt, ebenso wie die Körper gefesselt und zur Zwangsarbeit verurteilt waren.

Langsam und mühevoll vollziehen die Jungen das Werk der Befreiung. Nicht auf dem Wege der Vernunftschlüsse oder der rationalen Logik, der man stets andere Vernunftschlüsse entgegenstellen kann, sondern infolge eines rein künstlerischen Prozesses.

Die Entwicklung geht den Weg vom Dogmatismus – in seinem positivistischen oder katholischen Verständnis – zur individuellen Logik des Herzens, vom Intellektualismus zur Intuition, von den geistigen zu den gefühlsmäßigen Assoziationen. Man sei zu der Überzeugung gekommen, sagt ein Kritiker, daß »der Mensch mehr ist als Intelligenz; er ist vor allem ein Kind der Natur, in dem die geheimen Kräfte der Mutter Natur, des großen Alls, weben und wirken; er ist ein Organismus, der nicht nur ein vom Gehirn gesteuertes Bewußtsein besitzt, sondern auch eine machtvolle Stärke jenseits der Bewußtseinsschwelle, eine Art allgemeinen Körpersinn, der sich in unwillkürlichen Sympathien und Antipathien äußert, in Begriffen auf unbewußte Richtungen zu, in Träumen und Ahnungen. Das ist der Instinkt, die erste Quelle unseres Lebens, in die unsere geheimsten und frühesten Kräfte gebannt sind, die kategorischen, mit der Erblichkeit des Blutes, mit der Tradition, mit der Erde und Rasse übermittelten Imperativen ... Der Instinkt ist die stärkste Wurzel unseres Lebens«. Doch dieser Instinkt gibt die Beute der Jahrhunderte nicht preis, er vergißt nicht den von ihr ausgebildeten kontrollierenden Verstand. Ein *Ganzes* möchte der Mensch sein, »Gott und Tier« wünschte Goethe zu sein, ein kosmisches Wesen, in dem es die Kategorien der früheren Spiritualisten nicht gibt, das aber auch nicht eine Maschine der Materialisten ist ... Ein Ganzes möchte der Mensch sein, nicht allein dem Verstand vertrauen, sondern auch der Intuition Glauben schenken, der Inspiration, dem unbewußten Rausch, aus dem die ewigen Mächte sprechen; ein Ganzes, um die Fülle des Seins zu erfassen, sofern er sie noch nicht durchdringen kann; um sich die Errichtung einer Weltanschauung auf dem Boden des Wissens von heute nicht zu versagen; um sich den Tiefblick in den Abgrund des Geheimnisses nicht zu verbieten, aus dem ihn vielleicht eine Stimme ansprechen wird. Und so findet der Mensch sein Ich wieder, seine Seele, seine Religion. Nicht den Gott von einst findet er wieder, sondern den Begriff und das Gefühl für die absolute Macht, die alles ist und in der alles ist, aus der wir herkommen und in die wir münden, das Gefühl für die Einheit von Weltall und Mensch, Körper und Geist, die mit ihren Prozessen in die Ewigkeit, Unendlichkeit eingehen. Die Erscheinungsform dieses Absoluten, unsere Seele, einst vom wissenschaftlichen Agnostizismus oder vom formelhaft-religiösen Dogmatismus aus der Kunst und dem Leben vertrieben, erhebt sich zu den Gipfeln der Gedanken und der wahrhaft großen Werke, stellt sie *sub specie aeternitatis*. Und weil die Seele bei all dem nicht aufhört, sich selbst ein Rätsel zu sein, weil sie stets über die Abgründe gebeugt und in unablässigem Konflikt mit der Wirklichkeit ist, bleibt ihr Schmerz und ihre Traurigkeit; auf der gesamten neuen Dichtung liegt ein Schatten, geheimnisvoller Schauder und ungestillte Sehnsucht quellen aus ihr . . .

1907

Leichteres Kaliber
Aphorismen
von Karol Irzykowski

Kunstwerke ahmen nach, aber nicht nur Vergangenes oder Gegenwärtiges, sondern auch Künftiges.

Unsere Literatur braucht Kritik, aber unsere Literaten brauchen keine Kritiken, sondern kritische Wahrnehmung.

Man sagt, Poesie sei geeignet, jedes Thema zu veredeln. Mit viel größerem Recht könnte man von der Kritik sagen, daß sie imstande sei, aus einem kümmerlichen Thema (einem Poeten, einem Werk) ein Kunstwerk zu machen.

Soziologie: Wenn die Straßenbahn während der Fahrt schaukelt, wackelt auch der Schaffner.

Nur Romanschriftsteller, die wenig beobachten, haben die Stirn, frei von der Leber zu schreiben.

Es gibt viele, die kein Talent besitzen, dafür die Eigenschaft, sich in Visionen zu ergehen. Talent ist das Zusammentreffen der phantasierenden Vision mit einem höheren Sinn.

Kennzeichen für hohe Kultur ist, zuweilen gegen sich selbst zu handeln, gegen das eigene Interesse zu entscheiden.

Heute sind weniger die Fakten wichtig als ihre Interpretationen. Sooft etwas passiert, warten wir ab, was darüber geredet wird, was die Presse schreibt, was diese Fakten symbolisieren, was sie aussagen. Erst dann bekommen die Fakten [für uns] Leben und wachsen.

BOHÈME

Bohème, bedenkenlose Besessenheit, Bacchanalien. »Man muß ent-arten, um Künstler zu werden ... Komödiantische Welt! Verstellungen, die ihr später für Wirklichkeit haltet, Chimären! Auch die größten Akteure sind nur kleine Maschinen, die in Bewegung gesetzt werden – manchmal von Weisen, manchmal von Genies, am häufigsten aber von der Dummheit ...
Schauspieler, Künstler, Demiurgen! nur blindes Werkzeug der Natur, das diese benutzt, um sich selbst zu zeigen, und zwar für Zwecke, die nur ihr allein bekannt sind. Sie bilden sich ein, etwas Wesentliches zu sein – traurige Täuschung, sie sind Werkzeug, das auf dem Müll landet, sobald es nicht mehr gebraucht wird ...
Gelassen restlos verglühen – das allein ist Glück.

Władysław Stanisław Reymont, *Komödiantin,* 1896

Sumpffieber
Anfangskapitel des Romans »Erdensöhne«
von Stanisław Przybyszewski

Czerkaski saß gedankenverloren. Wie leer war es heute im »Pfau«, dabei wimmelte es hier sonst um diese Zeit von ausgelassenen Menschen.

Gerade heute, da er Gesellschaft suchte, da er nach wochenlanger Einsamkeit diese ihm so fremden wie vertrauten Gesichter zu sehen wünschte, da er die Klänge der ihm fremden Sprache, Musik, Geräusche zu hören begehrte . . .

Gedankenlos starrte er auf die Tür. An der Tür hing eine Zeichnung: Ein Pfau mit angezogenem Bein, hochmütig, herausfordernd, radschlagend mit seinen aufgefächerten Federn . . .

»Les paons nonchalants, les paons blancs ont fui . . .«

Ja, das war das Symbol für sie. Sie war dieser Pfau, aufgeputzt, übermäßig pompös; stolz, eitel, kalt – wie kalt . . .

Und unlängst noch, kaum vor zwei Monaten, hatte er hier zusammen mit ihr gesessen. Zusammen mit ihr? Ho, ho – zusammen schon, nur war sie nicht bei ihm. Daß er so blind sein konnte, nichts zu merken!

»Les paons nonchalants, les paons blancs ont fui . . .«

Nun ja! Gott hat es so gewollt.

Er sah auf die Uhr.

Ja, heute ist Premiere seines Dramas . . . Was ist denn kein

Drama? Sogar das Glück eines Seifenhändlers kann zum Drama werden. Ist es denn kein grausames Drama, sich glücklich zu fühlen? . . .

Er stand am Fenster und betrachtete diese hellviolette, von geheimem Zauber erfüllte Frühmesse des Sonnenaufgangs. Er durchlief in Gedanken die ganze Stadt. Da war die traurige und erhabene Burg Wawel, andächtig, trotzig und düster wie ein Mensch, in dem alles Leben zusammenbrach. Da kuschelte die leise und tief am Boden kauernde Kirche des hl. Kreuzes in sich hinein. Still und versunken in ihr seliges Glück – diese wunderbare Kirche, diese »Victoria regia« der Kirchen, aufgeblüht in einer stillen Nacht und erstaunt erlebend, wie sich die Blätter entfalten, öffnen, und wie plötzlich aus ihrem Schoß der mystische Kelch einer Blüte hervorsprießt. Und die Kirche der hl. Katharina, breitflächig wie eine Eiche, die ein schrecklicher Hurrikan zusammen mit den Wurzeln aus dem Erdreich gerissen hatte. Und die Leib-Gottes-Kirche, wie ein einziges, hartes, unerbittliches Himmelstor, vor dem, so schien es, ein Engel mit Flammenschwert Wache hielt. Er durchlief diese weiße Stadt, diese Schatzkammer einer herrlichen königlichen Vergangenheit, mit der Seele. Nun hatten sich hier Krämer und Professoren breitgemacht, auch die versteckte, feige Wollust und die dumme Heuchelei – während ringsum träge die Weichsel floß – denn sie hatte Zeit, sie hatte Zeit! – sie floß und hüllte diese herrliche Stadt in pestilenten Dunst der Malaria.

Überall Malaria! Malaria im Blut und in den Zellen der ausgemergelten Bettlerschaft und des Judentums, Malaria im Hirn und in den Nerven dieser lebensunfähigen Neurastheniker, die früher einmal in Scharen von ihr angezogen wurden, Malaria in den Herzen des heuchlerischen, ausschweifenden Bürgertums, das kleine, liederliche Seelen hatte – – – Und ringsum floß mit ihrem »Silberband« die alte Weichsel – floß träge und atmete die Pest aus – – –

Satan umkreiste diese Stadt. Ihm schien, die ganze Stadt sei angesteckt von diesem satanischen Sumpffieber . . .

Er sah durchs Fenster. Wie wunderlich! Der Marktplatz, und die Marienkirche, und die Kirche der hl. Barbara und der einsame, der verwaiste Witwer: der Rathausturm, alles war vor seinen Augen verschwunden – geblieben war nur die übermächtige Leere des Himmels. Alle Sterne waren erloschen – der Himmel war weiß, wie der Weg durch ein festlich stilles Dorf zu Pfingsten – ja! – er sah zum Himmel – wunderlich! denn er sah ja alle Sterne in ihrem Lauf, ihren rasenden Flug auf der gewaltigen Kreisbahn.
»Ja, wenn alles aufs neue beginnt, werde ich mit meiner weißen Zauberrute wieder vor euch stehen«, hatte irgendein Pythagoräer gesagt. Und der arme große Märtyrer des Gedankens vom ewigen Ring der Wiederkehr, Nietzsche, dachte genauso.
Na und?
Die Welt und das Leben bilden in ihrem Lauf einen Ring – er strebt nicht zu einem Ende, sondern zu seinem Anfang . . .
So waren unsere Sonne und unsere Planeten am Anfang ein gewaltiges Gasfeuer, in dessen Mitte die Sonne stand, während die Peripherie sich weit über Neptun hinaus dehnte. Und dann begann dieser Herd zu schrumpfen, zu kreisen, unerhört zu rasen; die Ringe splitterten ab, platzten entzwei, rissen sich los, die geplatzten Stücke ballten sich zu Fäusten – Fäuste, wilde, drohende Fäuste wurden zu Planeten; und eine dieser schrecklichen Fäuste, die Erde mit ihrem armseligen Jammertal, diesem elenden Kriechtier, das sich duckte vor der unbekannten Macht und wer weiß wofür litt, freudestrahlend vor Wonne in den Himmel schrie, wer weiß weshalb, diese Erde mit ihrer Leibesfrucht war eine einzige schrecklichste, bedrohlichste Klage.
Und ringsum floß die Weichsel und atmete die Pest des

Sumpffiebers aus, spaltete ihnen mit ihrem Gift das Hirn, verseuchte ihnen mit Milliarden von Erregern das Blut . . . Ha, ha, ha . . .
Die Zeit wird kommen, da die Körper, die um die Sonne kreisen, altern werden . . . da eine kleine Winzigkeit einen der Planeten aus der Bahn werfen wird . . . und dann wird dieser eine Planet die Bahnen der tausend anderen durchkreuzen; die zentrifugalen und die zentripetalen Kräfte werden zur lächerlichen Theorie der Physik-Professoren schrumpfen, und Tausende bekannte und unbekannte Planeten werden plötzlich mit einem Schrei der Befreiung in die höllische Umarmung des Sonnen-Molochs stürzen. Alles wird dann, von allen Höhen, aus allen Fernen, zum Schoß der grausamen Ungeheuer-Mutter drängen, fliegen, stürzen, rutschen.
Die Mutter wird sterben.
Ho, ho! Sie wird nicht sterben, sie wird ein neues Leben beginnen, sich entzünden, brennen – und das ganze Sonnensystem wird aufs neue Nebelfeld – Körper – Brennpunkt – und . . . oh! und . . . der Ring der ewigen Wiederkehr wird wieder wie zuvor rotieren.
Na und?
»Ja, wenn das alles aufs neue beginnt, dann komme ich wieder und stelle mich, wie heute, mit meiner weißen Zauberrute vor euch.«
Möglicherweise ist es das Sumpffieber, das sie hier alle vernichtet?
Vielleicht hat die rachsüchtig böse Weichsel das Gift der Malaria auch in meine Seele geträufelt?
Nein, nein, schreit etwas in ihm.
Und was bin ich?
Ich bin gewesen und ich werde sein.
Millionen Male hat sich die Welt gewandelt; sie blieb, wie sie war, sie kommt Millionen Male so wie sie war zurück. Ich war, ich war millionenfach und ich werde millionen-

fach sein. Ich bin und ich werde wiederkommen, immer stärker, immer bewußter. Das alles, wofür ich Millionen von Jahren blind gewesen war, durchschaue ich dann, wenn ich wiederkomme . . .
Und Dein heiliger Name sei gesegnet!
Wer bist Du? Was bist Du?
Er verspürte schreckliche Angst. Doch nur für einen Augenblick.
Denn sogleich, gleich fiel er auf die Knie und stützte seinen Kopf auf das Sofa.
Er wollte beten; und konnte es nicht.
So brachte er nur ein Gestammel, einen Schrei, eine schreckliche stille Trauer zustande:
Erlöse mich, Herr!
Das Geratter auf der Straße wurde unerträglich. Er kam zu sich.
– Ja, ja . . . So enden die Augenblicke der Erhebung und der Trauer. Man sollte schlafen gehen – ho, ho – schlafen . . . Oh, wie müde ich bin!
Er sah sich um.
– Ich schäme mich! Ich bin niemals schläfrig oder müde.
Er legte sich auf das Kanapé.
Die weiße Stunde brach an. Er legte sein Herz in ihre weißen Hände und schwamm dorthin, wo der Satan den Menschen nicht mehr zuflüstert, daß sie den Freund verraten, daß die Frau ihren Mann leichten Herzens verlasse, daß . . . daß . . .
Gott, mein Gott . . .

1901

Décadence
Zitate von Wacław Berent

Heute wird Kultur im Café gemacht. Selbst Propheten predigen heute nicht mehr auf Bergen, sondern am Stammtisch.

. . . ich schreibe . . . im Stil der décadence. Kurze, schlanke Sätze, zwischen die Sätze streue ich eine Handvoll Punkte und Gedankenstriche, Metaphern, als wären sie leibhaftig aus dem Lexikon hinausgeblasen: hier aus der Pathologie der Pflanzen, dort aus der Mineralogie, anderswo eine kleine Überraschung aus Maeterlinck.

. . . ein gemäßigter Dekadenzler, ein neopraktischer Romantiker, ein jungkonservativer Radikaler, ein individuell-populärer Künstler, ein Zylinder-Zigeuner . . . mit einem Wort, ein europäischer Journalist.

. . . hast du in der Tiefe deiner Seele nie etwas Brutales, etwas von der Heuchelei und Schauspielerei einer jeden Kunst empfunden? Da versucht ein Bruchstück, ein Fragment, ein mäßiges Teilchen deine großen Erwartungen zu betrügen, deinen Geist zu umspinnen und in dein Herz einzuschlüpfen . . . Hattest du nie gefühlt, daß die Kunst eine unwürdige Sache ist? Und diese ihre Priester? . . . Kein Mensch erträgt soviel Erniedrigung wie einer, der Triumphe erheischt. Dieser Wirrweg über Bergesgipfel und Niederungen des Abgrunds – ist kein Weg für Menschen mit Würde.

1901

Ananke
von Tadeusz Miciński

Die Sternwelt gab ihr Urteil bekannt:
– ewig sind Dunkel und Unverstand.
– Bauherr von Türmen überm Gestirn
– du wirst so irren wie das Gewürm
– ein jedes Land gibt dich Fremden preis
– erfrierst im Feuer – verglühst im Eis.

Den Sternen sagte der stolze Geist:
Euch ward gegeben, daß ihr nur kreist.
Mein Freisein zeigt sich im Unverstand,
mein Herz birgt tiefer sein Binnenland.
Die Friedhofsbäume klagen zwar bang,
aber das Sein trägt meinen Gesang.
Bauherr von Städten überm Gestirn
spott ich dem Stern, der erlischt im Firn.

1900

Moder
Auszug aus dem gleichnamigen Roman in der Zeichensetzung des Originals von Wacław Berent

Nacktes, flaches Stück Brachland, von einer niedrigen blutroten Mauer umgeben, mit einem schweren Festungstor zusammengeschnallt. Über den trockenen Erdbuckeln heben sich lange und gerade Reihen eiserner Kreuze, wie aus einem Guß. Zwischen ihnen konvexe, mit scharfem raschelndem Kies ausgelegte Wege und Pfade. Aufgesprungene, steife und staubige Akazien.

Diese strenge, harte Gegend erinnerte Kunicki an die in unseren Dörfern verwahrlosten Totenstätten, mit dürren Weiden auf den Gräbern; an jüdische Friedhöfe, wo aus dem riesigen Steppenunkraut krumme Steinplatten ragen; – Totentrauer auf den einen, stumme Leblosigkeit und Verlassenheit auf den anderen . . . Und hier die abscheuliche Ordnung, die widerwärtige Kultur der Großstadt, die, wie es scheint, sogar den Tod in eine Uniform steckt und als Polizisten vor das Tor stellt.

– Auf einen deutschen Friedhof fliegt nicht einmal eine Krähe nieder – unterbrach seine Gedanken Borowski und setzte sich zu ihm auf die Bank. – Dem harten Leben – ein harter Tod, – sprach er weiter, und strich mit dem Blick über die Fabrikschlote. – Mir geht es nicht um meine Lagerstätte nach dem Tode: lebst elend, stirbst elend, vermoderst elend. – Er räusperte sich und spuckte zwischen die Gräber.

– Was solls! . . . Ob unterm Marmor liegen, mit Zypressenwurzeln zwischen den Zähnen, oder mit Lehm und scharfem Kies . . . Unangenehm nur, daß der Mensch dort einsam sein muß, in dieser engen Schachtel . . . Man modert nicht gern allein. Je mehr die Würmchen an einem na-

gen ... Schrecklich, wie wir nach Sympathie verlangen! ...
Ich sitze wie erstarrt und erinnere mich, – erinnere mich endlos – habe Sehnsucht! ...

Ich springe auf, schüttle mich ... Lasse Wodka holen, versinke im Zigarettenrauch; komme langsam wieder zu mir: denke ... Sehnsucht? Das ist ein Gefühl für Tiere in der Menagerie. Dieses Gift kannte ich noch nicht: auf mich kam alles zur rechten Zeit zu, warten hatte ich nie gelernt. Sehnsucht? ... Diese stickige, feuchte, vergiftete Luft: nur Träumer können sie atmen. In dieser Glut verdorren die zartesten Blumen der Gefühle: die Erinnerungen. Am Ende gibt es nichts, woran man sich noch erinnern könnte, der starke Wille fehlt, zurückgeblieben ist nur die Sehnsucht. Der Mensch, an den engen Kreis seiner Gedanken gewöhnt, glaubt, er könnte noch nach etwas verlangen, und diese Täuschung macht ihn restlos fertig. Das ist die Tragödie der Träumer, das Drama der Idealisten, die Farce der Asketen! ...
Ich trinke Schnaps: der Gedanke läuft, fließt, treibt ... Ich geh im Zimmer umher, führe Selbstgespräche, rezitiere laut: »Träume! ... Träume! ... Schlaff und machtlos, auf ausgebranntem Boden der Sehnsucht, verlieren auch sie ihre vom Genuß satten, vom Gefühl weichen Farben. Solange sie nicht als Glutrest, als Andenkenasche ausgeschüttet werden, saugen sie lüstern den Tau aus den tiefsten Winkeln der Seele, treiben Wurzeln wie die Mistel, immer tiefer bis ins Mark ihres Opfers, in den wesentlichen Teil seines Geistes, und schlürfen daraus gierig die alten Gedanken, Gefühle, Hoffnungen. Welkend wuchern sie wie die Kornrade, verunkrauten den Verstand, wie die Brennessel, mit trockenen Stengeln ohne Blumen, ohne Duft, ohne Schatten ... Das frühere Blumenbeet wird unfruchtbares Brachland: darauf gerinnt der keimende Gedanke, ver-

kommt die junge Saat, gehen die Wildlinge der alten verloren . . . Und hat sich das Schicksal des Träumers auf diese Art erfüllt, wird er womöglich wach und sich der großen Lebensgier bewußt. Im hitzigen Tatendrang beackert er dem Teufel das Aschefeld seines Ehrgeizes und läßt darauf die traurigen Engel hundertjährige Eichen der guten Vorsätze pflanzen. Der Wind macht sich über das teuflische Pflügen und über die Aussaat der Engel lustig, die menschliche Unlust holt die reiche Ernte ein, die Krankheit scharrt die Nachlese zusammen, und der Tod rafft das Erbe des immer noch fruchtbaren Bodens an sich . . .«
Ave! Komm! . . . Ich bin sowieso des Todes, weil ich mich in kleine Kupfergroschen der raschen Erfolge gewechselt und restlos verausgabt habe; und weil mich die Sehnsucht brennt und verzehrt . . .

Er nickte mit dem Kopf vor den fremden Gesichtern und brummte mehrmals seinen Namen. Ein Dutzend Augenpaare sahen auf ihn, was Borowski zu reizen begann; er fühlte sich im ersten Augenblick ein wenig gehemmt und gab sich deshalb nonchalant. Er warf seinen Körper in die Tiefe des an der Wand stehenden Kanapees und schob den Hut in den Nacken.
– Was wird getrunken? – fragte er.
Niemand antwortete, alle sprachen lärmend über den Anschlag in New York.
– Was gibt's in der Heimat? – wandte er sich auf Polnisch an den Herrn im langen Gehrock, mit üppiger Krawatte,

hellen Gamaschen und einem Zylinder auf dem Kopf. »Anders – dachte er – kann ein junger Bühnenautor gar nicht aussehen.« – Was hört man bei uns? Sind Sie lange schon . . .?

– In der Heimat? . . . Die jungen Dichter schreiben neue Gedichte, die alten Kritiker ergötzen sich an alten Gedichten. Das wär's, was das Gesellschaftsleben betrifft. Herr X hat im *Tagesglöckchen* einen Artikel aus der Presse abgeschrieben, während Herr Y in der *Wochenglocke* eine Abhandlung aus der *Contemporary Review* abgeschrieben hat, womit sie das geistige Treiben für die ganze Woche in Schwung gebracht haben. Übrigens erscheinen die Wochenblätter jede Woche, jede Woche gibt es »Kaffeerunden« und jede Woche gibt es »Teestunden«; davon schliefe der Gedankenverkehr längst ein, wenn ihn nicht ab und zu ein Duell erfrischte; Duelle finden ebenfalls jede Woche statt. Es rieselt hin und her wie der Sand in der Sanduhr mit unveränderlicher Regelmäßigkeit 52 Mal im Jahr.

– »Aha, – dachte Borowski lachend – so eine Nummer bist du!« – Und woher kommen Sie jetzt, wenn ich fragen darf?

– Ich? . . . Aus Paris.

– Haben Sie etwas geschrieben?

Der Angesprochene wehrte mit den Händen ab, als wäre er persönlich angegriffen worden.

– Nichts! Nichts, mein Herr! Ich habe für meine Künstlernerven gelebt . . . – Und während er den Rauch der Zigarette gegen die Decke blies: – Übrigens führt Paris meine *Vorsehung* auf. Haben Sie meine *Vorsehung* gelesen?

– Hatte keine Gelegenheit.

– Kennen Sie Coquelin den Jüngeren? – fragte Herr Turkul, ohne die Stimme auch nur um einen Halbton zu ändern.

– Ich spei auf Coquelin! – gab Borowski überraschend gereizt zurück. – Coquelin hier, Coquelin da! Gibt es denn keine anderen Schauspieler auf dieser Welt!

Er war ziemlich überrascht, als er merkte, daß auch hinter ihm Polnisch gesprochen wurde.
– Sie sind Borowski? – rief jemand schrill, umarmte ihn halbwegs und küßte ihm fast den Arm. – Ich habe Sie in der Heimat gesehen, auf der Bühne ... Ah, das war Spiel! Spannung, Kraft! – rief er und artikulierte diese starken Worte übertrieben, wenn auch weich. – Ich verehre Sie, Herr Borowski. Die anderen reden Falsett, Sie mit dem Brustkorb, mit dem Herzen! ... Ich bin Maler – Pawluk ... Die da – heulen – wie Füchse, und wischen mit ihrem Schwanz alles hinter sich fort. Aber die Kunst ist Kraft, Herr Borowski!
Und er schlug mit der Faust auf den Tisch. Borowski verstand nicht viel von diesen Ergüssen des Temperaments; er wußte nicht, wer und wozu einer etwas mit dem Schwanz fortwischt, und weshalb er was fortwischt. Trotzdem hatte ihn Pawluk gerührt.
– Wissen Sie, Herr Borowski, ich möchte die Anarchie malen. Sie verstehen das. Da – das Theater in die Luft jagen – das wäre ein Drama! – Ha? So mach ich das, – er streckte die Arme, um breite Gesten einzuleiten, und schob dabei seine Nachbarn zur Rechten und zur Linken ohne viel Aufhebens beiseite. – Stadt! ... Abend! ... Dunkelheit. – Häuser, Häuser, Häuser! ... Dazwischen spritz ich etwas Glanz hier! hier! – dort! – Türme. – Schornsteine. Rauch. Schwaden! Fühlst du, wie sie sich ballen? ... Alles ist verhangen, alles! Nichts zu sehen; – dunkel. Und am Himmel Sterne. (Er warf mit gespreizten Fingern Sterne auf einen imaginären Himmel irgendwo vor sich hin.) Und hier vorn – da – eine Fresse! ... Ich werde dir, Bruder, eine Fresse hinsetzen – Wut, Haß, Wahn! Kraft muß her! Und ... (mit ruhelosen Fäusten und halbgeschlossenen Augen fing er etwas aus der Luft) ... das nenne ich »Anarchie« – schloß er endlich und verschnaufte. – Denn bei mir, weißt du, Herr Borowski, hat Farbe Glanz! Schmelz – ah! ... Ich mach es

so: der Asphalt berlinblau – und frech! – dreist, wie sich das gehört . . . Die Farbe muß beben, leuchten! . . . Unsere Maler das sind Iswoschtschiki [Kutscher] und keine Künstler.

Borowski betäubten diese kreativen Erruptionen seines Landsmannes; er wußte nicht, was er darauf antworten sollte. Vom anderen Ende des Tisches meldete sich inzwischen eine Stimme mit ausländischem Akzent, ruhig und lässig:

– Pawluk malt selbstverständlich mit der Zunge! Quäl die anderen nicht und nimm lieber etwas Feuchtes auf die Zunge, sonst geht deiner Farbe bald der Glanz verloren.

Das sagte jemand, den man Borowski als den Herrn von Hertenstein vorgestellt hatte . . .

Pawluk zerrte beidhändig an seinen Haaren.

– Diese phlegmatischen Deutschen sind ohne Einsicht!

Herr von Hertenstein betrachtete die Anwesenden. Bislang scheinbar müde und träge, belebten sich seine Augen, als er Borowski ansah. Er stand plötzlich auf und goß ihm Wein ins Glas. – Borowski hatte Lust, vor Genugtuung loszuschmatzen: »Den hab ich ohne ein Wort – auf Distanz – erobert!«

– Ich habe von Ihnen gehört, – sprach Hertenstein. – Man hat mir diesen Jungen völlig vermaniriert, – fing er sogleich ein Gespräch an und zeigte ohne jede Zeremonie auf einen frischen Burschen. – Immerhin stelle ich Ihnen einen vielversprechenden Autor von Novellen vor, die man als pornographisch beschlagnahmt hatte. Im Wettbewerb »coups de grace« hätte ihn vielleicht Prévost geschlagen, aber im Preisausschreiben »coups de force« machte er den lüsternsten Leser fertig . . . Schauen Sie sich nur bitte diese gesundheitstrotzenden Backen an.

Ein Chor von Gelächter ließ den Jüngling nicht zu Worte kommen.

– Mein Lieber, – redete Hertenstein seelenruhig auf ihn ein,

– mach aus dir keine Literatur: laß uns nicht glauben, daß deine Literatur irgend etwas mit deinem Leben gemein hat. Wenn du zynisch wirst, fängst du an, sentimentales Zeug zu schreiben und deine Kleider zu zerreißen, ob der Verderbtheit – in der Kunst . . . Wir wissen, was junge Literatur ist.

– Das ist Kraft! – rief der Maler und sprang vom Fenster, wie aus der Schleuder geschossen, auf Hertenstein zu.

– Junge Literatur ist wie junger Wein, – sagte oder vielmehr gähnte Jelsky. Der ganze Genuß steckt in der ersten Gärung.

– Die Literatur ist wie eine Kokotte, – murmelte undeutlich Müller, und kaute zwischen den Zähnen an seiner Zigarette. – Wenn sie umsichtig ist und vorausschaut, trägt sie sich bescheiden, achtet auf ihren Ruf und ist um die stille Gunst der älteren Herren bemüht. Wenn sie jung ist, bevorzugt sie betont modische Kleider, trägt zu große Dekolletés, gefährdet ihren Ruf; womit sie die enthusiastische Sympathie der jungen Leute gewinnt.

Jelsky rang die Hände.

– Erbarm dich, Müller, versalz nicht die ganze Begriffswelt mit Erotismus.

– Die neo-romantische Literatur, – meldete sich der Dramatiker und stand auf, damit man ihn besser sah, – die neo-romantische Literatur, nachdem sie völlig lebensfremd geworden ist, ist ein Destillierkolben; die Dichtung ist dieses Kolbens Destillat. Nur das Drama ist noch ein legitimes Kind dieses Lebens.

– Das Drama ist ein geflicktes Kostüm aus der Requisitenkammer! – fauchte Borowski. – Dann etwas wert, wenn es ein guter Schauspieler anzieht. Bei uns, am Theater, kam es vor, daß wir uns während der Vorstellung Beefsteaks brieten!

Es entbrannte ein Streit um die Priorität der Poesie, des Dramas oder des Romans. Unter dem Lärm, lautem Gerede und Gläsergeklirr bewarf man sich mit modischen

Namen, Zitaten und eilig zusammengeflickten Aphorismen wie mit Konfettischwaden. Von Hertenstein lag fast auf dem Kanapee, tätschelte sein Knie und war mehr Zuschauer als Zuhörer; offenbar amüsierten ihn mehr die Gesten und die Geräusche als der Inhalt der Sätze, und nicht weniger als die, die miteinander stritten, diejenigen, die schwiegen . . .

Jelsky, der Journalist, verzog sein Gesicht und machte Grimassen zu seinem Weinglas. Für ihn waren es allzu abgegriffene Melodien. »Entweder ich trinke besseren Wein, oder ich erfahre etwas Neues! – Hier sitzen drei Polen, die könnten doch über ihren eigenen Kehricht berichten. Vielleicht gibt das einen Artikel.«

– Mein lieber Borowski, – begann er daher gekonnt beiläufig, – es gibt bei euch angeblich keine Cafés?

– Nein.

– Um Gottes willen!

– Ist das schlimm?

– Du fragst noch? – Wo es keine Cafés gibt, schrumpft alles, was kreativ ist und nicht der Einsamkeit verfallen will, zusammen, es sackt ein, läßt sich in die ekelhaften Gedankenwinkel des Bürgertums verdrängen . . . Na, und Kabaretts, habt ihr die?

– Eins.

– Hütet es, damit es nicht eingeht! . . . Na, und was habt ihr noch? Schöne Frauen . . .?

– Haben wir.

– Das ist bekannt. Wenn einer von den Herren Künstlern, – er wandte sich an die Runde, – außergewöhnliche Trancen erleben möchte, dem rate ich, sich in eine Polin zu verlieben. (Hier nahm Jelsky mit offensichtlicher Genugtuung die scharfen Blicke von Kunicki, Müller und Borowski wahr.) – Um zu erinnern! – die größten Namen waren sich nicht zu schade, dafür Reklame zu machen: Byron, Shelley, Heine, Lenau, Chopin, Mickiewicz, Balzac ...

– Millöcker, – parierte kurz Borowski und summte sogleich eine kleine Arie aus dem *Bettelstudenten*.

– Na, und das Theater? Schauspieler müßtet ihr ja hervorragende haben?

– Ja, nur kommt unser Repertoire von Europas Krebsen, – wandte der Bühnenautor ein. – Und die Krebse werden von den Auguren der Tagespresse überwacht. Die Muse der Komödie, in Frankreich alt geworden, hat bei uns die Aufgaben einer Gouvernante übernommen und inszeniert nun Stücke für Kinder. Shakespeare, des künstlichen Enthusiasmus' der Berliner müde, kommt ab und an zu uns, um sich auf der Warschauer Bühne auszuschlafen. Gespielt wird er selten, weil man diesen Autor bei den »Kaffeerunden« nicht zu sehen bekommt – very well!

Jelsky wurde lebhaft wie Quecksilber und zückte sein Notizbuch. –

Borowski sah von Hertenstein, den Mäzen, von der Seite an und begriff, daß er nun etwas sagen mußte. Er ging also in Stellung.

– Na, und die Literatur? – setzte Jelsky, mit dem Bleistift in der Hand, sein Verhör fort. – Was tun unsere Autoren?

– Meist gießen sie in die heutigen leeren Seelenschläuche den starken alten Wein von gestern, – entgegnete Borowski und leitete sein Minenspiel ein. – Damit werden wir an die großartige Vergangenheit erinnert, die »den Busen weitet«. Manchmal übertreibt man damit, mit der Erinnerung auch, wie es nach Weingenuß halt öfter vorkommt. Und wir schlucken das alles zum wiederholten Male, weil wir die Tradition heilig halten wie ein Sakrament. – Außer der Tradition sind uns noch die Gedanken an die Armut und alle damit verbundenen Empfindungen erlaubt, weil der

Nationalcharakter der Dichtung nicht nur den Kopf, sondern auch den Geldbeutel berührt, der bekanntlich immer sehr national und sehr sentimental reagiert. Also besteigt der Rezensent das Buch und weiß sofort, daß er es hier mit einer sympathischen Tendenz zu tun hat, die, was er deutlich erkennt, niemanden kränken und niemanden stören wird . . . Wir milden Slawen sind seid Jahrhunderten daran gewöhnt, uns gegen die Kultur des Westens mit unserer puren Fruchtbarkeit zu wehren . . . Jelsky sprang vom Stuhl auf und schenkte Borowski Wein ein.

– Ein kapitaler Schauspieler! . . . Von allen étrangers mag ich die Polen am meisten, niemand verlästert die Zustände seines Landes so leidenschaftlich wie sie . . . Mein Borowski, wer nimmt bei euch eigentlich Anteil an der Literatur, wer liest Bücher?

– Die Kritiker und die jungen Damen . . .

1901

Evviva l'arte
von Kazimierz Tetmajer

Evviva l'arte. Der Mensch ist verloren –
denn wer kein Geld hat, hat auch keine Rechte,
die Not zieht das Fell ihm über die Ohren,
ganz gleich, ob er dürstete oder zechte –
so speit auf das Leben, das uns ersparte:
evviva l'arte!

Evviva l'arte! Die Bäuche mag mästen
das Elendsvolk der Philister! Uns Söhne
der Musen füttert man ab mit den Resten;
wir gleichen dem Herbstlaub, bezwecken das Schöne
und setzen so alles auf eine Karte:
evviva l'arte!

Evviva l'arte! Der Ruhm sei uns Sonne,
der Stolz unser Gott, wir, landlose Kaiser,
sterben vor Hunger, doch nicht ohne Wonne,
sondern wie Adler, gebrochen, doch weiser –
voran! Zu des Ruhmes höherer Warte!
evviva l'arte!

Evviva l'arte! Nur göttliche, glaubt es,
Feuer entflammen in unseren Seelen:
wir sehn auf das Volk erhobenen Hauptes,
denn Lorbeer ist mehr als nur Kronjuwelen –
wie uns das wertlose Leben auch narrte:
Evviva l'arte!

1894

Alkohol und Musik
Eine Erinnerung an Stanisław Przybyszewski
von Tadeusz Żeleński (Boy)

Alkohol und Musik. Musik erklang im Hause der Przybyszewskis ständig. Dagny spielte Schumann, Grieg, norwegische Volksweisen oder, zusammen mit Szyszka, Beethovens Violinsonaten. Dann spielte Stach, stets mit dem unverwüstlichen Szyszka, Bach. Später, als Przybyszewski »reif« geworden war, schob er Szyszka beiseite und spielte allein Chopin. Über sein Spiel waren in verschiedenen Berichten seltsame Urteile zu lesen: die einen schrieben darüber Gedichte, andere hielten es für Stümperei. Der Unterschied lag am Blickwinkel: als könnte man einen Dichter, der wunderbar Gedichte spricht, vom Standpunkt der Rezitationstechnik beurteilen. Uns störten seine technischen Unzulänglichkeiten nicht; alle zufälligen Falschtöne oder Brutalitäten, unerwarteten Fortissimi und wilden Launen des Rhythmus flossen zu einem tragischen Lied zusammen, das einem die Seele aus dem Leibe trieb. Vielleicht waren das alkoholische Variationen zum Thema Chopin, eine Spiritus-Chopin-Transkription, wie es einen Busoni-Bach gibt – diese Transkription war auf jeden Fall unvergleichlich. Dazu Stach selbst am Klavier! – wer ihn so sah, vergaß ihn nie. Warum zeigte man ihn nicht so auf der Titelseite seines Buches *Meine Zeitgenossen,* statt des tränensäckigen Greises, der traurig aus der Fotografie blickt? Am Ende erhob Stach sich schweißüberströmt, ermattet vom Klavier, sank in den Sessel und flüsterte: »Und jetzt, Stasinek, spielst du.« Und Stasinek (Sierosławski) setzte sich gehorsam ans Klavier, bekam ein Glas Wodka hingestellt, wie ein Glas Wasser am Rednerpult, und hieb in die Tasten, abwechselnd: *Wenn die Sonne scheint bei schönem Wetter* oder *Er blieb vor den Musikanten stehn und warf mit Talern* oder das

Bei Krakau gibt's den dunklen Wald, die später Wyspiański in sein Stück *Die Hochzeit* übernahm. Und Stach hörte zu, ungewöhnlich intensiv hörte er zu, erlaubte keinen Augenblick aufzuhören und flüsterte nur: »Spiel, Stasinek, die ganze Nacht dasselbe.« Bis er, erholt, selbst über das Instrument herfiel und es bestialisch mit einer Chopin-Polonaise mißhandelte. Erst wenn er sich ganz verausgabt hatte, ließ er vom Klavier ab.

Das waren die echten »Manifeste«, wogegen die in der Zeitschrift *Leben* veröffentlichten fad und etwas komisch wirkten. Sie waren gut für den Export, für die Provinz, aber nicht für uns, die Nahestehenden, die wir das Glück hatten, aus der Quelle zu trinken. Der Alkohol, mit der Musik zu einem Elixier destilliert, war – nach Nietzsches Terminologie – sozusagen die »dionysische« Essenz von Przybyszewskis Kunst. Sein Elixier war nicht der aus milden Weintrauben gepreßte Dionysos der Griechen, sondern die Überwindung des nördlichen Klimas, welche die Natur betrügt und bar mit dem Leben bezahlt, die gebrannt ist mit der Macht der dem Satan selbst listig entrissenen Geheimnisse, aus Korn oder Kartoffeln, selbstmörderisch, verzweifelt. (Nebenbei gesagt, eine Frage an die Philologen: Kannten die Griechen Wodka?)

Wie mußte Stach schallend lachen, wenn jemand in einem solchen Augenblick die Literatur erwähnte! Wie mußte er spöttisch lachen! Wie er alles verachtete, was Sprache des Intellekts war, alles, was Anspruch auf Gedanken erhob, in jenen Augenblicken, in denen er lediglich ihre ultravioletten Strahlen reflektierte. Dann ließ er nur den Klang der Wörter gelten, den wie eine musikalische Phrase ständig wiederholten Klang, das zur Würde eines Trinkspruchs erhobene Wort. Denn Stach trank niemals ohne Trinkspruch; jeder Tag, jede Stunde – ja jedes Gläschen fast – hatten ihren Trinkspruch. Je nach Text änderte der Wodka seinen Geschmack, wie in dem Faß, aus dem Mephisto den deutschen Studenten in Auerbachs Keller verschiedenen Wein kredenzte. Es ist klar, daß man anders trinkt zu: *les paons blancs, les paons nonchalants* (aus dem Gedicht von Maeterlinck), anders zu: *nie sah ich die Nacht beglänzter* (aus dem Gedicht von Dehmel) und noch anders zu: »da ist das Fest des Korns, da ist das Fest des Brotes« (aus dem Gedicht von Verlaine *C'est la fête du blé* in der Übersetzung von Stanisław Korab-Brzozowski), ein Trinkspruch übrigens, der ausgezeichnet zu einem Glas Korn paßt . . . Der Trinkspruch gab dem Alkoholgenuß abwechselnd mystischen, philosophischen, träumerischen, spöttischen, scherzhaften, irrationalen, absurden Charakter, man wiederholte ihn wie einen Refrain, skandierte die Gläser einer Flasche als wären es Trochäen oder Jamben eines Gedichts. Es gab Gelegenheitstrinksprüche und beständige. Da schickte zum Beispiel ein Dichter vom Stamm der »Dekadenten« ein Gedicht in die Redaktion, welches endete: »ich schlag mit den Hufen eines spasmatisch rasenden Satyrs aus«. Przybyszewski war außer sich vor Freude, so hatte ihm das gefallen (als Trinkspruch, nicht für den Abdruck). Eine Zeitlang pflegte er anzustoßen: »Los, Stasinek (oder Fredzinek oder ein anderer Inek, denn Stach verkleinerte alle Namen kujawisch mit -inek), los, Stasinek, schlag mit den Hufen eines spasmatisch rasenden Satyrs aus.« Und er lachte, lachte wie ein Kind. Dann hat wieder ein anderer Dichter (dessen Namen ich verschweige, weil er noch lebt) ein Gedicht verbrochen, in dem folgende Blüte vorkam: »Ach, der Melancholie leidenschaftlicher Höhenflug – er berauscht mich bis zum Wahn.« Stach genoß diesen »leidenschaftlichen Höhenflug der Melancholie«, betonte ihn mit einem erzkomischen Verdrehen der Augen und kippte dabei das Glas hinunter. Das war sein Trinkspruch. Und mit zwei solchen Trinksprüchen konnte er sich den ganzen Abend amüsieren. Ich kann es nicht erklären, aber das war eine der interessantesten Konversationen, die ich kannte. Und wenn er mir zuprostete und mich dabei mit seinen schrägen diabolischen Augen ansah, schmolz in mir tatsächlich alles vor Zärtlichkeit und Verehrung dahin, ich hatte das Gefühl, daß sich mir Herz, Hirn und Seele öffneten; daß man in seinen Händen, die ich in diesem Augenblick hätte küssen mögen, zum Menschen würde. Ich weiß, daß das, was ich sage, mystisch anmutet, aber es täuschen sich sehr, die da behaupten, ich würde nichts von Mystik verstehen. Im Gegenteil, ich verstehe davon vielleicht mehr, als man denkt.

Leichteres Kaliber
Aphorismen von Karol Irzykowski

Der Überfluß an Intellektualismus erfindet seine Ausgleichsmaßnahmen selbst.

Miserable Intellektuelle geben sich gern irrational.

Ein Intellektueller kann sich niemals mit den Tatsachen abfinden, immer steht er entweder darüber oder darunter, entweder er hat Angst oder er verachtet.

Man sollte versuchsweise eine neue Mode kreieren: den anderen ihr Recht zuzubilligen und die Billigkeit anderer in Kauf zu nehmen.

Intelligenz: Wer immer auch das Steuerrad der Politik in der Hand haben wird, sein Schicksal gleicht dem eines Bauern, der im Kugelhagel einer Schlacht – pflügt.

Ob einer, für den ein Kilo Daunen leichter ist als ein Kilo Eisen, ein Poet ist? Oder denkt er wenigstens poetisch? Was erfordert mehr Vorstellungskraft? Wohl das: seine erste Suggestion zu besiegen.

Ein Lyriker sein – sich zum Treibhaus machen.

Stromer treiben sich mit ein paar Gedichten in der Tasche herum – und mit viel Anspruch gegen Polen.

Das, was schlechthin Intellektualismus genannt wird, sollte besser Schablone heißen. Bei uns denkt man nämlich, daß jeder, der denkt, eo ipso gut denkt.

CHIMÄREN

Chaos der Chromosome, christliche Chimären,
Geister, Gespenster.
»Weiße Gespenster rauchen aus Gräbern,
Opfer, gequälte, in langen Reihn –
und ihre vereisten Krallen streben
tief in das Innerste mir hinein.
Aus Ackerfurchen steigen Mächte
von unverwüstlichem Gewicht –
Der Sturmwind heult, als ob er dächte:
das ist der Geister Nachtgericht.«

Tadeusz Miciński, *Polarnächte*, 1902

Nacht
von Stanisław Wyspiański

Ob ihr es merkt – in Nebelschwaden,
je mehr der Dämmer uns umdämmert,
je mehr dann jeder Flimmer leuchtet,
astral, wie wahre Himmelsfunken.
In tiefer Seen Spiegelglätte
erzittern reflektierte Feuer
Im Rauchgeruch verbrannter Kräuter,
wie fixe Sterne, welche dauern.

Uns hüllt die Nacht in Finsternisse,
und sie – sie leben als Gefunkel.
Uns löscht die Nacht wie eine Kerze,
und sie – sie bleiben unbeschadet;
wenn alles rings zerfließt zum Schatten,
erheben sie sich aus dem Dunkel.

Es scheint, dort brennten keine Körper,
dort flammten eher Menschenseelen,
die sich des Nachts als Glut bewahren,
von der Unsterblichkeit entzündet.

1907

Ein Herkules der Neuzeit
Auszug aus dem Roman von Władysław Orkan

In der Gemeinde Jurgów, an der ungarischen Grenze, lebte ein gerechter Mann namens Kurzawa. Ein Bauer von ungewöhnlicher Kraft und riesiger Gestalt, der in seiner Naivität nicht einmal wußte, daß man sich damit unter den Menschen hervortun konnte.

Seit seiner Jugend war er daran gewöhnt, allen Vortritt zu lassen, weshalb er, als ihm der Vater, der seine Weichheit für Leichtsinn hielt, im Testament nicht mehr als ein halbes Viertel Acker vermachte, auch diesen Teil seinem Bruder im Tausch gegen dessen Freundlichkeit überließ. Und das geschah auf folgende einfache Art:

Er hatte sich ein junges Weib zur Frau ausersehen und den Bruder gebeten, für ihn als Brautwerber das Haus ihres Vaters aufzusuchen. Der Bruder ging und – nachdem er nebenbei ausgekundschaftet hatte, welche Mitgift die Braut bekommen würde – warb um sie, aber für sich; dem Bruder erklärte er dann nach und nach, daß ihm das Stückchen Feld, da er weder Frau noch Kind habe, sowieso wenig nütze, er solle es besser ihm, dem armen, mit einer Familie bebürdeten Bruder abtreten – dafür würde er Freundlichkeit und gutes Andenken für alle Zeiten ernten.

So also war Kurzawa sein Erbteil los und hatte außer der Freundlichkeit und des guten Andenkens obendrein Zufriedenheit im Herzen. Ein so großzügiges Entgelt für dieses ärmliche Stückchen Land hatte er nicht erwartet.

Mit dieser Genugtuung ging er unter die Menschen – und jetzt erst stellte es sich heraus, daß er nicht leben konnte. Man hatte es ihm einfach nicht beigebracht, zu leben. Vielleicht deshalb, weil er allein aufwuchs, den größten Teil seiner Jahre Schafe, dann Ochsen auf menschenleeren Almen hütete oder weil er von Geburt an so begriffsstutzig

war – genug, das hatte schon der Vater gemerkt, da er ihn von der Scholle fernhielt, und auch der Bruder hatte ihm wohl aus dem gleichen Grunde den Rest genommen.
Ja – er konnte nicht leben. Und wozu waren ihm die große Kraft, der Wuchs bis zur Decke gegeben, wenn er nicht stehlen, nicht betrügen, nicht mogeln, nicht überlisten, sich nicht einschmeicheln konnte, nicht blind, nicht taub und nicht stumm sein konnte, wo es angebracht war – na, mit einem Wort: er war untauglich für das Leben.
Weil er bei den Leuten weder lange blieb noch bei ihnen letztlich Arbeit fand, aber sah, daß es anderen, die in Stärke und Fertigkeit bei der Arbeit geringer waren als er, gut ging unter den Leuten, wurde ihm langsam seine Unbeholfenheit bewußt. Und das machte ihn noch schüchterner im Umgang.
Als er die letzte Stelle als Knecht verlor, und zwar aus einem recht dummen Grund (weil er dieses eine Jahr nicht ruhig zusehen konnte, wie die Bäuerin hinterrücks ihren Mann betrog), war er ratlos und verstand noch weniger von all dem, was man gewöhnlich »das Leben« nannte. Es war ihm derart durcheinander geraten – Böses und Gutes, Schlimmeres und Besseres, Gerechtes und Ungerechtes – daß er sich vollends dem Aberglauben ergab und ein Nebel des Wahns sich ihm auf die Augen legte; es schien ihm, er stehe vor einer schwarzen Höhle, die er mit angestrengten Blicken zu durchdringen bemüht war und dabei fühlte, wenn er sie nur mit den Augen durchdringen könnte, daß ihm dann alles – das ganze Leben – heller erscheinen würde. Eine Vision wie im Traum.
Und als er lange, hartnäckig ins Dunkel gestarrt hatte – und ihm wegen seiner Ohnmacht fast zum Weinen war – sah er plötzlich, wie ein Drache den ungeheuren Schädel aus der schwarzen Öffnung reckte und eine so lange Zunge zeigte, wie sie wohl niemand je gesehen hatte, und wie er dann langsam wieder in die Höhle zurückkroch. Er machte

sich über den untauglichen Kurzawa offensichtlich lustig. Da ergriff diesen bis auf die Knochen gutmütigen Mann zum erstenmal ein unbezähmbarer Zorn und – man könnte hinzufügen, eine solche Tollwut, daß er, ohne einen Augenblick zu überlegen, sich in die Höhle stürzte, um das alberne Ungeheuer mit einem Schlag zu töten oder ihm wenigstens die Fresse blutig zu schlagen.

Doch als er bereits festentschlossen drauf losging, verschwand plötzlich alles vor seinen Augen: der Drache und das Dunkel und die Höhle – die Täuschung fiel von ihm ab, und er sah ringsum nur das übliche Leben, wie es zuvor gewesen war.

An wem sollte er sich rächen?

Er verließ also die Gemeinde, ging fort bis zu den menschenleeren Landstrichen, die an das Nachbardorf grenzten, setzte sich, hungrig und müde, an einem Scheideweg nieder, und da er keine Menschenseele sah, nur die Leere überall, sagte er laut und mit Überzeugung:

– Es gibt keine Gerechtigkeit.

Und dann, als er sich nach langem Nachdenken anhand der deutlichen, weil unlängst erst erlebten Beispiele überzeugt hatte, daß er die Wahrheit und keine Lüge sprach, fragte er wiederum die Leere:

– Was tun?

1905

Leere
von Stanisław Korab-Brzozowski

Ein einsamer, entblößter Baum
Hebt seine nackten, kahlen Arme,
Die rauen Hymnen der Verzweiflung,
Zum stählernen Himmel der Leere.

Ein morsches Kreuz steht ihm zur Seite,
Daran stirbt angenagelt Christus,
Und hebt die hoffnungslosen Augen
Zum stählernen Himmel der Leere.

Unter dem Kreuz hebt meine Seele
Aus schwarzem Abgrund ihres Elends
Und ihres Nichts die Wahngelüste
Zum stählernen Himmel der Leere.

1899

Zu Wyspiańskis Drama »Die Hochzeit«
Auszug aus einem Beitrag von Wilhelm Feldman

Als im Frühjahr 1901 im Krakauer Theater zum erstenmal *Die Hochzeit* aufgeführt wurde, ergriff gegen Ende des dritten Aktes eine atemraubende Totenstille den Saal. In den beiden vorangegangenen Aufzügen erlebten die Zuschauer Polens Leben, in einer Bauernkate versinnbildlicht: Ein Mädchen vom Lande und ein Dichter aus der Stadt feiern Hochzeit und verwirklichen den polnischen Romantikertraum – die Eintracht, ja, Verbrüderung von Stadt und Land, von Adel und Volk. Zur Hochzeitsfeier finden sich Vertreter aller Stände ein: Bauern, städtische Intelligenz, der Dorfgeistliche, der Jude, eine Beamtengattin, ein Dichter, ein Journalist und viele andere. Sie diskutieren – wie immer in Polen –, von einer sonderbaren Stimmung gefangen, über das Schicksal des Vaterlandes: »sie machen Polen«. In dem Dialog zwischen Gastgeber und Dichter entladen sich Sehnsucht, Zerrissenheit und bodenlose Verzweiflung der Generation:

DICHTER: In jedem irrt ein Geist umher,
er macht uns oft das Atmen schwer;
man möchte irgendwohin jagen,
daß uns das Herz darüber lache,
stets jagen, Riesenhaftes wagen,
doch hier – ist alles Alltagssache,
die mit viel Lärm aus ihrer Enge
im Auge, Mund und Ohr sich dränge;
in jedem irrt ein Geist umher,
der sich befreien möchte, ringen,
um große Dinge zu vollbringen,
die Arme in die Weite breiten,
die Riesenschwingen so entfalten

und fliegen, daß ihn niemand halte;
doch hier kriecht Niedriges und Seichtes
ihm stets in Augen, Mund und Ohren; –
was nahe war, wird unerreichter –
das Herz muß tiefer sich verbohren,
in vierten, tiefsten Untergründen,
wo es von niemandem zu finden.

Das Brautpaar, überglücklich, möchte die ganze Welt zum Zeugen seines Glücks haben und ruft voll Übermut dem draußen vom herbstlichen Sturmwind geschüttelten Strohmann (ein vor dem Winterfrost in Stroh gewickelter Rosenstrauch) zu, in die Stube zu kommen.

BRÄUTIGAM: Ha, ha – ein Spaß mit diesem Wisch,
Strohmann, komm
an unsren Tisch,
komm ins Haus
zum Hochzeitsschmaus!

BRAUT: Voll genug sind Topf und Faß,
habe mit uns deinen Spaß!

Die Einladung verwandelt sich in eine Geisterbeschwörung. Um Mitternacht beginnt sich die Kate mit unheimlichen Gästen zu füllen. Watschelnd schlurft der »Strohmann« ins Haus und kündet mit seiner klanglosen Grabesstimme seltsame Dinge an. Die Hochzeitsgäste, in Bann geschlagen und traumgesteuert, betreten nacheinander die Bühne: zu ihnen gesellen sich einzeln symbolische Verkörperungen ihrer innersten Erlebnisse, ihres intimsten Ichs. An der Seite der Bäuerin erscheint ihr längst verstorbener Jugendgeliebter. Dem Bräutigam gesellt sich der großmächtige Hetmann Branicki zu, der das Vaterland einst an die Zarin Katharina verraten hatte. Der Journalist, den sein stupides Alltagsgeschäft anödet, bekommt den historischen Hofnarren Stańczyk als Gesprächspartner zugewiesen, der selbst den Königen die Wahrheit sagen durfte und nun wehmütig an die große Vergangenheit erinnert, an die Zeit der Jagellonen, als die Sonne der Renaissance über Polen im Zenit stand und auf der Wawelburg Sigismund der Alte neben seiner italienischen Gemahlin, der Prinzessin Bona Maria Sforza, thronte und als von der Krakauer Kathedrale weithin übers Land die mächtige von ihm gestiftete Königsglocke – zum erstenmal – in erzenen Tönen das Heil des Landes läutete.

HOFNARR: Die Königsglocke: –
Ich saß dem König zu Füßen,
der Hof hinter mir in Reihn,
das Söhnchen, die Töchterlein,
die Italienerin – Hymnen
sangen die Pfaffen im Chor; –
Alle sahen empor,
wie die Glocke stieg,
oben hängen blieb,
in alle Höhen klang:
ihre schaukelnde Stimme drang
bis zu den Wolken vor –
die Menge neigte sich tief.
Ich sah zum König hin,
auf sein gerötetes Kinn . . .
Die Glocke rief
- - - - - - - - - - -
So war es einst – und nun?

JOURNALIST: . . . .
Der Königsglocke Herrscherton
mahnt uns seit Ewigkeiten
wie ein geplatztes Herz mit seinem Klang:
unserem Klang – am Abgrund zu stehn
und nicht zu wissen, wohin wir gehn.

HOFNARR: Und schlägst du auch mein Herz entzwei,
du findest doch nur einerlei
in ihm: das Ruhelose,
die Schande, Schande, die große
brennende Scham;

uns treibt ein Fatum
in den Abgrund –
JOURNALIST: Du bist Geisterseher!
HOFNARR: Ich bin die Schmach!
Ich kenne die Hölle – in unserem Lande –
sie ist schlimmer als die von Dante.
JOURNALIST: Ich lebe in einer Hölle!
HOFNARR: Gemach, vereint in den Abgrund! Mir nach!

Den Dichter, der in Vorstellungen der Décadence schwelgt, sucht die Riesengestalt eines legendären Ritters heim, um ihn moralisch zu strafen; dem Gastgeber, der sich leicht zu patriotischer Begeisterung hinreißen läßt, der aber ebenso leicht ermattet, erscheint der mythische Barde Wernyhora, den die Volkssage als den Verkünder der Auferstehung Polens kennt. Aus seinem Munde kommt dann auch der entscheidende Befehl an den Gastgeber.

WERNYHORA: Was verborgen war – sei offen;
was entfernt war – sei jetzt nah.
Euer Liebden feiern Hochzeit;
alle, fast, sind eingetroffen;
schick in die vier Landesteile
Boten, eh es tagt, in Eile.
GASTGEBER: Noch bevor es tagt,
werde ich sie reiten lassen;
frage nur noch meine Frau –
die mit ihrer Bauernschläue . . .
WERNYHORA: Schick sie in vier Landesteile!
Sei gewappnet, eh es tagt.
Sind die Boten ausgeritten,
ruf das Bauernvolk in Eile
auf den Kirchenplatz zusammen;
lehr es eure Würde kennen,
grüß es in des Gottes Namen,
und dann laß es Stille wahren,
kein Geklirre, kein Gescharre,

laß alsdann es niederknien,
laß es lauschen, tief und fromm:
ob es einen Hufschlag hört
auf dem Weg aus Krakau ziehn –?
. . . .
ob ich mit dem Engel komm –?

Die gewaltigsten Empfindungen offenbaren sich (den Polen) in der Gestalt von Halluzinationen. Die tiefste Wahrheit schöpfen sie aus ihrem Unterbewußtsein; die Traumgestalten sind Stellvertreter ihrer Sehnsucht und ihres Gewissens; daher die Galerie von symbolischen Visionen in der Hochzeitsnacht, die darstellen sollen, was »jedermann in seinen Träumen sieht . . .«

WERNYHORA: Ich sag Das Wort – und es ist wahr;
der Augenblick ist sonderbar:
ich wählte diese Hochzeit aus,
den Bauernhof, den Weg, dein Haus. –
Höre die Winde heulen!
Höre den großen Regen prasseln!
Höre die großen Bäume knarren
und die Gebüsche rascheln:
dort musiziert mein Geleit,
Tausend Pferde stampfen
mit goldenen Hufen die Erde!

GASTGEBER: Jesus, erbarme dich unser – –!

WERNYHORA: Wer Warschau als erster
mit dem Fähnlein der Tat erreicht,
mit dem Harnisch der Gottesmutter;
wer die Stände zum Reichstag sammelt
und selbst erscheint an dessen Stätte
in der Hauptstadt – wird uns retten!

Von der Vision Wernyhoras inspiriert, läßt der Gastgeber die mit Sensen bewaffneten Bauern einberufen, damit sie bald nach Krakau aufbrechen, wo auf der Wawelburg die Mutter Gottes bereits das Auferstehungsmanifest schreibt.

Mit verhaltenem Atem verfolgt das Publikum im dritten Akt die Entwicklung dieser ungewöhnlichen Aktion. Die Hochzeitsgäste, die Herren und Damen, die mit Sensen bewaffneten Bauern – alle stehen in einer seltsamen Verzückung in der Morgendämmerung und lauschen in Erwartung des Boten, der das mystische »goldene Horn« des Aufbruchs (zur Befreiung) blasen soll. Ungeduld, Neugier, höchstgespannte Erwartung, ekstatische Ahnung bemächtigen sich der Gäste und der Gespenster ...

GASTGEBER: Verneigt euch tief vor dem Omen,
er will mit dem Erzengel kommen,
den Landweg aus Krakau, schaut ...
Die Königin von Tschenstochau
erwartet uns auf der Burg.

DICHTER: Bruder Geist!

GASTGEBER: Tut, was er heißt.

Der Dichter ist in seinem Element. Er identifiziert sich mit den Halluzinationen und ihrem Erreger, dem »Bruder Geist« (Słowacki!). Aber das »goldene Horn« ertönt nicht ... Der Bursche, dem es anvertraut war, hat es im Wald verloren, als er sich bückte, um die Pfauenfeder, die seine Mütze schmückte, aufzuheben ... Statt des ersehnten Hornrufs sind wieder die schlurfenden Schritte des »Strohmanns« zu hören. Mit Holzstöckchen spielt er den Gästen auf – tanzlustig und wehmütig zugleich – ... Alle drehen sich traumatisch im Kreis ... und der »Strohmann« – besessen, spöttisch, ergreifend, gräßlich – musiziert.

STROHMANN (wiegt sich im Takt und spielt):
Hattest, Bauer, ein goldenes Horn,
hattest, Bauer, eine Mütze, vorn
mit Federn ... beides ist verlorn:
die Mütze treibt der Wind durch die Flur,
das Horn echot im Wald,
zurück blieb dir nur die Schnur,
zurück blieb dir nur die Schnur. (Der Hahn kräht.)

[Kräht ein Hahn wirklich danach?] Die Massenpsychologie des letzten Bildes, mit ihrem gläubigen Zauber und fast zynischen Spott im Schlußakkord, versinnbildlicht die Kluft zwischen Traum und Wirklichkeit überdeutlich. Hier Größe der Auffassung, dekorative, symbolträchtige Gestalten als Ausdruck eines reinen und reichen Innenlebens; dort die vertane Chance, das verlorene »goldene Horn« – einer Pfauenfeder zuliebe. Zwei Welten, die reale und die irreale, die des patriotischen Traums und die der politischen Wirklichkeit, suchen ihre Synthese – vergebens. Auf der Bühne bleibt nur die innere Welt, die der Seele, als wahrnehmbar zurück. Erstarrt.

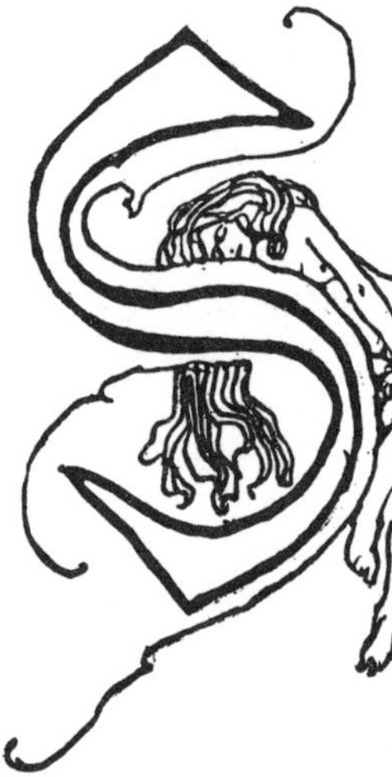

Am Bergsturz
Aus der gleichnamigen Novelle von Władysław Orkan

Bartek hörte nichts ... Die entsetzten Augen schweiften von Rain zu Rain, von Acker zu Acker – das Hirn arbeitete hartnäckig, bis ihm der Schweiß in Tropfen auf der Stirn stand. Das Dorf von früher, das er noch aus der Erinnerung kannte, verschwand allmählich aus seiner Vorstellung – auch das von heute entfernte sich langsam – und hinter dem Nebel, aus der Zukunft, traten Ackergrenzen hervor ... lauter Ackergrenzen, eine neben der anderen, dicht beieinander wie umgepflügte Schollenzeilen ... Feuchte Furchen rosteten rot wie abgemähtes, dickflüssiges, geronnenes Blut ... Und Menschenmengen, Schwarzgesindel, wimmelten wie Ameisenhaufen, überfluteten wie millionenfache Heuschreckenschwärme die blutroten Felder ... Man sah, wie dieses Gewürm schwirrte, sich beengte und hinabdrängte und um jeden Erdklumpen verbissen kämpfte, daß die Erde ganz naß war vom schwarzen Schweiß, und die warmen Dämpfe zum Himmel stiegen ...
Der Bauer zuckte zusammen – er fand sich plötzlich am Bergsturz ... Mit glasigem Blick sah er den Abgrund ... Er schloß die Augen wie vor dem Tod ... Das Gespenst des schrecklichen Elends stand bei ihm, ganz nah ... Auge in Auge. Und er wurde blaß und begann am ganzen Körper zu zittern ... Jedes Äderchen bebte vor Entsetzen.
– Jesus! Jesus! – würgte er heraus und öffnete weit die Augen, die in die Zukunft blickten ...
– Was hast du, Bartuś? – fragte seine Frau weich.
– Nichts, nichts ...
Er schlurfte zum Flur, seine Frau hinterher.
– Wo gehst du hin?
– Schaffen – antwortete er tonlos.

– Und das Frühstück?
Er antwortete nicht. Er ging vor die Schwelle, zur Siedlung, zog den Pflug aus dem Schuppen, lud das Zubehör auf und ging in den Stall, um die Ochsen zu holen.
– Schaffen muß man jetzt, schaffen ... – wiederholten seine Lippen unentwegt.
Er hantierte wie früher, nur mechanisch, geistesabwesend. Er hatte den Glauben verloren – und bewegte sich wie eine Maschine, von der Notwendigkeit, zu leben, bedrängt.
– Man muß leben, man muß ...
In den weit aufgerissenen und vorwärtsstarrenden Augen dämmerte nur ein einziger Gedanke – an die schwarze Zukunft.

1900

Es flackern goldene Pomeranzen
von Tadeusz Miciński

Es flackern goldene Pomeranzen
im menschenleeren schwarzen Salon –
Du bist ein Gespenst – regierst auf dem Thron –
ich komme mit dem Mond – und tanze.

Die Kobras schlängeln sich und lästern
ihr Gift hinein in Rosenschalen –
ein Wiking zwischen Mauren-Malen
zeigt mit dem Schwert nach Löwennestern.

Blutrote Liebespomeranzen
im Traumsuchtschlaf der schwarzen Diane –
Gestöhn, das ich nur leise ahne!
– – – – – – – – – – – – – – – – –
Ich kam hier mit dem Mond und tanze.

1910

Melancolia
von Tadeusz Miciński

In mir ist ein dumpfes Weinen – ein Schluchzen und Weinen leben in mir –
dem Geraune gleich von ewigen Tropfen in einer Grotte, dem heimlichen Ächzen monotoner Tropfen.
Ach, es ist sicher die von den Räubern gefangengehaltene Prinzessin mit dem Goldhaar,
(Schäferin oder Schloßfrau) – den Sonnenfeldern, den grünen, entführt,
die vergessene und in der Grotte in Haft gehaltene und auf den scharfen Steinen blutende Prinzessin meiner Seele mit dem Goldhaar.
Ihre Tränen fließen wie kalte Opale – ihre Tränen fließen endlos des Nachts
und werden zu hängenden Eiskristallen – in die Versunkenheit hängenden Kristallen.
Einmal war dem Geräusch eine Schlange, Versucherin dieser dumpfen Tiefwelt, gefolgt – sie kroch in die Grotte,
legte gierig den Mund in die Quelle und schreckte zurück vor dem fremden Schein.
Sie entdeckte nämlich auf einmal die Prinzessin in ihren Saphiren – nun starrten die tiefen, grünen Augen,

die im Dunkel sehenden Schlangenaugen, die blasse weinende Prinzessin an –
und besänftigte diese mit ihrem klugen Blick und führte sie in den tiefen Abgrund –
ihr mit den Augen phosphorisch vorwärtsleuchtend – führte sie in den Abgrund tief.
Bis die Eiskristalle der Schmerzen unter der blutenden Hand, die Halt im Dämmer suchte, zu tönen begannen:
Ein Chor der verdammten Pilger summte das Lied vom Heiligen Grab.
Schilder blitzten, Schwerter – zwischen den schwarzen Säulen aus Basalt –
Riesen erhoben sich aus den Gräbern – rasende auseinandergetriebene Rosse
trugen sie in den Feuerwolken vor die im Donnergetöse zorngeladene Majestät.
Plötzlich verstummten die Gesänge – ein dumpfer Abgrund öffnete sich –
zwischen den nebelfeuchten glitschigen Wänden sah man den strudelnden See.
Und die zitternde Prinzessin setzte sich auf den naßkalten Grabstein
und sah in den sternlosen Abgrund – in den See der versunkenen Tempel.
Plötzlich wurde sie mit einem tonlosen Schrei von starken Armen erfaßt
und auf sechs Flügeln über den Abgrund getragen,
und wie ein Wunder erschien ihr im Mondschein das Gesicht – des Luzifer.

1902

Liberum Veto
von Adolf Nowaczyński

Es gibt Menschen, die sehr stolz sind auf die lange Reihe der Vorfahren ... ihrer Pferde.

Das zuverlässigste Mittel, deine Energie zu entfachen, ist der Neid deiner Freunde.

Jeder Nero hat seine Prätorianer; die Prätorianer der Neroleins von heute sind ihre Straßenköter.

Nach meinen Berechnungen repräsentieren 25 Bändchen überflüssiger Stimmungsprosa in Galizien jährlich eine Summe von 11 295 Złoty (hört, hört!). Ich schlage vor, daß die galizischen Nymphographomanen diese für 1905 anfallende Summe freiwillig abgeben, um z. B. die Aufführung des *Fluchs* von Wyspiański unter Ausschluß des Publikums (Bravo! Bravo!) – zu ermöglichen.

Zwei Dinge imponieren den Außenstehenden bei uns immer: jedes Anzeichen der Anarchie und jedes Anzeichen der Disziplin.

1904

GOTT
UND TEUFEL

Giftige Zweifel nährten mein Herz seit der Kindheit – so hörte ich auf zu glauben, und ich war noch stolz darauf, nicht mehr zu glauben und lästern zu können. Der Teufel war mir mehr als Gott, und den Unglauben erhob ich zum Banner meines Geistes. Doch der Unglaube hatte meinen Geist nicht gesättigt, und ich war nach wie vor ein winziger Nachen, vom Sturm der ständigen Zweifel geschaukelt . . .

Antoni Lange, *Dichtungen,* 1895

Polnische Freimaurer
von Tadeusz Miciński

Du, Dämmer, gabst uns sieben Schwerter,
die alle doppelschneidig taugen:
fatale Liebe – keine Liebe,
das Starren – ewig – blinder Augen!
der tauben Träume Doppeltriebe,
Verzweiflung, uns des Glaubens werter;
das Christusschloß in tiefem Sumpfe
und Satans Huf am Ort der Marter –
das goldne Kreuz, das heute dumpfe,
im Feld des Unglaubens verscharrte!

1909

Es wächst mein Glaube
von Wacław Rolicz-Lieder
Deutsch von Stefan George

Hier ist die bei nacht zirpende halle
Aus harzigen lärchen vor jahren gezimmert.
Der gottesgebärerin bildnis hängt an der wand
Davor das lämpchen das schaukelnd flimmert.

Und vor der Maria mit kriegerischen narben
Die junge frau in tiefer demut fleht. –
Vom lichte ist an den wänden gezeichnet ein schatten
Der groß ist wie der knieenden gebet.

Und hinter dem fenster venetischen baus
Steigen vom teiche die rhythmischen stimmen.
Lautlosen fluges irrt eine fledermaus . . .

Glückseligkeit legt mir die hand aufs herz.
Es wächst mein glaube – wächst wolkenwärts
Ich könnte an ihm empor in den himmel klimmen.

1896

Kathrin, die Karyatide
Auszug aus dem Roman von Gabriela Zapolska

Gott! – Ihn hatte sie ganz vergessen! Wie lange schon hatte sie nicht gebetet – eine Kirche aufgesucht! Seitdem sie so tief gesunken war, hielt etwas sie davon ab, Kirchen zu betreten. Es kam ihr vor, als halte sie etwas am Kleid und an der Stelle fest. Das war gleich zu Anfang, denn später hatte sie es nicht einmal versucht, eine Kirche zu betreten. Erst heute – tat sie es, ohne das seltsame Gefühl, das sie früher schon im Windfang des Gotteshauses zur Umkehr zwang. Die Kirche hatte sich überhaupt nicht verändert. Die gleiche Feuchtigkeit, die von den hohen Gewölben fiel, die gleichen Schatten, die an den Pfeilern entlangschlichen, das gleiche leise, heiße Geflüster, das sich an die vergoldeten Gewänder der Engel klammerte, diese kühle und doch von devoter Leidenschaft vibrierende Ruhe umwehte plötzlich das eintretende Mädchen und erweckte in ihm einen niederschmetternden Eindruck. Sie kniete vor dem nächsten Altar fast mechanisch nieder, machte das Zeichen des Kreuzes und begann zu beten. Aber das Beten gelang ihr nicht sonderlich. Die Gedanken verhedderten sich wie Fäden eines schlecht aufgewickelten Garns. Der Hunger zerrte an ihren Eingeweiden. Vor ihren Augen war Nebel.

Hinter ihrem Rücken hörte Kathrin ein leises, unterdrücktes Schluchzen; das Weinen kam aus einem Eckchen, in dem ein niedriger schwarzer Beichtstuhl stand, aus dessen Innern der weiße Kragen des Beichtvaters leuchtete.

Eine schwarzgekleidete Frau kniete am Gitter und weinte herzzerreißend.

Aus dem Munde des Pfarrers kamen mit halber Stimme flüchtig gesprochene Worte. Zuweilen wurde dieses Geflüster lauter und ließ ein paar Ausdrücke unterscheiden:

– Suche Hilfe bei Gott! . . . Der einzige Trost ist Gott . . .
Kathrin senkte den Kopf.
Ja! sie war sehr schuldig. Nicht genug, daß sie gesündigt hatte: sie dauerte in ihrer Schande fort, statt sich von der Sünde zu reinigen; sie hatte sich von Gott, der ihr Hilfe und Trost hätte geben können, abgewandt.
Der schlichte, praktische Verstand des hungrigen und verlassenen Mädchens verstand diese Hilfe so, daß sie sofort irgendeine Arbeit bekomme, vor allem aber warmes Essen, das ihren Hunger stille, der sie seit fast vierundzwanzig Stunden plagte. In dieser Bedrängnis entschloß sie sich, vor den Beichtstuhl zu treten, die Last ihrer Sünden dem Pfarrer vor die Füße zu legen, um in ihrer Not Trost und Hilfe zu erfahren.
Die weinende Frömmlerin küßte dem Pfarrer mehrmals seine fette Hand und zog sich, immer noch leise seufzend, in die Tiefe der Kapelle zurück.
Gott, einziger Trost! . . .
Und von diesem Gedanken geleitet, begann Kathrin ihre Beichte. Sie kniete auf die unbequeme Stufe nieder und zitterte vor Erregung. Wie lange hatte sie sich der dunklen Tiefe eines Beichtstuhls nicht mehr genähert! Wie lange hatte sie nicht mehr vor dessen Gittern gekniet, die ihr stets das unbestimmte Gefühl der Angst einflößten. Heute jedoch milderte ein zwingenderes Gefühl diese Angst, das Bestreben nämlich, ihr Unglück und das überstandene Leiden zu erzählen, und das Verlangen nach einem guten Wort, nach einem Rat, nach Hilfe, die man ihr seit dem Kindesalter am Fuße des Altars verhieß. Und so beginnt sie ihre Beichte mit einfachen Worten, mit einem von Wehmut überfüllten Herzen, mit aufrichtiger und wahrer Reue für den begangenen Fehler – ohne etwas zu verbergen . . .
Dann stockt sie jedoch, frostig berührt von dem seltsamen, hartnäckigen Schweigen jenseits des Gitters. Der starke Geruch von Pfefferminzbonbons, die der Pfarrer lutscht,

betäubt sie und verursacht ihr Schwindel. Der Beichtvater schweigt, ermattet vom chaotischen Geplapper, das man ihm mit zitternder, stockender Stimme zuflüstert, weil er noch nicht versteht, was dieses Mädchen eigentlich will, das sich so leise und so unklar mitteilt, daß er es kaum hören kann.
Als Kathrin, plötzlich vom Schamgefühl gepackt, innehält, da ihr bewußt wird, daß sie sich zur Schuld bekennen muß vor diesem fremden Menschen, der trotz der Soutane doch ein Mann ist, läßt der Pfarrer die in solchen Fällen übliche Frage fallen:
– Was weiter?
Ach! ja! was weiter – das sagt sich so leicht her, aber wie schwer dieses »weiter« ohne Hilfe zu erzählen ist, ohne gütigen Zuspruch, des diese ihrer Scham noch nicht beraubte Frau bedarf. Und nach langem Zaudern bekennt sie mit erstickter Stimme, gedrängt von dem ungehaltenen Pfarrer, ihre unrechtmäßige Beziehung zu Jan, und sie leidet in diesem Augenblick doppelt. Einmal, an der Preisgabe des Geheimnisses ihrer Schande – zum zweiten an der schweren, schmerzlichen Erinnerung an die Augenblicke, die sie in den Abgrund des Unglücks und der Verzweiflung gestürzt haben.
Da fällt ein neuer Schlag auf ihr gesenktes Haupt nieder. Der Priester schmettert donnernde, verdammende Worte gegen sie. Er tadelt heftig, fanatisch empört, bewirft sie mit Vorwürfen wegen ihrer Abkehr vom rechten Weg, den sie hätte bis an ihr Lebensende gehen sollen. Auf sie warte die Hölle! Die Hölle und die Teufel, denen sie in die Hände fiel, indem sie sich dem Laster und der Sünde hingab, die unverzeihlich seien, es sei denn, sie wären grausam gebüßt ...
Der Pfarrer ist im Recht. Er erfüllt seine Pflicht mit Eifer; gewaltige Missetat des entehrten Mädchens lenkt ihn von den alltäglichen kleinen Frauensünden ab.
Buße und nochmals Buße!

Am Sockel des Beichtstuhls rutscht die vor Schmerz und Hunger fast besinnungslose Kathrin nach unten. Buße? Aber macht sie im Augenblick nicht die schlimmsten Qualen durch? Sind denn Armut, Hunger und das Kind, das ihr den Schoß sprengt, nicht genug Sühne? Soll sie noch mehr körperlich und moralisch leiden für den Augenblick fiktiver Lust, die in ihrem elenden Leben wie ein Irrlicht im Moorland aufgeleuchtet war?
Der Pfarrer verweigert ihr die Absolution und bestimmt mit scharfer Stimme die Buße, befiehlt zu beten und Gott um Erbarmen anzuflehen. Und dann verläßt er den Beichtstuhl, ohne das am Treppchen gekrümmte Mädchen eines Blickes zu würdigen. Sie streckt unwillkürlich ihre Hand nach ihm aus und fleht aus gepreßter Gurgel:
– Herr Pfarrer! . . . bitte, Herr Pfarrer! . . .
Sie will ihn um irgendeine Arbeit bitten, will ihm sagen, daß sie seit vierundzwanzig Stunden außer Wasser nichts im Magen hat, daß . . .
Umsonst. Der Pfarrer entfernt sich in Richtung der Sakristei, aufrecht, steif in seiner Soutane und dem weißen Kragen mit breiter Spitze. Er hatte seine Pflicht getan. Er hatte der Sünderin die Absolution verweigert, und mehr hat er ihr nicht zu sagen.
Kathrin blieb allein.

. . . .

1887

Heiliger Vater! Heiliger Starker!
Auszug aus den Hymnen »Der untergehenden Welt« von Jan Kasprowicz

Da bin ich!
Da bin ich und weine . . .
Ich schlage mit Flügeln
wie ein verwundeter Vogel,
Nachtvogel,
den man mit blutigem Auge
die Sonne zu sehen ruft . . .
Und mir zu Füßen
graben sie eine Gruft,
und der schwarze Rabe
auf den Armen von Gottes Marter
kräht ohne Ende;
mit dem Schnabel scharrt er
im Moder von Leichen . . .
Während sie schleichen
auf der Schattenbahn,
in lichte Augustnebelhüllen getan,
ins große, ins einsame Grab . . .
Es folgen ihnen
die Königskerzen von den Dünen,
die Schafgarben von den Ackerscheiden,
die Wildflieder, die über Zäune purzeln . . .
die Kalmuskerzen in den Kaulen rauschen,
schütteln den Schlick von den duftenden Wurzeln,
von den Sümpfen kommen die Binsen in Bauschen,
von den Rainen
die Disteln mit gelben Stacheln,
die Kletten mit breiten Blättern,
schläfrige Huflattichbüsche,
dornige Schlehen,

alle sind aufgestanden
und gehen . . .

Die Weidenreihe raschelt
mit weichem Laub
und folgt in der stillen Trauer
der Spur ihrer Wege . . .
Ganze Stoppelfelder, bestellte Gewanne, Gehege
lösen sich zu dieser Zeit
vom Mutterboden
und erheben sich
wie Riesenwände, die aufwärts fließen,
in der Stunde, die geschlagen bereits,
in der Stunde des großen Leids . . .
Und Du, o Gott!
O Unsterblicher!
Mit Glanz bekränzt!
Sitzt zwischen Sternen
auf unzugänglichem Throne,
beliebst mit dem Haupt auf dem goldenen Dreieck zu ruhn
mit dem Dreiarm des Kreuzes vor Deinen Füßen,
träufst den Sternstaub in die Sanduhr aus Gold
und magst das Jammertal nicht einmal grüßen!
Erbarme Dich unser!
Du zeichnest mit der Sonne Kreise,
verfinsterst die Monde,
entzündest Morgen- und Abendröten
und zeugst die Aussaat der Existenz,
die leidvollen Lebensläufe,
die hier, sehr früh zerschlissen,
ins einsame Totenloch müssen . . .
Erbarme Dich unser!
O Gott,
o Starker,
Dich berauscht die Größe der Kreatur,

doch wir leiden Hunger!
Das Volk stirbt wie Erdschwamm, des Winterkohls leid.
Der Satan aber, ein brüllender Löwe,
umlauert die Erde,
fängt die Geschlechter
in tückische Netze,
treibt Söhne gegen die Väter in Hetze,
in den entarteten Zorn,
der Eltern aus ihrem Hause treibt!
Er wetzt das Messer vom Bruder gegen den Bruder,
entehrt die Fraun,
macht Schwestern zum Luder . . .
legt Feuer unter die Scheunen im Ort,
mit der Garbe soeben eingebrachten Getreides,
entfacht den Völkermord,
steckt Städte und Dörfer in Brand
und eicht seinen Weg mit Flüchen . . .
O rauchende Tage der Trümmer!
Und wir, das verdammte Geschlecht,
gehen mit Kreuzen in Händen,
in Leichenzügen wie immer,
mit Totengebeinen auf unseren Fahnen, die ausgeblichen,
gehen hungrig
über die sterbliche Weide
in dieser leidgeprüften,
der mühebeladenen Zeit,
in der die Jahrhunderte sterben
und neue geboren werden
für eine noch größere Not –
wir gehen, die Köpfe gesenkt,
wie dieser verwüstete Wald –
wir gehen, doch das Ziel ist so weit!
Und unsere ruhelose Angst
treibt uns mit Peitschenhieben
und läßt den Atem im Leibe stocken . . .

Und ringsum tönen die Glocken,
und überfluten die Totenäcker,
die ausgetrockneten Flüsse;
sie knicken mit ihrer Trauer die Tannen,
daß sie flach auf dem Sandfeld liegen . . .
In unseren Busen schlägt ein Hammer,
in unseren Augen tränt der Jammer,
und der verwundete Vogel ergraut,
kann kaum seine müden Flügel bewegen,
der Hahnenfuß welkt auf der toten Au,
und das Wollkraut geht mit uns mit,
auch die Schafgarben, Wasserlilien zusammen,
und die Seuche schlägt unser Vieh,
und das Haus steht in Flammen,
und die Schwester ertrank im Schaum einer Welle,
und der Vater fiel sehr weit irgendwo in der Schlacht,
und das Böse spottet der Frömmigkeit . . .
Was soll aus uns werden?!
O, Gnadenreicher,
bewahre uns vor der Pest, vor Hunger, Feuer und Krieg,
vor dem plötzlichen unerwarteten Tod
und vor dem Teufel, welcher uns heimsucht
und unsre Seelen besiegt – . . .

Noch ist das Licht nicht zur Neige gesunken,
aber der Teufel der Sümpfe – er haßt es
und narrt uns des Nachts mit seinen Funken –
erhob sich vom Lager seines Morastes
und nahm, als die Sonne den kürzesten Schatten
in dieser Wirrnis, im Stoppelfeld hatte,
nahm das Gerippe unter den Arm
und wuchs über dessen kosmisches Messer –
und über Dich, Gott, hinaus! . . .
Wo ist Dein Donner –
wo ist der Sturm in der Mittagshitze,

aus dem der Schlag in das Böse blitze
und diese Welt vom Teufel befreie?
Donnere, blitze mit Deiner Kraft,
es berste,
zerbreche aller Verrat,
der Leben und Tod versklavt! . . .
. . . .
Satan!

Du nahmst das Gerippe unter den Arm
und wuchst über seine scharfe Sense
hinaus in den Himmel –
und kein Blitz schlägt ein!
In unüberwindlichen Trauern
läßt Du uns vor Dir kauern!
Erbarme Dich dieser Erde
und Deiner Menschenherde,
wo Schmerz und Verzweiflung mit Glockenschlägen
wie eine grausame Hymne rufen . . .
Satan!
Schaufle mein Grab
auf den verlassenen Hufen,
am Fuße des schwarzen Kreuzes
unter dem rostigen Lehm!
Kein Gras soll darauf wachsen;
tanz dort wie ehedem
den Höllentanz aller Tage! . . .
Und Du, Heiliger,
Starker!
Du, Ewiger, träufe
den Sternstaub in Deiner goldenen Sanduhr
und zeuge Lebensläufe,
damit sie so fluchen wie ich;
damit sie so weinen wie ich;
damit sie in stockenden Gebeten,

die schluchzen wie Glocken,
Dich um Erbarmen flehten;
damit sie mit Sterbekerzen sich schleppen
in fremde abgeschiedene Steppen,
tränenlos wie mein Gesicht,
ins letzte Grab, in den einsamen Tod;
damit sie sterben wie ich –
O Heiliger, Ewiger! Starker Gott!

1899

Es tagt
von Tadeusz Miciński

Hier die Zeichen
von beiden Reichen:
Die Nächte weichen,
der Engel des Lichts
steigt aus dem Nichts.
Schon birst das Eis im Wasser, schwarz wie der Sarg,
mystische Rosen in meinem Park,
Rosen – Sterne –
im Herzen singen die Engel sich frei,
vom Herzen fallen Rost und Blei –
laß Tränen fallen!
Aus Opferschalen
dampft das Blut –
ach, Vater unser,
sei uns gut!
Die dunklen Au'n
zerfurcht der Pflug –
aus rotem Schaum
steigt Gottesglut.
Der Blitz zerschlug
die Totenwand,
es wich der Trug
und Jesus stand.
Am Wiesengrund
blühn Lilien rund –
Die Sonne schlief
im Meerestief . . .
Die Felder steigen
wie zum Reigen
in Himmelshallen –
Die Tränen fallen
auf meine Flügel
Hallelujah . . .

Die kniende Frau:
Warum weinen die Geister, irrend unter Tannen? Sie sahn den Meister am Himmel mit Engeln zusammen – Hallelujah . . .

Der Tod mit der Sense: Der Herr hatte mich auf smaragdene Auen gestellt, und führt mein Volk durch die Welt ans helle Wasser zum Licht – Hallelujah . . .

1902

Dem unbekannten Gott
von Bolesław Leśmian

Die einen – plagt die Gunst, die andern – Not und Engen.
Den dritten – beugt Gebet allein die stolzen Nacken,
Die Seufzer aus befreiter Brust, die aufwärts drängen,
Wie Falter, die soeben noch in Larven staken.

Sie beten, um dem Massenhimmel zu entgehen,
Vereinzelt, damit keiner fremder Schmach verfalle,
Erheben ihre Arme, weitgestreckt, und flehen
Zu Gott, den wir nicht kennen – wahrlich nicht! – wir alle.

Der höchste, aber scheinbar ärmste aller Götter
Verschmähte, was die Zeiten Sichtbares erfahren –
Er schuf nicht Feld und See und nicht den Rausch der Blätter
Und ruhte niemals aus auf goldenen Altaren!

Sein Schlaf wird nicht bewacht vom Heer des Paradieses,
Kein Weihrauchduft erquickt den göttlichen Gedanken!
Ihn hatte niemand – niemals – wirklich – angepriesen,
Ihm hatte niemand Opfer je gebracht zum Danke!

Nur sie, im allerersten ihrer Urgebete,
Erflehen, daß er ihnen diesen Tod erlaube
Am Tage der Verfolgten, daß ihr Opferglaube
Das Lebensreis mit Marterblumen blutig röte!

Die armen Lauscher halber Stimmen und Geräusche,
Umsonst bis an des Abgrunds äußerstes Genarrten,
Sie bangen, daß die letzte Hoffnung sie enttäusche.
Und können ihre Scheiterhaufen nicht erwarten! . . .

Doch jener Gott, vor dem nicht alle gleich sind droben,
Er sieht in ihrem Schmerz sie, schön und häßlich, ringen,
Besinnt sich, wie sie ihm den Regenbogen woben – –
Und schlägt in ihm ein Herz – es wird für sie zerspringen!

1912

Danksagung
von Maria Komornicka

O Herr, Herr, Herr!

Da stehe ich im vormorgendlichen, warmen, stillen Regen vor Dir auf der blühenden Erde, auf der herrlichste Düfte atmenden Erde, auf Deinem Räucherfaß, das an den Strahlen der Morgenröte am Himmel taumelt.

Wie glücklich ich bin, mein Herr! wie unendlich trunken vom Glück!

Du hast mir eine seltsame Seele und einen seltsamen Körper gegeben, damit ich mich jetzt des geheimnisvollen Glücks erfreue.

Du allein kennst mein geheimnisvolles Glück, Du, der Du mein Elend, meine Niederlagen gezählt hast, der Du geschwommen bist über mir mit den Wolken, als ich durch die Dornen, die Sümpfe und die Weglosigkeiten rannte.

Du kennst die unbegreifliche Wonne, die mich durchschauert mit dem geheimen Zauber der Dinge.

Ein Säugling ist meine Seele auf Ammenarmen der Engel, die sie tragen;

Ein Säugling, der freudestrahlenden Auges die unbekannte, bezaubernde Welt grüßt, seitdem Du vor ihm den Schleier des Wunders lüftetest und Dein Antlitz ihm zeigtest im Morgennebel.

O Herr, Herr, Du liebst mich, Du liebst Deinen Staub, Deine Blume und Deine Zauberlaute.

Du wendetest das Gewitter ab von meiner Behausung und ließest die Ungeheuer aus unterirdischen Höhlen nicht los, damit ich mich freue des Glücks.

Da bin ich vor Dir, so einfach und in den Himmel gehoben, da bin ich, das musizierende Rohr am endlosen Wasser.

Da bin ich vor Dir, die in dunkler Nacht aufgeblühte Blume, die Danksagungsleier, die zittert im vormorgendlichen Winde.

Nimm in die Hand mich, nimm Deine Blume und Leier und Glocke. Es treibe der Glockenruf über die Felder, es töne das Lied meines Herzens über den Seen und Wäldern.

Wirf Deinen Rauch, Deine Wolke, Deinen Vogel zum Himmel, damit er den Sternen erzähle, Du habest ihn nicht verlassen,

Du habest mich liebgewonnen, obwohl ich so elend bin und nur als unsichtbare Blume bestehe,

Du ließest mein Glück, das seltsam geheimnisvolle, nicht enden –

In Sommernächten, wenn grüne Boote der Glühwürmchen über den Bäumen schwirren,

In Sommernächten, wenn Mondschein das Wasser versilbert und weiße Gespenster über das Sumpfland treiben –

In Sommernächten, wenn dichter, warmer Regen schellt an die Blätter, das Rohr musiziert am endlosen Wasser und wenn die Erde dampft mit geheimnisumwobenen Düften.

1901

Gott stirbt
Ein Fragment von Maria Komornicka
Aus den Märchen. Psalmodien
Deutsch von Margaret Stisi

Der sterbende Gott betrachtet die Welt und sieht ihre Hinfälligkeit.

O wie anders hatte er die Träume seiner Schöpfung geträumt – o wie anders lebte sie in seinem Geiste!

Als er ins Nichts sah und daraus seine Traumbilder formte – als er aus den Nebeln des Nichts den Sternen Licht, den Bäumen Blätter, den Menschen Leiber wob.

O wie anders hatte er die Träume seiner Schöpfung geträumt – o wie anders lebte sie in seinem Geiste!

Er schuf die Welt um seiner Macht willen – doch sie ist schwach. Das Nichts trank die Kraft des Herrn restlos aus, und nun ist die Schöpfung kraftlos.

Der Herr schuf seine Werke zu seinem Ruhme – aber sie sind erbärmlich. Er schuf sie der Liebe willen – doch sie sind kalt und gefühllos. Das Nichts verschlang die Strahlen des Ruhms und seiner Liebe Flammen.

Der Herr schuf die Werke zur Freude seiner Augen – doch sie verwehen! zur Freude seiner Ohren – doch sie sind stumm; zur Freude seiner Hände – doch sie entgleiten den Händen.

Denn er hatte sie aus dem Nichts geschaffen – und das Nichts verschlang die Kraft dessen, der ist und der zum Nichts geworden ist.

Und da fließen die Trugbilder der Sterne, brennen die Trugbilder der Sonnen, schwärmen die Trugbilder der Schöpfung im All. Und ihr Name ist Nichts.

Weshalb hattest Du, o Herr, Deine Träume im Nichts geträumt! Warum hieltest Du sie nicht fest in Dir, damit sie ewig und von der Wahrheit leben! Denn jenseits von Dir ist Nichts, das zu Nichts Deine Kraft verwandelt. Weshalb hattest Du, o Herr, Deine Träume im Nichts geträumt?

1900

Das Vaterland zwischen Gott und Teufel
Aus den Tagebüchern von Stefan Żeromski

Samstag, 20. 11. 1886
Ich betone also, daß ich – nachdem ich jegliche Religion in mir getilgt, alle Bindungen zerrissen habe, keine Familie besitze, überhaupt niemanden, dem ich meine Tagesarbeit und meine Gedanken anvertrauen kann – nun endlich ein Ziel haben will, eine Zuversicht, die man ans Herz drücken könnte, wenn sich vieles verschwört, unser Leben zu quälen, zu zerbrechen. – Ich zweifle an allem – ich glaube an nichts. Ich weiß nicht, ob Gott existiert, ob die Seele unsterblich ist, und der immerhin interessante Gedanke, ob es ein Leben nach dem Tode gibt, kümmert mich wenig. Weil mir das gleichgültig ist, zweifle ich also daran, glaube an solche Dinge nicht. Bekenntnisse und Religionen finde ich lächerlich, mit einem Wort – ich gebe dem, was wir Seele nennen, nicht die Nahrung, nach der sie in einem Nervenmenschen, wie ich einer bin, verlangt ... So verlangt manchmal der ganze Intellekt nach Gebet, nach grenzenloser Inbrunst, nach stillem Flüstergespräch der Seele mit etwas Unbekanntem, mit einem übersinnlichen Herzen. Dieses Herz, diese große Unbekannte, ist von nun an nicht Gott, denn ich kenne ihn nicht, und nicht die Religion, auf die ich verzichte, nicht das Leben im Jenseits, an dem ich zweifle – sondern die Gemeinschaftsseele, der sichtbare Gott, die greifbare Religion und das wirklich ewige Leben: – das Vaterland. Wahrhaftig, alle aus dem Gebet, das wir von der Mutter gehört haben, sprudelnden Quellen und Bäche – finden hier ihre Mündung. Das ist nicht unvernünftig, wie es einem jungen Konservativen oder einem verbissenen Progressiven scheinen könnte. Ein Mensch wie ich, der nicht einmal und nicht tausend Male sich selbst verabscheut und einer trüben und faden Sache

ausgeliefert sieht – dem Pessimismus, muß in seinem tiefsten Innern einen Funken haben, der ihm in den Nächten der Selbstverachtung voranleuchtet . . . – Noch habe ich dieses Heiligtum, dieses geliebte Gefühl, das uns niemals zweifeln läßt, das uns niemals täuscht und das unsere Skepsis niemals zum Nachdenken zwingt – das könnte ich mir sogar sagen, wenn ich ein Verbrecher wäre. Es spricht mich immer frei, es ist erhabener als die gelogene Liebe zu Gott. Ach, wer könnte Gott schon lieben, wenn er nicht das Heimatland liebt? Nicht die Menschheit wird geliebt, das ist Täuschung – lieben kann man nur die Polen. Also sind die Polen meine Menschheit, mein All – meine Erde, und mein Gott – das Vaterland; mit allem, was dieses Wort beinhaltet.

1886

Das letzte Abendmahl
von Stanisław Korab-Brzozowski

Der Siebenleuchter brennt. Geheimnisvolle Stunde,
Die Stunde der Erfüllung: Letztes Abendessen.
Der Zwang der Vorbestimmung ist von Angst vermessen
Und so, als wenn sein starres Antlitz Hast bekunde.

Der Meister zählt im Geist die Jünger in der Runde
Und bricht das Brot des Heils von allem Hunger – wessen?
»Mein Leib des neuen Bunds.« Sie schmähen es indessen,
Das Ungesäuerte: »O lügnerische Kunde,

O falsche Sattheit, diesen Brosamen entliehen!
Wo bist du, erstgebornes Lamm der Lithurgien?«
Der Meister reicht den Wein und bittet, daß sie's dulden:

»So trinkt, das ist mein Blut, daß es die Welt errette.«
Sie tranken. Judas nur, erleuchtet, floh die Stätte
Hinaus – ihm nach die Heiligste von allen Schulden.

1910

Eine Glosse von Adolf Nowaczyński

Wenn das so weitergeht, wenn sie Jan Kasprowicz weiterhin so konsequent die prophetische Sendung, den Geist und die erleuchtete Wortkraft eines Jeremias einreden werden, wenn sie weiterhin in seinen *Hymnen* nach der Tradition von Assisi und von Perugia, nach Spuren des Hohen Liedes und von mystischen Ekstasen, nach dem Ausdruck des Absoluten suchen werden, dann steht zu befürchten, daß nach Maria Magdalena, der Ägypterin, und nach Judas, dem Juden, alle »für eine mystische Bearbeitung dankbaren« Figuren aus beiden Testamenten der Reihe nach dran werden glauben müssen: David, Holofernes, Absalom, Lot, Noah, Herodias, Onan . . . Und wer das alles verdaut, wird eine übersinnliche Macht (*recte* psalmodische Manier) erlangen und selber ein »Neues Buch Hiob« zu schreiben imstande sein.

1897

Aufzeichnungen aus dem Leben von Karol Irzykowski

Mit Vergnügen und wilder Befriedigung sehe ich dem Spiel der bösen Instinkte in meinen Gedanken zu und erlaube ihnen, sich im Schädel auszutoben. Ich hege lebhafte Sympathie für die verachteten Instinkte, die überall nur in Masken der Tugend auftreten dürfen, mir aber nichts vormachen können, ich mag's, wenn diese Hunde tollwütig den Herrgott beißen, und ich rufe [ihre] Namen auf: Eifersucht, Verlangen, Habgier, Rachsucht, und ich könnte die Menschen, mich, die ganze Welt vernichten. Wie gern wäre ich ein Gigant und träte vor den himmlischen Thron, um dem Herrgott eine Ohrfeige zu geben, daß es in der ganzen Welt schallte und sogar am Boden der Hölle zu hören wäre, wo sich die Opfer quälen. Doch das wäre der Gipfel. Ich habe niedrige, gemeine Wünsche, die ich wie Waisenkinder an den Schoß presse, mit den Zähnen knirschend und die Fäuste ballend, und wiederhole verboten, verboten. Und da erscheint mir plötzlich die ganze Welt der Tugend als eine Welt des Dunkels, als Unterwerfung: eine Sklaverei des Bösen – und am Boden des Dunkels sehe ich die gefesselte herrliche Gestalt des Luzifer.

1894

Leichteres Kaliber
Aphorismen von Karol Irzykowski

Zuerst schuf Gott die Welt – danach fing er an, damit zu spielen.

Ein scholastisches Rätsel lautet: Ob Gott eine solche Last erschaffen kann, die er selber nicht hochhebt? – Die Erde ist die Verkörperung dieses Rätsels.

Man behält von einem Menschen leichter das Böse (das Plastische) als das Gute (die Abstraktion). Das Böse ist charakteristisch, das Gute banal.

Das Böse rächt sich, aber das Gute lohnt nicht unbedingt. Dafür hat das Böse schlagendere Folgen.

Gute Christen stellen sich vor, der Herrgott verfüge über die mächtigste Kartei.

Die Strafe kommt meist so, daß sie wie ein Unrecht aussieht. Gott wirkt incognito.

HEDONIE

Huć, Urtrieb, Wollust, Geschlecht. »Geschlecht . . . urgewaltige Quelle jeglicher Kraft, ewiger Macht, aller Inspirationen und göttlicher Räusche, der heiligsten Begierden, durch die Flügeltüren des Himmels einzudringen; und der schändlichsten Stürze in die abgrundtiefe Hölle der Sünde, auch der höchsten Tugend und der abscheulichsten Verbrechen . . .«

Stanisław Przybyszewski, *Auf der Fährte der polnischen Seele*, 1900

Das Meer der Liebe von Kazimierz Tetmajer Deutsch von Carl von Pentz

Wie auf dem uferlosen Ozean
Ein kleines Schiff, so schwamm ich auf dem Meer,
Dem uferlosen Meere unsrer Liebe.

O blase, meiner Leidenschaft Orkan,
Und treib mich auf den Fluten hin und her,
Den sturmgepeitschten Fluten unsrer Liebe.

Und wenn den Sturm ich nicht mehr meistern kann,
Trag mich zum ›Hafen ohne Wiederkehr‹.
Mag sterben mit der Sonne unsre Liebe.

Ich will nicht jammern, sondern leben dann
In der Erinnerung, und mein Begehr
Bleibt, nur zu träumen noch von unsrer Liebe.

1891

Antek und Jagna
Aus dem Roman »Die Bauern«
von Władysław Stanisław Reymont
Deutsch von Jean Paul d'Ardeschah

Die Nacht war dunkel und so, als wäre sie schmerzlich erregt, stumm und doch erfüllt von seltsamer Bewegung, voll Angst, voll ungreifbaren Aufzuckens, banger Geräusche, lauernder Phantome, als geschähen plötzlich unerklärliche und entsetzliche Dinge; manchmal nur blitzten jäh aus den Wellen der Dunkelheit gespenstisch blasse Schneemassen, dann wieder krochen eisige, feuchte, wie eitrige Hellen hervor, sich zwischen den Schatten schlängelnd, dann war es, als schlösse die Nacht ihre Lider wieder zu, Dunkelheiten glitten wie schwarze undurchdringliche Regenfluten nieder, und die ganze Welt entschwand, daß die Augen, außerstande, etwas zu erhaschen, kraftlos in die tiefste Tiefe des Entsetzens versanken und die Seele, wie von einer stummen, toten Last bedrückt, erstarrte. Zuweilen rissen die Schattenvorhänge, platzten entzwei, als hätte sie ein Blitz zerteilt, und man sah durch die furchtbaren Klüfte der Wolken in den Tiefen dunkelblaue, sternübersäte, stille Himmelfelder liegen.

Dann wieder kam es wie ein Aufzucken von den Feldern oder von den Hütten, vielleicht auch vom Himmel oder aus den versunkenen Weiten, man wußte gar nicht woher, etwas zersprengt Dahingleitendes, fast wie Stimmen, dann wie Lichter, wie verlorener Widerhall, wie Gespenster von Klängen und längst gestorbenen Dingen, die durch die Welt irrten; sie flossen in einem wehmutsvollen Zug und verloren sich irgendwo wie erlöschende Sternenstrahlen.

Sie aber, Antek und Jagna, waren für alles blind, ein Sturm war in ihren Seelen entfesselt und wuchs und steigerte sich mit jedem Augenblick, wälzte sich von Herz zu Herz mit einer Flut brennenden, unaussprechlichen Begehrens, durchzuckt von blitzenden Blicken, durchbebt von fast schmerzlichem Zittern und jäher Unruhe, voll brennender Küsse, verstrickter und verworrener Worte, die wie Blitze blendeten, durchsetzt von totenhaftem Schweigen, voll Inbrunst und solcher Hingerissenheit zugleich, daß sie in ihren Umarmungen fast erstickten, sich bis zum Schmerz aneinanderdrückten und sich mit ihren Händen am liebsten zerrissen hätten, um so in der Wollust ihrer Qual zu baden. Ihre umflorten Augen sahen nichts mehr; sie sahen nicht einmal sich selbst.

Vom Liebessturm ergriffen, für alles blind, wie in einem Taumel, besinnungslos, wie zwei ineinander zerfließende, flammende Fackeln, flohen sie in diese undurchdringliche Nacht, in die Öde und in die stumme Einsamkeit, um sich einander ganz hinzugeben auf Leben und Tod und bis zum Grund ihrer Seelen, die der ewige Hunger des Daseinwollens verzehrte.

Sie konnten nicht einmal mehr sprechen, nur besinnungslose Schreie kamen aus ihrem Innern und gepreßtes Flüstern wie zerrissene und auflohende Feuergarben, und irre, von Raserei trunkene Worte und Blicke, die sich tief ins bebende Leben fraßen, wahnsinnverstörte Blicke, Blicke, wie die Macht der Stürme, die sich begegneten, bis sie ein furchtbares Zittern der Gier erfaßte, daß sie sich mit einem fast schluchzenden Schrei aufeinanderstürzten und ohne Besinnung niedersanken. –

Die ganze Welt drehte sich und stürzte mit ihnen in die Feuerschlünde. –

»Ich verlier noch den Verstand! –«

»Schrei nicht – still, Jagusch –«

»Ich muß – ich werd noch toll oder sonst was!«

»Ein Wunder, daß uns das Herz nicht zerspringt!«

»Ich verbrenne – Herrgott, laß los – ich muß doch Atem fangen« –

»Jesu, – ich sterb sonst. – O Jesu! –«
»Du Einzige in der Welt –«
»Jantosch! Jantosch! –«
Wie jene Säfte, die aus der Verborgenheit des Erdinneren zu jeder Frühlingszeit erwachen, anschwellen, in ihrer unsterblichen Begierde zueinanderstreben über die Weltendämme hinweg, von den letzten Enden der Erde einherdrängen, durch alle Himmel kreisen, bis sie sich gefunden, bis sie sich ineinander verloren und im heiligen Geheimnis begattet haben, um dann den erstaunten Augen als die Herrlichkeit des Frühlings, als Blume, Menschenseele oder als das Rauschen der grünen Blätter zu erscheinen. –
So trieb es auch sie zueinander durch die lange Sehnsucht, durch Wochen der Qual, durch graue, leere, bange Tage, bis sie sich fanden und mit dem gleichen, unüberwindlichen Schrei des Begehrens einander in die Arme stürzten, sich so gewaltig zusammenschließend wie zwei mächtige Fichten, wenn sie der Sturm aus dem Boden reißt, gegeneinandergeschleudert, daß sie sich verzweifelt mit ganzer Macht ineinander verschlingen und im Todesringen schaukeln, zerren, wanken, bis sie gemeinsam in den grimmen Tod stürzen. –
Und die Nacht umspann und beschützte sie, damit das Vorbestimmte geschehe. –
Die Rebhühner fingen im Dunkeln an, sich zu locken, so nah, daß man den ganzen Schwarm gehen hörte; ein rasches Rauschen ließ sich vernehmen, als würden Flügel zum Flug gehoben und schlügen gegen den Schnee; vereinzelte, herbe Laute zerrissen die Stille, und vom Dorf her, das nicht weitab liegen konnte, erklang wie erstickt ein kräftiges Hähnekrähen.
»Es ist schon spät –«, murmelte sie angstvoll.
»Noch weit bis zur Mitternacht, die krähen nur, weil das Wetter umschlägt.«
»Es wird tauen –«
»Klar, der Schnee ist weich geworden.«

Irgendwo in der Nähe hinter dem Steinhaufen, an dem sie saßen, fingen Hasen an, sich zu jagen und zu springen, wie wenn sie Hochzeit hielten, und rannten dann in einem ganzen Rudel an ihnen vorüber, so daß sie erschreckt zurücksprangen.

»Die paaren sich, die Biester, und werden dann wie blind, daß sie nicht einmal auf den Menschen achten. Es geht auf den Frühling zu.«

»Ich dachte, es wär ein wildes Tier –«

»Still da, hock dich nieder!« flüsterte er ängstlich.

Sie hockten stumm am Steinhaufen. Aus dem durch Schneeschimmer erhellten Dunkel tauchten lange, schleichende Schatten auf, schoben sich langsam geduckt vorwärts und verschwanden dann wieder, als wären sie in den Boden versunken, so daß allein die Augen wie Johanniskäfer aus dem Busch leuchteten; wahrscheinlich nur einige Klafter weit von ihnen entfernt, zogen sie langsam vorüber und entschwanden in der Dunkelheit, bis plötzlich ein kurzes, schmerzliches Aufquäken eines Hasen schrillte, dann ein scharfes Gestrampel, ein Röcheln, ein entsetzliches Sichbalgen, das Knacken zermalmter Knochen, drohendes Knurren hörbar wurden; und wieder breitete sich tiefes und beunruhigendes Schweigen aus.

»Die Wölfe haben einen Hasen zerrissen.«

»Daß sie uns nicht aufgespürt haben!«

»Wir sitzen ab vom Wind, da haben sie es nicht gewittert.«

»Ich fürcht mich – gehn wir lieber – es ist so kalt hier –« Sie schauerte.

Er umschlang sie und wärmte sie mit solchen Küssen, daß sie bald die ganze Welt vergaßen; sie faßten sich fest um die Hüften und gingen über einen Pfad, der sich ihnen ganz von selbst geboten hatte; sie gingen wiegenden schweren Schrittes mit der Bewegung der Bäume, die mit einer Blütenüberfülle bedeckt waren und leise im Bienengesumm schaukelten.

1904–1909

Hymne an die Liebe von Kazimierz Tetmajer

Du bist die höchste aller Kräfte, dir fügt sich alles,
Liebe!
Leben ist Gier, du aber bist der Begierden größte,
außer der Lebensbegierde selbst; Seele der Seele
und Herz des Herzens vom Leben bist du,
Liebe!
Wenn höchstes Glück die Vergessenheit ist,
das Unwissen und das Vergessen der eigenen Existenz;
dann bist du das Glück vom Glück, du, die du
den Sinnen und der Seele Ohnmacht spendest,
und dem Gedanken ein berauschendes Ende bereitest,
Liebe!
Wenn Täuschungen einziges Gut sind,
dann bist du das größte, die stärkste
von allen Täuschungen, Stärke der Stärke,
elementare, wilde, ungebändigte
heilige Macht,
Liebe!
Wenn Wünsche das einzige
Geländer sind, das uns schützt
vor dem Fall in den Abgrund des Ekels und der Verzweiflun
wenn sie die einzige
Brücke sind, die über die Fluten der Langeweile uns trägt;
wenn sie das einzige Heilmittel sind
gegen die Leiden von Zweifel und Abscheu,
von Weltverachtung und Selbstverachtung;
dann bist du, Mutter der Wünsche, jenes
Geländer, Brückenwerk und das Heilmittel,
Retter der Menschheit,
Liebe!
Die Zeit schreitet fort, die Glaubensbekenntnisse wechseln.

Gottheiten werden zu Staub, nacheinander,
heute verehrt, morgen zertreten,
vergehen sie vor den Augen der Menschheit
und kehren nie wieder:
du aber dauerst, Ewige, wie die Angst, der Hunger, der Neid,
elementar, wie diese,
siegreich wie diese,
über alles erhaben, unbezwungen,
nie und durch nichts, wie diese,
wilde Elementarkraft,
Liebe!
Anmut, Schönheit der Natur,
was seid ihr gegen die Anmut und Schönheit der Liebe?
Du bist das, was der Rahmen
dem Bild, die Strahlenkrone
dem funkelnden Kreise der Sonne sind.
Was bist du, Rosenblatt,
gegen den Mund der Geliebten?
Was seid ihr, Himmelssaphire, Meeresazure
gegen die Augen einer Geliebten?
Was seid ihr Vogelgesänge, Ahornrauschen
am Frühlingsmorgen,
gegen die Stimme einer Geliebten?
Was bist du Stille der Grotten zwischen den Farnen
unter den dichten Efeugeflechten
gegen das Schweigen einer Geliebten?
Was bist du, vom Sonnenglanz
blaß geröteter Schnee,
gegen den Körper einer Geliebten?
Wo seid ihr, herrliche Linien
der Berge und Felsen, lichtvolle Regenbögen,
ihr Bänder prachtvoller Wasserfälle,
schlanke Narzissen, üppige Palmen,
ihr flüchtigen, hauchdünnen Wolken
gegen die Körperformen einer Geliebten?

Was seid ihr, weiches Moos, samtenes Blatt,
gegen eine Berührung ihrer Hände und Brüste?
Was, glatter Marmor, von der Sonne erwärmt,
gegen das Weiß ihrer Hüften,
deren Wunderkontur hinabfließt
in eine den Blick betörende, atemstockende
Form, die unsere Hände anzieht und kettet?
Wo bist du, Zauber der Mondnacht,
Zauber des Morgens, wenn die Sonne aufgeht
hinter den fernen Bergen;
Liebreiz der Seen, die plötzlich träumerisch
zwischen den Felsen auftauchen,
goldschimmerndes Grün, von den Gipfeln,
in der Ferne gesehen:
gegen den Zauber einer Geliebten?
Was bist du, Melancholie der herbstlichen Abende,
gegen ihre Trauer?
Was, Frohsinn des Sommermittags,
bei ihrer Freude?
Was seid ihr Träume vom Ruhm, von der Macht,
ihr Siegesträume vom Stolz, der das Unrecht wettmacht
und Ungerechtigkeiten nicht duldet:
gegen die Träume von der Geliebten?
Was bist du Verlangen, Gold zu besitzen,
bei dem Verlangen, sie zu besitzen?
Was bist du, Verlangen nach Allerkenntnis,
was immer Erkenntnis ist oder sein kann,
gegen den Wunsch, die geliebte Frau
mitten durch ihre Seele zu sehen?
Du bist die höchste von allen Kräften, Leben des Lebens,
Liebe!
Die süßeste Wollust, den grausamsten Schmerz
bereitest du; du bist, wie der Tod, Königin
allen irdischen Seins, Elementarkraft,
Liebe. 1894

Schwarze Flammen
Drei Bilder
von Maria Komornicka

Dürre

Der Abend war heiß, schwül, mit einem von Spinnen umnetzten Himmel, ohne Sterne. Im Osten, aus einer schweigenden Wolke zuckten grüne Blitze.

Sie erwachten, als die in Flammen stehende Sonne untergegangen war – nach dem in der Asche verschlafenen Tag.

Sie gingen zum Obstgarten, um den Wind, die Kühle, den Tau zu finden – aber die Nacht hing mit welken Blättern an Bäumen.

Sie gingen zum ausgetrockneten See hinunter, wo im verstaubten Kalmus die Glühwürmchenlichter erloschen – sie fielen ins Gras, streckten sich kreuzlings auf der Erde aus, nach Tau verlangend.

Und die Erde war heiß und trocken, das Gras verwandelte sich in Heu – Spinnen und giftige Ameisen, die auch nach Tau verlangten, krochen auf ihre Gesichter und Hände –

Geheimnis

Mein Geheimnis verrate ich niemand, sage es niemand.

Das, woran ich ununterbrochen denke, wes meine Tage und Nächte voll sind.

Ob es ein Klang ist für meine Ohren, ein Bild vor meinen geschlossenen Augen oder der Inhalt eines versteckten Gedankens – ich sag es nicht.

Oder ob es ein einsames Weinen ist oder Genuß des Lächelns im Dunkel oder die Weisheit.

Täuschung oder Enttäuschung, Verlangen oder auch reifende Absicht; Liebe oder Arznei gegen Liebe; Haß.
Mein Geheimnis verrate ich niemand, ich sage es nicht, ob ich lebe damit oder davon sterbe.
Ich leg mich ins Gras, zwischen den Hahnenfuß und die wilden Kräuter, um an mein Geheimnis zu denken; der Himmel deckt mit dem Blau mein Gesicht zu.

Weisheit

Liebe und rase, junger Geist – laß dich von deinem Herzen verzehren.
Es ist eine große Macht im Lieben und Rasen. Und Wonne.
Es ist ein großer Schmerz im Lieben und Rasen. In diesem Schmerz ist Wonne und Kraft.

Trage das Joch der ergebenen Liebe, lege das Bußhemd der Leiden an. Trage es in den Tagen und Nächten.
Bis du, am Körper mit Blut befleckt, gefallen bist, schwach und dem Tode nahe.
Der Himmel öffnet sich dann dem Sterbenden, und der Herr erscheint dem Schwachen in seiner Herrlichkeit.
Und der Herr wird sagen: da du geliebt und gelitten hast – nehme ich dich in mein Reich auf und nenne dich Sohn. Wie ich wirst du mächtig sein, Welten werden vor dir auf die Knie fallen.
Und aufstehen wirst du mächtig in deiner Ohnmacht. Unsterblich aufstehen aus deines Sterbens Tränen.

Erhöht über alles ist der, der am meisten geliebt und gelitten, ohne Rücksicht auf Herz und Verluste.
Mächtig all seine Tage, wen Liebe und Leiden zerbrachen – wer in Schmerzen im Sterben lag und den Tod nicht scheute.

Groß und geheimnisvoll und lebendig für alle Zeit – wer in Liebe und Leid mit den Abgründen seiner Seele gelebt hat.

Denn er hat den nie versiegenden Schatz gefunden, und er wird mit ihm leben bis an der Zeiten Ende.

Liebe und rase, junger Geist, und laß dich vom Leben verzehren . . .

1901

Requiem aeternam
Das dritte Buch des Pentateuch
von Stanisław Przybyszewski

Im Anfang war der Urtrieb. Nichts außer ihm, alles aus ihm. Er war die Unendlichkeit des Anaximander, aus der alles kam, Heraklits heiliges Feuer, das die untergehenden Städte verschlang und aus ihnen neue Existenzen hervorbrachte, Gottes Geist, der über den Wassern schwebte, als es noch nichts gegeben hatte außer Mir.
Der Urtrieb ist die Urkraft des Lebens, Gewähr für die ewige Fortentwicklung, ewige Ebbe und ewige Flut, das einzige Wesen des Seins.
Er ist die Kraft, die teilt und verbindet, er ist das Erschaffende, das Erhaltende und das Vernichtende.
Er ist die Kraft, mit der Ich-Gott die Atome aufeinanderwarf, als ich die Welt aus mir geschleudert hatte, er ist die Versessenheit, mit der sich diese Atome verbanden, zu Elementen einten, zu ganzen Welten zusammenschlossen.
Er ist die Kraft, die im Äther vom Verlangen entbrannte, die Wellen des Meeres zu entfesseln und sie miteinander in eine rasende Umarmung zu verstricken, sie in lustvolle Zuckungen zu versetzen, sie zu Höhenflügen schreiender Sinneslust zu entfachen, dann aber die Kräfte des Verlangens in den schleichenden Schaudern des Taumels zu lindern, bis sie aus sich heraus das Licht gebären.
Er ist die wiederkehrende Kraft, mit der sich der elektrische Strom selbst auflädt, die den Dampfpartikeln befiehlt, sich zu zerstäuben – und genauso ist der Urtrieb Leben, Licht, Bewegung.
Seine Macht entfesselte sich ohne Grenzen. Er schuf sich tausendfache Arme, mit denen er alles an sich riß und in sich einsog, er schuf tausenderlei Gefäße, Trichter, Öffnungen, abscheuliche Münder und Organe, die Welt aufzusaugen,

er schuf das Plasma, um mit der endlosen Oberfläche Wonne einzuatmen, er sammelte alle Lebenskräfte, fesselte sie in sich zu einem Knoten, unterwarf sie seinem Willen, damit sie nur ihm gehorchten und den ewigen Hunger seiner Wollust stillten.

Und er schüttelte sich in Krämpfen endloser Geburten und ewiger Evolutionen frei, schlüpfte in zahllose Formen, sprengte sie wie Schalen und verband sie zu neuen Formationen, prägte sich selber zu stets anderen, unterschiedlichen Gebilden um, ohne je Befriedigung zu finden.

Er raste vor Glück, als er eine Trochophora geschaffen hatte, wieherte vor Lust, als er das erste Lebewesen gespalten und aus sich das andere Geschlecht gebildet hatte, um sich in ständiger Qual, Wut und im Schmerz wieder zu verbinden und in ewigen Wandlungen immer neue Gestalten, neue Wesen, immer höhere, immer vollkommenere hervorzubringen, die mit einer neuen und vollkommeneren Orgie die Lust ihrer Sinne zu befriedigen wußten.

Bis er endlich das Hirn schuf.

Das war seines lüsternen Verlangens Meisterstück. Er knetete es, wendete es, bildete Windungen, zerteilte sie und verband sie mit zahllosem Gebinde aufs neue, verwandelte Einzelteile in Sinne, unterbrach die Kontinuität, zerriß die Ganzheit in Teile, zergliederte einen Sinn in mehrere Einzelsinne, zerschnitt ihre Zusammenhänge und Bande, um jede Wahrnehmung in allen Wandlungen gesondert zu empfinden, um die Einzelwelt fünffach, tausendfach lustvoll einzuschlürfen, um die Mutterbrust, die früher nur eine Kraft genährt hat, jetzt tausend Kräfte sättigen zu lassen.

So war die Seele geboren.

1904

Ich bin ein Satyr
Aus den neuen Gedichten
von Wacław Rolicz-Lieder

Ich bin ein Satyr, lateinischen Pfaden
Folgend, kam ich nach Griechenland wieder,
Mit einem Halsband aus Herzen beladen,
Hockte in Büschen mich sockellos nieder –
Und flutet Stille in die Waldeshallen,
Laß ich sarmatische Lieder erschallen.

Ich singe, was ich erlebt und erlitten
Und was ich träumte mit Nymphen von lüstern
Farbenen Körpern, am Abend, inmitten
Des Liebeswerks, das bewußte Geflüster,
Auch alles, was mich nur namenlos bannte,
Damals, als ich noch nicht alles kannte.

Wenn nebenan langsam sie mit den grauen
Krügen dahergehn auf den Waldesrainen,
Die Flattermädchen und die Wehmutsfrauen,
Zu Quellen, wo silberne Wasser weinen –
Beginnt mein Blut wie ein Schornstein zu rauchen,
Wenn Abendpflüger aus den Äckern tauchen.

1903

Am Meer
Gebet
von Stanisław Przybyszewski

Du, die Du in meine dunklen Träume mit lichtvollen Fingern die Schönheit der welkenden Herbste, den Widerschein verblühender Herrlichkeiten, die Sengfarben der von Feuern verzehrten Paradiese hineinflichst –
Du, meine Helle –
wie viele Schmerzen sind verträumt, seitdem ich Dich zum letzten Male sah, und immer noch funkelt mein Herz über den Sternen, die Du in mein Leben gesät, immer noch drängen die keuchenden Hände aus meinem Blute dem Glück entgegen, das Du angezündet hattest in meinem Wesen.
Du, die Du mir im finsteren Dämmer mit leisen Händen auf verzauberten Harfen die schwere Nachdenklichkeit webst von den Augenblicken der Wonne, die verrauscht sind wie ferner Flügel Geflatter, von den Sonnen, die im Meer versinkend im Westen funkeln wie blutroter Tau, von den Nächten, die wunde Herzen an warme Busen schmiegen –
Du, meine Helle –
so viele Male schon ging die Sonne unter, seitdem Du die Trauer meiner Seele mit dem Zauber Deiner Lieder lindertest, und immer noch sehe ich, wehklagend, Deine Augen, wie sie glühen im überirdischen Entzücken, und sehe die helle Hand, wie sie sich zu mir streckt und im flammenden Aufschrei nach der meinen greift.
Du, die Du meine Gewitternächte in heitere Tage verwandelst, mein Wachsein in Traumtiefen löschst, Nähen in uferlose Fernen versetzt – Irrfeuer in meinem Herzen entfachst und schwarze Blumen zum Leben erweckst –
Du, meine Helle –
tausend Male schon hatte die Welt sich gewandelt, seitdem

Dein letzter Blick den erlöschenden Schein meiner Seele verschlang, und immer noch seh ich Dein kleines Kindergesicht und die Goldkrone seidigen Haares um Deine Stirn; ich sehe zwei Tränen herunterrinnen ins blasse Lächeln, das auf Deinem Munde glomm, und höre Deine Stimme mit dunkler Klage jammern.
Du, die Du mir die Siegel aller Geheimnisse öffnest und die Runen verborgener Kräfte deutest und Dich nach allen Rasereien meines Lebens als Regenbogen der Gnade von einem Himmel zum andern weitest –
noch nie haben meine Sterne mit solchen Stürmen getobt, noch nie die Helligkeit, die Deine Stirn umkränzt, mit so blutigem Glanze gestrahlt wie jetzt, da ich Dich verloren habe für immer.
Dir zu Füßen werfe ich meine Sterne, Deine Fersen umwinde ich mit dem Trauerflor meiner Träume, in Deine Hände aber bette ich mein Herz – mein Herz . . .

1897

Ich mag's
Vier Seufzer
von Kazimierz Tetmajer

Ich mag's, wenn eine Frau, in der Verzückung fast,
den Blick verschleiert und wenn ihr Gesicht erblaßt,
wenn sie dem Arm entgleitet, ohnmächtig vor Lust,
die feuchten Lippenblüten öffnet unbewußt.

Ich mag's, wenn die Begier sie um die Sprache bringt,
wenn ihr bewegter Busen um den Atem ringt,
wenn sie, in Wollust ganz vom Beben übermannt,
sich restlos hingibt, lächelnd, ohne Widerstand.

Ich mag auch jene Scham, die einer Frau versagt,
die Wonne zu bekennen, daß der Liebesakt
sie hinreißt, schwerelos, in eine süße Bucht,
wo sie ganz blick- und wortlos meine Lippen sucht.

Ich mag das – und den Augenblick, wenn sie bei mir
erschöpft dann liegt, ermattet von erfüllter Gier,
und wenn mein Sinn, beflügelt, gleich von dannen schnellt
in die Unendlichkeit der unirdischen Welt.

1894

Ama
Aus dem Zyklus »Im Paradies« von Tadeusz Miciński

Meine blauäugige Tigerin,
ausgestreckt auf dem Bett aus Ebenholz,
in Kaschmirseide gehüllt – träumt.
Bächlein murmeln zwischen Araukarien.
Ich lasse den Riesenlöwen vom Atlasgebirg
in den Marmorsaal.
Er stolziert herein, stumm – mit Blitzen in den Lichtern.
Umgeht mich, ohne mich eines Blickes zu würdigen.
Ich sperre die Tür mit der Kette zu
und beobachte aus dem Mirador,
umgeben von purpur-gold-blauen Arabesken.

Ama wird wach –
Freude bewegt ihren gestreiften Schwanz –
träge – wie eine Odaliske – nähert sie sich dem Wüstenlöwen.
Doch er, besessen von raubsüchtiger Brunst,
stürzt über sie her, wie ein vom Berg gespaltener Fels.

Sie prallen zusammen –
und er fliegt, die vier Tatzen von sich gestreckt, in die Luft –
– unter seinem Bauch flackert eine schwarze Höhle auf.
Ama zuckt zurück wie ein Blitz – sie trägt ein Bündel
blauer Schlangen im Rachen – die Innereien des Löwen.

Der Löwe mit dem leeren gähnenden Abgrund taumelt
und kreist, langsam verendend, um die Grube des Bluts.

Wie bei einem Abendspaziergang am Meer
schmiegt sich Ama an meine Hand – unberührt von dem Löwen –

sie legt sich etwas träger mir zu Füßen –
ohne sich aufrecht stellen zu können.
Leidend sieht sie mich an mit geheimnisvollem Glanze,
aber in ihren Augen verfinstert sich und erlischt das Meer.

1902

Przybyszewski und andere Pornologen
Eine Glosse von Adolf Nowaczyński

Bei Schriftstellern wie Balzac, Stendhal, Baudelaire, d'Aurévilly, Maupassant, Garszyn, Dostojewski, Chatterton, Poe und einigen anderen sollte der Kritiker ein mutiger Taucher sein, der sich tief in die Abgründe der Seele, bis auf ihren dunklen und verbrecherischen Grund hinabwagt. Kritikern aber, die über den Werken der Pornologen-Hellenen Tetmajer, Louys, der Pornologen-Pessimisten d'Annunzio und Nansen, der Pornologen-Zyniker Mirbeau, Prévost, Strindberg, Jäger, der Pornologen-Proletarier Courtelin und Gorki und des Pornologen-Desperado Przybyszewski schweben, genügt die Balance eines Seiltänzer-Artisten.
Wenn nur der Seiltänzer nicht Taucher und der Taucher nicht Seiltänzer sein wollten.

1903

Kreuzigung
von Stanisław Korab-Brzozowski

Am weißen Kreuze deines Körpers,
Von der Begierde angenagelt,
Gesenkten Haupts, verendet langsam
Mir meine dorngekrönte Seele.

Wie Judas habe ich sie selber
Dem Todesschauder ausgeliefert
Für deinen Kuß der Leidenschaften . . .
Ach, Golgatha, wie du mich ängstigst!

1898

Leichteres Kaliber
Aphorismen von Karol Irzykowski

Ein Körper wird erst durch Erotik interessant und symbolisch.

Früher galt als Ideal, die Pflicht zum Vergnügen zu machen, heute hält man das Vergnügen für Pflicht.

Liebe ist Sehnsucht nach einem Zeugen. Wie oft aber sind die Zeugen taub und blind. Man hatte sich nach einer märchenhaften Tarnkappe gesehnt, und nun trägt man sie ständig und ist für die anderen unwahrnehmbar.

Reife Menschen haben die Liebe sofort parat: sie können sie abheben und überweisen – von einer Hypothek auf die andere.

Nach der Zeit der »nackten Seelen« brach nun im »Jungen Polen« die Zeit des nackten Hintern an.

Der Tod ist das einzige Vergnügen, das man nicht empfindet.

NATUR

Neoromantik und Naturalismus, Nachtgelichte und Nostalgie.

»Es sagten Engel mir am Morgen
Die Wahrheit, die im Wort verborgen,
Daß hinter Abgründen und Dünen,
Wo Ewigkeitsgestade grünen,
Wo Stunden ihre Schläge zügeln,
Erblüht, umstellt von Sehnsuchtshügeln,
Ein unerforschter Sondergarten,
Verzaubert, wirr von seinen Arten –
Verzaubert von den Sonnenwenden
Und wirr von Nebeln, die nie enden!«

Bolesław Leśmian, *Der Scheidegarten,* 1912

Andante
Fragment
von Maryla Wolska

Durch Kahlschläge, die von Schwärmen goldener Bienen summen,

Durch Friedhöfe gerodeter Wälder komme ich, Wiese, wieder zu dir!

Die Farne sind schon verrostet im Hain, der Enzian blüht blau, und das violette Heidekraut raschelt unter den Füßen ...

Der Sommer verglüht! ...

Ich gehe vorbei an den Zügen harziger Stämme, die mit den Schildern ihrer Querschnitte leuchten, es sind leere Sockel, von denen die alten Waldgötter gestürzt sind ...

Ich wate in Blumen bis an die Hüfte.

Ich dränge mich durch das Netzwerk der Brombeersträucher vorwärts, die meine Füße wie früher in maschiges Zuggarn fangen,

Durch aufgeschlagene Werkstätten hängender Spinngewebe,

Durch muntere Duftwellen und vom frischen Luftzug begleitet, komme ich, Wiese, zu dir!

Der goldne Augusttag über den Bergen verglüht ...

- -

Panagia
von Kazimiera Zawistowska
Deutsch von Jeannine Łuczak-Wild

Da steht sie, von des alten Meisters Hand
Naiv in Gold gefaßt, auf dem Altar.
Die schwere Krone drückt ihr helles Haar,
Die junge Brust belastet das Gewand.

Löste man sie aus ihrer goldnen Zier,
Sie ginge, nur von Sonnenschein geschmückt,
Als Bäuerin, das Kind an sich gedrückt,
Und spönne Flachs vor einer Katentür,

Aus Weihrauch steigt ihr slawisches Gesicht,
Auf ihren Zügen liegt ein stiller Glanz.
So geht sie wohl aufs Feld im Morgenlicht,
Die Erste bei der Ernte wie beim Tanz,
Und in ihr Haar, das schmucklos ist und schlicht,
Flechten die Mädchen einen Ährenkranz.

1900

Von der Tatra
Zwei Gedichte von Kazimierz Tetmajer
Deutsch von Carl von Pentz

1.

Es hüllte die Berge alle
mit Schnee der Winter ein.
Es glitzern die weißen Kristalle
im hellen Sonnenschein.

Und alle Blütenwiesen,
Beete und Sträucher auch,
sind wie die Felsenriesen
erstorben vom Eiseshauch.

Es streicht der Wind so schaurig
die kahle Eiswand entlang.
Dumpf klingt es dort und traurig
wie Sterbeglockengesang.

Doch kommt die Frühlingssonne,
erwacht aus dem Winterschlaf
erneut zu Leben und Wonne,
was ihre Wärme traf.
Doch wer den Vorhang gehoben
und sah den Jammer der Welt,
der spürt, daß in seine Seele
der Rauhreif des Zweifels fällt.

Er hüllt ihm mit kaltem Schauer
die Hoffnungsblüte ein,
und *diese* tödliche Mauer
zersprengt kein Frühlingsschein.

2.

Voller Geheimnis flüstert der Wald,
Ich lausche angstvoll und schweige.
Endlose Trauer, endloser Schmerz
Hängt in den nachtdunklen Zweigen.

O sage, warum singst du mir das Lied
Vom Tod statt von Glück und Hoffen?
Haben auch dort der Blitz und die Axt
Die schönsten Bäume getroffen?

Erinnerung an den Genfer See von Wacław Rolicz-Lieder

Ich sah ihn!
Es war Abend in der *Natur:* das blaue Wasser musizierte wie der Spiegel des brillantenen Palastes. Der Geist Słowackis schwebte über den Tiefen, wenedisch in seiner Wehmut.

Hinter dem See, tief zurückgeschoben, glühte Mont Blanc in der Abendröte. Die Alpen standen in Flammen, die Sonnenstrahlen liebkosend an ihrer schneeweißen Brust; sie loderten wie Scheunen, in einer Novembernacht in Brand gesteckt.

Mir zu Füßen lauschte das zauberhafte Wunder der schwermütigen *Natur* – der blaue Genfer See – dem Gesang der in Gebete versunkenen Vögel. Es schien, als hätten die in den Schluchten verborgenen Elegien ihre Finger in den Saiten lyrischer Harfen entzogen.

Wunderbarer! Die Farben des Sonnenuntergangs segelten über ihn; auf der Seeplatte nährten sich arme bucklige Weingärten vom Tau, und die Wälder hielten am Busen der Bergkette rings ihren Landtag ab.

Heidnische Stille betrat den Uferkreis; bei dieser Stille ging Clarens mit seinem holden Schweizer Gottesacker schlafen; der alte Chilon wässerte seine Füße in den Azuren des Sees. Der Goldmond stieg auf, ihn zu krönen.

Und am Genfer See schwamm mein im Gebet versunkener Geist und küßte mit Liebe die vier Richtungen der *Welt.* Andachttrunken gab ich allen Verschuldungen Ablaß und allen meinen Sünden – den Segen.

1891

Frühling. Sommer. Herbst. Winter. Auszüge aus dem Roman »Die Bauern« von Władysław Stanisław Reymont

Frühling

Es war Morgengrauen im Frühling.

Der Apriltag schleppte sich träge von seinem Lager aus Dunkelheiten und Nebeln, wie ein Stallknecht, der, von der Arbeit erschöpft, schlafen gegangen war, und ohne ganz ausgeruht zu haben, bei Tagesanbruch wieder aufspringen muß, um zum Pflug zu greifen und den Acker zu bestellen.

Es tagte allmählich.

Aber die Stille war noch ganz klamm, nur der Tau tröpfelte dicht von den Bäumen, die in der undurchdringlichen Trübe schliefen.

Der Himmel, ein taudurchtränktes bläuliches Tuch, wurde allmählich heller über der schwarzen, im Dunkel verlorenen Erde.

Nebel ergossen sich über die Wiesen und Niederungen, wie frischgemolkene schäumige Milch. Die Hähne krähten in den noch unsichtbaren Dörfern um die Wette.

Die letzten Sterne erloschen wie schlafübermannte Augen. Im Osten aber begann die Morgenröte sich zu entzünden, wie die geschürte Glut unter erkalteter Asche.

Die Nebel schaukelten plötzlich, blähten sich auf und drängten in einem trägen Schwall wie das Wasser der Frühlingsschmelze gegen die schwarzen Äcker und wehten zum Himmel wie Weihrauchdunst in blauen Gespinsten.

Der Tag brach an und rang mit der blasser werdenden Nacht, die sich wie ein dicker durchnäßter Schafpelz an die Erde schmiegte.

Der Himmel senkte sich immer tiefer zur Erde und ließ

langsam eine Helle fluten, so daß hier und dort die nebelumsponnenen Schöpfe der Bäume im Licht erschienen und anderswo, auf den Höhen, graue taudurchtränkte Felder der Nacht entstiegen; Teiche blinkten mit angelaufenen Spiegelflächen, oder Bäche schlängelten sich durch die dünner werdenden Nebel der Morgendämmerung hin.
Es tagte immer mehr, die Morgenröte sickerte in das tote Blau, sie begann am Himmel zu lodern, wie roter Feuerschein von noch unreifen Bränden, und es wurde so anmutig hell, daß die Wälder ringsum, ein schwarzer Reif, hervorwuchsen, und der lange Weg, von einer Doppelreihe von Pappeln umstanden, die sich neigten, als wären sie müde vom schweren Klettern den Hügel hinan, sich immer klarer ins Helle schleppte, die Dörfer jedoch, in erdnahen Dämmer versunken, lugten hier und da gegen die Morgenröte wie schwarze Steine aus einem schäumenden Wasser hervor, und manche Bäume, die näher standen, funkelten silbern im Tau und im Glanz des Morgens.
Noch war die Sonne nicht da, man fühlte nur, daß sie bald, in eines Gebetes Länge, ausschlüpfen würde aus den glühenden Morgenröten, um die Welt zu überstrahlen, die noch im letzten Schlummer lag, verschlafen ihre umnebelten Augen öffnete, sich etwas rekelte, langsam erwachend, aber noch zu bequem, den geruhsamen Halbschlaf zu beenden, denn eine noch stärker in den Ohren klingelnde Stille trat ein, als hätte die Erde den Atem angehalten – nur der Wind, wie das Atmen des Kindes kaum hörbar, wehte vom Wald her, so daß Tautropfen von den geschüttelten Bäumen fielen.
Bis aus dem matten Morgengrau, aus den schläfrigen, noch umdämmerten Feldern, wie in einer andachtsstummen, von Gebeten erfüllten Kirche, bevor Hochwürden die Allerheiligste Hostie emporhebt – plötzlich ein Lerchengesang in die Höhe schnellte . . .

Der Abend brach an, die Sonne sank hinter die Wälder, und der ganze Himmel war wie in Glut getaucht, so daß es schien, die Getreidebüschel und die Baumkronen im Garten badeten in Rot und Gold. Es wehte ein feuchter, zärtlicher Wind, die Frösche quakten, die Wachteln meldeten sich, und das Musizieren der Heupferdchen schallte über die Felder wie das ständige Rascheln der reifen Ähren; man fuhr bereits von der Kirchweih heim, die Fuhren ratterten, und da und dort hat jemand, stark angetrunken, lauthals gesungen.

Es wurde still in Lipce, der Platz vor der Kirche leerte sich, doch vor den Häusern saßen noch viele Menschen, die die Kühle und die Ruhe genossen.

Stille Dämmerung hatte sich über die Welt gesenkt, die Felder verfinsterten sich, die Fernen schmolzen mit dem Himmel zusammen, alles beruhigte sich, der Schlaf überwältigte langsam die Erde und hüllte sie in warmen Tau, aus den Gärten aber quollen die Stimmen der Vögel wie Abendgebete.

Das Vieh kehrte von den Weiden heim, langes schmachtendes Brüllen ließ sich vernehmen, die gehörnten Rindsköpfe wurden sichtbar über den Teichen, die im Sonnenuntergangsfeuer wie blutrote Fackeln glühten. Irgendwo an der Mühle trieben die badenden Jungs mit Geschrei ihren Spaß, und von den Anwesen wogte Mädchengesang herüber, dann wieder Geblök der Schafe und Gänsegeschnatter . . .

Hanka saß vor der Galerie, stillte das Kind und redete mit dem Bettler dies und jenes; der Alte log, daß es nur so staubte, doch sie widersprach ihm nicht, dachte sich ihr Teil und sah voller Sehnsucht in die Nacht.

Jagna war noch nicht zurück, sie saß auch nicht bei der Mutter, gleich gegen Abend war sie zu den Mädchen ins Dorf gegangen, nur hielt es sie nirgendwo lange, etwas

trieb sie umher. Als hätte sie jemand am Haar gezogen, so daß sie am Ende einsam im Dorf herumlief . . .
Es fraß an ihr etwas, das sie nicht nennen konnte, es war nicht Wehmut, nicht Sehnsucht noch Liebe, doch ihre Augen waren voll trockener Glut, und im Herzen brodelte schlimmes, blubberndes Schluchzen.
Unvermutet fand sie sich plötzlich vor dem Pfarrhof, Pferde stampften ungeduldig vor der Veranda, in einem der Zimmer war Licht, man spielte dort Karten.
Als sie genug gesehen hatte, ging sie den Heckenweg weiter, der das Anwesen der Klembs vom Pfarrhausgarten trennte. Sie schob sich ängstlich am Zaun entlang, hängende Kirschbaumzweige streiften mit taufeuchten Blättern ihr Gesicht. Sie ging willenlos, ohne zu wissen, wohin es sie trug, bis das niedrige Organistenhaus ihr den Weg versperrte.
Alle vier Fenster waren lichthell und standen offen.
Sie trat in den Schatten, dicht an den Zaun und sah ins Innere.
Der Organist und seine Frau saßen mit ihren Kindern unter der Hängelampe und tranken Tee, während Jasio im Zimmer auf und ab ging und etwas erzählte.
Sie hörte jedes Wort, das er sagte, jedes Knarren des Fußbodens, das unaufhörliche Ticken der Uhr und sogar das schwere Schnauben des Organisten.
Und Jasio erzählte so wunderbar, daß sie nichts davon verstand. Sie sah ihn nur wie ein Heiligenbild an und sog jeden Ton seiner Stimme wie süßesten Honig ein. Er wandelte rastlos, verschwand im Innern der Stube und tauchte wieder im Lichtkegel auf; manchmal blieb er am Fenster stehen, so daß sie sich erschreckt an den Zaun preßte, um nicht gesehen zu werden, aber er blickte nur in den sternenübersäten Himmel, sagte dann etwas zum Spaß, so daß sie in der Stube lachen mußten, und Freude strahlte von ihren Gesichtern aus wie Sonne . . .

Herbst

Es war still, warm und etwas einschläfernd.

Obwohl es schon gegen Ende September war, wärmte die Sonne nicht schlecht – sie hing in der Mitte des Weges zwischen Süden und Westen über den Wäldern, so daß die Sträucher, Steinhaufen und Birnbäume auf den Feldern, sogar die trockenen Ackerschollen kühle, nächtliche Schatten warfen.

Auf den verlassenen Fluren lag Stille, und berauschende Süße hing in der Luft, die der Sonnendunst etwas trübte; am hohen blaßblauen Himmel schwebten gewaltige weiße Wolken verstreut wie Schneewälle, hergeweht und ausgefranst von den Winden.

Und unter den Wolken lagen, so weit das Auge reichte, die grauen Felder wie eine riesige Schüssel, von blauen eingekerbten Wäldern umrandet – eine Schüssel, durch die sich wie ein Silberfaden der in der Sonne glitzernde Fluß zwischen den Erlen und Weiden am Ufer hindurchwand. Er staute sich mitten im Dorf zu einem großen länglichen Weiher und entkam nach Norden durch eine Schlucht zwischen den Hügeln; im Talkessel rund um den Weiher lagerte das Dorf und spielte im Sonnenlicht mit den herbstlichen Farben der Gärten – einer zusammengerollten rotgelben Raupe auf einem grauen Lattichblatt gleich, von der sich das lange, etwas wirre Geflecht der Ackerhufen, die Plantücher grauer Felder, die Schnüre von Rainen, voll Dornen und Steinhaufen, bis zu den Wäldern hin dehnten – nur da und dort ergoß sich ein Rinnsal aus Gold ins silbrige Grau – Lupinenfelder, gelb von duftenden Blumen oder weiß ermattet, ausgetrocknete Strombetten oder verschlafene Sandwege, und über ihnen erkletterten Reihen gewaltiger Pappeln langsam den Hügel und neigten sich den Wäldern zu.

Der Pfarrer erwachte aus seiner Versunkenheit, denn un-

weit brüllte ein Rind klagend und lang, so daß die Krähen schreiend aufflatterten und im schrägen Flug zum Kartoffelfeld trieben – und ein schwarzer Schatten lief ihnen unten auf den Stoppelfeldern und Brachen hinterher . . .
Er ging gemächlich über die Raine, sprach halblaut seine Gebete und umfing die Felder mit klarem, liebevollem Blick . . .
Reihen roter Weiberröcke leuchteten auf dem Kartoffelacker . . . die auf die Wagen geschütteten Kartoffeln kollerten laut . . . stellenweise wurde noch für die Wintersaat gepflügt . . . Herden buntscheckiger Kühe weideten auf dem Brachland . . . lange aschfarbene Saatfelder färbte die junge Bürste des aufgehenden Getreides rostrot . . . Gänse hoben sich leuchtend weiß wie Schneeflocken von den abgegrasten herbstbraunen Wiesen ab . . . irgendwo brüllte eine Kuh . . . Feldfeuer brannten, und lange blaue Rauchsträhnen zogen über die Ackerbahnen . . . Ein Wagen rollte oder ein Pflug knirschte gegen die Steine . . . dann wieder umfing für einen Augenblick Stille das Land, so daß man das dumpfe Gemurmel des Flusses hörte und das Geratter der Mühle, die hinter dem Dorf im Dickicht vergilbter Bäume versteckt war . . .
Der Pfarrer ging immer langsamer, manchmal hielt er bei den Leuten an, lächelte gütig . . .
– Gott segne die Arbeit!
– Gott vergelts, habt Dank! – antworteten sie zusammen, richteten sich auf und kamen alle, um dem lieben Wohltäter die Hand zu küssen . . .

Winter

Am Abend vor Weihnachten brodelte seit dem frühen Morgen eine fieberhafte Geschäftigkeit in ganz Lipce.
In der Nacht, oder auch erst gegen Morgengrauen, packte

der Frost wieder kräftig zu, und da er nach ein paar weichen und feuchten Nebeltagen einsetzte, überzog er die Bäume bald mit Rauhreif wie mit Glasspänen oder allerweißesten Daunen; die Sonne hatte sich sogar herausgeschält und schien am blauen, von dünnen durchsichtigen Nebeln umsponnenen Himmel, nur daß sie blaß war, erkaltet wie die versteckte Hostie in der Monstranz, nichts wärmend, im Gegenteil, denn der Frost nahm am Tage zu und durchdrang die Menschen so eisig, daß es ihnen den Atem verschlug, alle Lebewesen waren in Atemdämpfe gehüllt, die Nebelschwaden glichen; doch die Welt wurde sonnenhell und stand in so flimmernden Strahlen, in so grellem Geglitzer, als hätte jemand den Schnee mit Diamantentau beträufelt, so daß die Augen vom Schauen schmerzten.

Die verschneiten Felder lagen funkelnd, doch taub und tot, nur manchmal flatterte irgendein Vogel zwischen dem schimmernden Weiß, so daß sein schwarzer Schatten über den Feldbeeten flackerte, oder ein Schwarm von Rebhühnern rief sich unter den zugeschütteten Sträuchern zu und zog verängstigt, wachsam, geduckt zu den Menschensiedlungen, zu den vollen Schobern; wo hin und wieder ein Häschen dunkel über das Schneefeld hüpfte, sich auf die Hinterpfoten stellte und an der gefrorenen Schale kratzte, um ans Getreide zu kommen, aber vom Hundebellen verscheucht, zurück in die reifbedeckten, schneeüberschütteten, vor Kälte erstarrten Wälder flüchtete. – Leer und stumm war es jetzt in diesen vom Auge unfaßbaren schneebedeckten Ebenen, nur in den bläulichen Fernen glänzten die zugefrorenen Flüsse.

Eine durchdringende und vom frostigen Glanz durchleuchtete Kälte wehte durch die Welt und durchbohrte die eisige Stille.

Kein Schrei zerriß das erstarrte Schweigen der Felder, keine lebendige Stimme vibrierte, nicht einmal ein Windstoß raschelte in dem trockenen, funkelnden Schnee – nur selten klang ein klagendes Schellengeläut oder das Knarren von Schlitten auf den in Schneewehen verlorenen Wegen herüber, aber so schwach und fern, daß man kaum erkennen konnte, woher es kam, derart schnell war es verklungen und in aller Stille verschollen.

Doch auf den Wegen von Lipce, an beiden Seiten des Weihers, wimmelte es von lärmenden Menschen; frohe Feststimmung zitterte in der Luft, erfüllte alle Gemüter, fand sogar Widerhall in dem Vieh; die Rufe tönten in der hellhörigen, frostigen Luft wie Musik, lautschallendes lustiges Lachen drang von einem Ende des Dorfes zum anderen, Freude schlug aus den Herzen empor; die Hunde wälzten sich wie wild im Schnee, kläfften vor Freude und jagten die Krähen, die sich um die Häuser herumtrieben; die Pferde wieherten in den Ställen . . .

In jedem Haus, bei Simons und Matthis, beim Schulzen und bei den Klembs – wer wollte sie zählen und alle Namen anführen – wurden die Stuben gelüftet, wurde gewaschen, gescheuert, selbst in den Fluren und auf den Schnee vor den Türschwellen wurden frische Tannennadeln gestreut, hier und dort wurde der rußgeschwärzte Rauchfang geweißt, und überall backte man eiligst Brote und Feststollen, bereitete den Hering zu und mahlte in unglasierten Tonschüsseln den Mohn für die Klöße.

Denn Weihnachten stand vor der Tür, des Christkindleins Fest, der frohe Tag des Wunders und der Gnade Christi für die Welt, die gesegnete Unterbrechung der langen arbeitsreichen Tage . . .

1904–1909

Herbst
von Lucjan Rydel
Deutsch von Marek Scherlag

Es zittern in müder Hast
Die gelben Birkenblätter.
Des Herbstes frostiges Wetter
Hat sie des Nachts erfaßt.

Sie gleiten im Morgengrau
Vom Baume wie goldner Regen.
Es wälzt sich auf feuchten Wegen
Der Nordwind kalt und rauh.

Die Armen seufzen so schwer,
Wenn sie vom Baume fallen.
Durch Nacht und Nebelwallen
Treibt sie der Herbst umher.

Im Wirbel reißt sie der Wind
So grausam von den Ästen.
Ich weiß es am besten,
Wie tief traurig sie sind . . .

Am Fjord
Aus den Dichtungen in Prosa von Stanisław Przybyszewski

Um die ewig stillen schneebedeckten Berge herum wälzt die Nacht ihre dunkle Last in den schwarzen Abgrund.

Auf die Meerestiefen werfen die Felsen düstere Schatten, die in der tauben Stille Wache halten an der Gruft der versunkenen Sonnen.

Schon klettert mit dunkelnden Nebeln das Meer die Ränder des Himmels empor, schon breiten die Sterne ihre blassen Träume auf die verstummten Tiefen; – wie ein Zucken der Ewigkeit fährt ein blutroter Blitz durch den Himmel und stürzt ins Schweigen, das die Meeresweite heiligt: Vergiß, mein Herz, vergiß!

Und der Blüte der Ewigkeit, die aus dem Schnee der prachtvollen Berge emporwuchs, entflieht der Atem des Liedes über das dunkle Meer.

Er streckt sich über das Wasser, langsam wie eine zögernde Hand mit leisem Gebet, berührt mit zitternden Fingern die Wellen, als wären es Perlen des Rosenkranzes, hängt Trauertücher über die dunkle Tiefe und läßt mich das heilige Raunen des Schmerzes hören, hören:

Hundert Jahre, und alles vergeht.

Doch die heilige Messe des Meeres, das Licht, das vom Grunde aufblüht und aus den Kelchen der Sterne zum Grunde zurückfließt, das Lied der Berge, es schluchzt in der trauerbeladenen Ohnmacht des Meeres, das alles ist Ton, goldener Traum, verzweifeltes Glück:

Hundert Jahre, und alles vergeht.

Und hier entfaltet meine Seele ihre weißen, sturmzerzausten Flügel von einem Ende des Himmels zum andern; sie nimmt das Meer in die Arme und findet, Busen an Busen, in wollüstiger Verflechtung mit ihm, die Ruhe. 1902

Am Meer
von Tadeusz Miciński

So am Meer verharren
wo die Wolken tauchen
glühende Kleinodien
in die Tiefe werfen . . .

An ihrer Palastwand
dann die Stirne stützen
seiner Seele endlich
endgültig entsagen . . .

Und das Segel öffnen
wenn die Stürme heulen
über Berge jagen
fallen – weiterfließen . . .

1902

Nachbarn
Ein Märchen
von Jan Lemański

In einem verwahrlosten Garten, unweit von hier und nicht allzu nah, an einem Ort, wo früher ein Blumenbeet war und heute sich Wucherpflanzen allmächtig breitmachen, wuchs zwischen dem Unkraut eine Lilie.
Die Nachbarinnen und die Nachbarn, das sind: Distel, Tollkraut, Klette, Knöterich, Brennessel, wilde Zichorie, Schachtelhalm und andere Personen, hielten die Lilie zunächst für eine Verwandte, und sie hätten sich auch irren können, wenn sie die dicken und gewöhnlich grünen Lilienblätter sahen. Sie umgaben sie sogar mit einer gewissen Fürsorge: jede Wucherpflanze riet, während sie leicht ihre Überlegenheit spüren ließ, dies oder jenes. Die Distel – daß sie sich Stacheln wachsen lasse; die Brennessel – daß sie sich anstrenge, Gift, soviel es geht, in ihren Blättern herzustellen; der Wegerich – nahrhaften Saft; die Gänsedistel fragte die Lilie nach ihrer Blüte aus und lobte den eigenen Pusteflaum; die Klette, unter dem Vorwand, der Lilie Schatten zu spenden, nahm ihr das Sonnenlicht weg usw. Am Ende, obwohl mit großer Mühe, wuchs die Lilie doch über das Unkraut hinaus und trug eine Blüte aus – einen weißen, großen, üppigen Kelch.
Und da begann es in der Umgebung zu brodeln. Alle Wucherpflanzen empörte die schamlose Größe des Kelches und sein makelloses Weiß. Wie kann man nur! Wie arrogant und unpraktisch zugleich! Jedem fällt es von weitem ins Auge und wirkt peinlich, sehr peinlich . . .
So sprachen die Wucherpflanzen und wünschten im Geiste der Lilie den Tod, denn sie verletzte ihren Stolz mit der Schönheit von Wuchs und Blüte zu dreist.
Wenn viele etwas wünschen, passiert es leicht – was soll erst

geschehen, wenn es alle tun! Also erfreute sich die Lilie keines langen Lebens.
In den Garten, der wegen seiner Verlassenheit eher Ungarten heißen könnte, drang über den zerfallenen Zaun eines Tages ein Esel ein. Sein scharfer Blick suchte was Nützliches und entdeckte bald das beliebte Unkraut – die Distel. Der Esel schritt munter in diese Richtung und begann, am Ziel, sich die stacheligen Distelblätter einzuverleiben. Weil ihn bei dieser Tätigkeit die Lilie an den Nüstern kitzelte und somit störte, zerbrach, zertrat, zertrampelte er sie; sattgegessen, rülpste er laut – und ging weiter.

1902

Nacht im Walde
von Zenon Przesmycki
Deutsch von Marek Scherlag

Des Himmels Kuppel blaut. Die Nacht läßt mild
Erstrahlen ihren Sternenkranz im Haar.
Die Wölkchen segeln sanft als Silberschar
Über dem Walde hängt des Mondes Schild.

Der Glanz, in tausend Strömen strahlend, quillt,
Zerschattet sich im Laubwerk wunderbar.
Und dringt zu mir und fließt demantenklar
Und bringt mir Träume, Schemen, Bild um Bild.

Die Phantasie entfaltet ihre Schwingen:
Es lebt der Wald . . .Es füllt sich die Natur
Mit Schatten, Geistern, Bildern, Wunderdingen.

Kam denn für mich die märchenhafte Zeit
Der Liebe wieder, ohne Sehnsucht, ohne Leid? . . .
Der Wind weht! . . .Warum ist es Täuschung nur? . . .

Die Nacht naht
von Stanisław Korab-Brzozowski

Die Nacht naht; die verängstigte Sonne flieht
Und blutet.
Ihre blutigsten Strahlen
Fluten
Durch meine Augen
Ins Hirn.
Die Nacht fällt ein. Des Dunkels härtestes Lid
Hüllt meinen Blick:
Verängstigt schau ich zurück –
Ins Hirn –
Und sehe in meinem Blut
Die Sonnenstrahlen
– Die blutigsten – glimmen
Mit einem Glanz
Der die Nacht vertreibt
Für immer!

1901

Nachruf auf Stanisław Korab-Brzozowski von der Redaktion der Zeitschrift »Chimera«

Stanisław Korab-Brzozowski, Redaktionssekretär der *Chimera,* einer der begabtesten Dichter der letzten Generation, starb am 23. April d. J. Er war einer der – leider nicht häufigen – gewissenhaften Künstler, die nur auf die Qualität, nicht aber auf die Quantität ihrer Gedichte bedacht sind. Er gab keine zahlreichen Bände oder Zyklen heraus, notierte nicht emsig jede erlebte oder empfundene Kleinigkeit in Reimen, lief nicht der Popularität bringenden Präsenz in den periodischen Schriften hinterher. Er hatte im Krakauer *Leben* (Życie) lediglich eine kleine Handvoll lyrischer Gedichte veröffentlicht, dafür sind sie, fast ohne Ausnahme, vollendet, tief im Inhalt und unfehlbar in der Form.

An höchsten philosophischen Betrachtungen geübt, bewahrte ihn sein Geist vor allerlei sentimentalen oder alltagsmalerischen Belanglosigkeiten. Die reiche Phantasie beschenkte ihn mit ungewöhnlich üppigen, von südlicher Glut erfüllten Bildern. Ein tiefer Sinn für das geheime innere Wesen der Sprache ermöglichte ihm eine herrliche, aller »Korsettstangen« und Überflüssigkeiten bare Instrumentierung eines jeden seiner Gedichte. Diese Eigenschaften, verbunden mit strenger künstlerischer Disziplin, der er sich beim Schreiben freiwillig unterwarf, fruchteten in Gedichten von äußerster Konzentration, symbolhafter Perspektivität, Glut und Ernsthaftigkeit. Nicht zahlreich, aber meist ebenso vollendet sind seine Übertragungen von Baudelaire, Verlaine, Maeterlinck und anderen. Auch hier gehörte er zu den Seltenen, die übersetzend gestalten, die ein fremdes Kleinod in der eigenen Seele zu Erz umschmelzen und daraus ein neues Gußwerk schaffen.

Er starb jung. Vielleicht, lebte er länger, hätte er sich breiter entfaltet und mehr leisten können, doch schon das, was er getan hat, verleiht ihm Dauer im Gedächtnis aller aufrechten Künstler und Kunstgenießer.

1901

Welten
Zwei Gedichte von Bronisława Ostrowska
Deutsch von Jeannine Łuczak-Wild

Die Schwüle drückt. Im Weiher Frösche klagen.
Vom nahen Stock her summt der Immen Lied.
Die Wiese liegt von Sonnenglast durchglüht,
Wo Mädchen frisches Heu zusammentragen.

Und Honig atmet das Lupinenfeld.
Heuschreckenchöre zirpen voller Wonne
Zur großen Hochzeitsfeier, wenn die Sonne
Im Feuer mit der Erde sich vermählt.

Im Wind ein Hauch wie Lindenblütendüfte.
Aus einer unsichtbaren Sanduhr schwebt
Ein goldner Staub durch himmelblaue Lüfte . . .

Gelöscht von blauen Fluten, sehn die Sterne
Die Erde, die im Sonnenkuß erbebt,
Mit totem, kaltem Blick an aus der Ferne.

Magdalena, Waldesruh,
Magdalena, Felderstille,

Du läßt, Schwester, mir zu Füßen
Deinen teuren Balsam fließen,
Reibst mit deinen goldnen Locken
Meine wunden Füße trocken,

Im All-Leid – bist schmerzlos du,
In All-Knechtschaft – frei dein Wille,

Dank sei dir – du Waldesruh . . .
Dank sei dir – du Felderstille . . .

1918

Leichteres Kaliber
Aphorismen
von Karol Irzykowski

Poesie: Verwandlung einer Blume in ein Kleinod.

Seltsam, daß der Mensch eher darüber stolz ist, was ihm die Natur gab, als über die eigenen Verdienste. Selbst wenn er mit seinen Verdiensten prahlt, klingt es immer wie: so bin ich! und nicht: so bin ich geworden!

Die Katze läßt das Mausen nicht, obwohl die Mausefalle längst erfunden ist.

Mitten in der Praxis der Unbedingtheit wurde die Theorie der Bedingtheit [Relativität] geboren. Umgekehrt wäre mir lieber.

»Einen Stock in einen Ameisenhaufen stecken« – diese bösartige Redewendung illustriert plastisch den leichten Triumph und die schwere Grausamkeit des Menschen. Warum versucht er nicht, seine Hand in den Ameisenhaufen zu stecken!?

Die Welt (die Erde) als Globus ist – herrlich und unwahrscheinlich. Tatsächlich – begehen wir diese Welt mit dem Kopf nach unten.

SPIESSER

Sich-Menschen, Selbstsucht-Invaliden, siegreich schikanöse, vom sozialen Schimmel befallene Scharenwesen, Spießbürger. »Der Herdenmensch, ehrlich, organisch, aus eigenem Willen, von nichts angetrieben, dreht sich nur um sich selbst herum; kein Ideal reißt ihn von den faustdicken Interessen des Egoismus los. Ein Typ von diesem Egoismus, dieser Gedankenlosigkeit, Falschheit und Heuchelei heißt Philister . . . Ein Philister verrichtet nur das gut, was er in die eigene Scheune einfahren kann; alles andere verpfuscht er: die Liebe, die Barmherzigkeit, die Elternschaft, die gesellschaftliche Pflicht, die Bildung, die Kunst, die Erziehung, schließlich die Ehrlichkeit selbst.«

Stanisław Krzemiński, *Der Fortschritt und der Mensch,* 1911

Die Kunst und die Nicht-Kunst
Beiläufige Bemerkungen eines Profanen
von K. R. Żywicki (Ludwig Krzywicki)

> Sieht man vom Markt in die Kirche hinein,
> So ist alles dunkel und düster.
> Und so sieht's auch der Herr Philister!
> *Goethe*

Jeder von Ihnen, werte Leser, ist sicherlich schon einmal in einem Salon dem Dickerchen begegnet, das gern hochtrabend und viel in einem vernünftigen, vom Pseudowissen kunterbunten Tonfall disputiert. Es sitzt bequem im Sessel, redet klug – erzklug, breitflüssig, aber vernünftig, wirft manchmal einen radikalen Witz dazwischen, so freidenkerisch, daß die alten Tanten und die jungen Gänschen, die meinen, auch sie bekämen nach dem Ableben Flügelchen, ihr Erstaunen und Entsetzen mit leichtem Aufschrei kundtun, in welchem einige Empörung sowie viel Bewunderung mitschwingt. Das Dickerchen geht auf die Rappelköpfe los: es fängt bei der alternden Philantropin an und weist nach, daß die Eitelkeit der einzige Antrieb ihrer Geschäftigkeit sei, und fügt gutmütig hinzu, daß der Makel des Ehrgeizes alle Philantropen zeichne; danach nimmt es den struppigen Reimeschinder aufs Korn und ergeht sich lang und breit über die Unarten des Opfers; schließlich tritt es auf die alte Jungfrau zu und macht sich über ihre Anhänglichkeit an ihr Möpschen lustig, wobei es seine Erzählung mit zweideutigen Witzchen schmückt. Aus seinem Munde trieft Kritik, belebt von den Bewegungen der Finger, auf denen ein Ring mit kostbaren Steinen glitzert, Kritik, die gewürzt ist mit dem Salz banaler Scherze, noch reichlicher jedoch mit kleinkrämerischen Voltaireianismen sowie mit überall zusammengeklaubten Paradoxa. Du hörst diese vernünftigen, dabei witzigen Auslassungen und

fühlst, wie etwas in dir zu kochen beginnt. Du weißt gut, daß dieser struppige Reimeschinder eine aufgeblasene Null ist, aber du wärst bereit, ihn jetzt abzuküssen; deine Hand würde sogar den abscheulichen Köter der alten Jungfrau streicheln, aus Protest. Gern würde ich natürlich des öfteren die Literatur-Hysteriker anrempeln, doch in Anbetracht dessen, wie die Hohepriester der bürgerlichen Anmaßung dieses kränkliche, oft Hunger leidende, aber immer eines menschlichen Wortes begierige Häuflein quälen, ergreife ich instinktiv die Partei der nervösen, meinetwegen sogar dekadenten Möchtegern. Verglichen mit dem Gezwitscher – ja! dem aufschneiderischen Gezwitscher – des selbstzufriedenen Allphilosophen, ziehen mich Nietzsches ehrliche Trugbilder, Wildes leidenschaftliche Mannequins, die ungeheuchelten Sünden des geborenen Vagabunden Verlaine wie Blumen an, nicht diese aus Stoffetzen in einer Fabrik geschneiderten, sondern die auf Wiesen, möglicherweise sumpfigen, aber immerhin Wiesen wachsenden Blumen.
Sooft ich auf Angreifer in der Art des erwähnten Philister-Propheten oder auf um sich werfende Hohepriester aus der Gegend des Wawel-Schlosses stoße, stelle ich mich stets der Formation der Angegriffenen zur Verfügung.

1899

Philister
von Adolf Nowaczyński

Und als die Philister schliefen, kam der Teufel und säte aufs Feld den Chauvinismus.

Wie stolz wären die Philister, wenn sie ahnen könnten, wie niederträchtig sie sind.

Das Kleinbürgertum hält nur zwei extreme Gesellschaftstypen für witzig: den Impertinenten und den Schmeichler. Einen witzigen Menschen hält es lediglich . . . für gefährlich.

Das Kleinbürgertum muß man lehren, was es bewundern und was es verachten soll, was es lieben, hassen, loben oder verschweigen soll. Doch die Konsequenz dieser ständigen Kriege und Gesinnungsfehden zwischen den Hirten ist, daß die Herde, unter dem Decknamen der Intelligenz bekannt, ihren ursprünglichen Instinkt verliert, sich zu einer panurgischen Horde zusammenrottet und *alles* geringschätzt, verachtet, verschweigt.

1904

Die Moral der Frau Dulska
Spiessertragikomödie in drei Akten
von Gabriela Zapolska

Erster Akt, Bild II
Frau Dulska, Zbyszko (*– ihr Sohn*)
Julia *(siewiczowa, ihre Nichte)*

ZBYSZKO Ein Krach, daß man nicht schlafen kann.
DULSKA Um so besser. Vielleicht gehst du ins Büro.
ZBYSZKO Äh! . . . *(Zu Julia:)* Wie geht's, Alte?
JULIA Wie geht's dir, Mißling!
ZBYSZKO *(Betrachtet sich im Spiegel. Dann zu Julia:)* Bin ich sehr grün?
JULIA Was denn, willst du heute etwa jemandem einen Heiratsantrag machen?
ZBYSZKO Das fehlte noch . . . nur wird der Alte – na, du weißt schon, der Gerichtsrat, mich mit seinem faulen Auge mustern. Und da gibt es Berge von Akten . . . Berge . . .
DULSKA Säume nur! Säume! . . .
ZBYSZKO Ich versäume nichts, höchstens die Klienten. *(Lehnt sich an den Ofen und wärmt sich.)*
DULSKA *(Zieht den Morgenmantel aus und bleibt im Unterrock und in der Jacke.)* Entschuldige, meine Liebe, aber ich will Staub wischen, also muß ich den Morgenmantel schonen.
JULIA Aber bitte, Tante . . . vor mir brauchst du dich nicht zu genieren.
DULSKA *(Wischt Staub und blickt wütend von Zeit zu Zeit Zbyszko an.)*
ZBYSZKO Mama, schmeißt du wirklich die Frau raus, die aus dem Mietshaus, die sich vergiften wollte?
DULSKA Was geht dich das an?

ZBYSZKO Nur so . . . habe halt einiges aufgeschnappt. War erbaut davon, wie großherzig du bist. Außerdem finde ich sie sehr sympathisch, dieses Weib.

DULSKA Davon bin ich überzeugt. Dieses Skandalmensch.

ZBYSZKO Das hat sie schließlich aus Liebe zu ihrem Mann getan. Müßte nach deinem Geschmack sein. Eheliche Liebe . . .

DULSKA Ach ja, stimmt – sie hielt zu ihrem Mann. Aber ich glaube nicht an diese Liebe. Sie rauscht mit seidenen Unterröcken . . .

ZBYSZKO Und was beweist das?

DULSKA Daß sie keine anständige Frau ist. Für den eigenen Mann, herrje, muß sich eine Frau unten nicht ausstaffieren. Und solche, die rauschen – die . . .

ZBYSZKO *(Zu Julia:)* Sitz still, bei dir raschelt es auch. Übrigens, was die vom Parterre betrifft, da möcht ich wetten, daß sie anständig ist.

DULSKA Woher weißt du denn das?

ZBYSZKO *(Gleichgültig:)* Weil ich mich an sie rangemacht habe, und sie hat mich abblitzen lassen.

DULSKA Könntest wenigstens unsere Mieterinnen in Ruhe lassen. Mach Platz . . . wie lange willst du noch hier am Ofen hocken! *(Erregt:)* Wenn ich dich sehe, kann ich manchmal gar nicht glauben, daß du mein Kind bist.

ZBYSZKO Nun – wenn Mama Zweifel hat . . .

DULSKA *(Zu Julia:)* Das sag ich dir – setz niemals Kinder in die Welt!

JULIA Oh, wir reißen uns nicht danach.

DULSKA *(Zu Zbyszko:)* Nein – du bist ein Auswurf – du bist nicht mein Sohn.

ZBYSZKO Ich bin's, Muttchen, ich bin's, leider! Und das eben ist meine ganze Tragödie . . . *(Geht ans Klavier und beginnt, stehend, sehr gekonnt zu spielen.)*

DULSKA Hast du's gehört? er sagt – »leider«!

ZBYSZKO Sicher. Ein Dulski zu sein, ist eine Katastrophe.

JULIA Tatsächlich, Zbyszko – du erlaubst dir zuviel . . .
ZBYSZKO Laß du mich in Ruhe!
DULSKA *(Zu Julia:)* Keine Moral, keine Grundsätze . . .
ZBYSZKO Kein scheinheiliges Mäntelchen, wie Mamchen.
DULSKA Das endet noch damit, daß er sich den Sozialisten anschließt.
ZBYSZKO *(Klappt das Klavier zu.)* Dazu bin ich zu dumm.
JULIA *(Lacht.)* Ein Sozialist braucht kein Examen.
ZBYSZKO Eben doch . . . und zwar das allerschwerste.
JULIA Vor wem denn?
ZBYSZKO Vor seinem Gewissen, vor der eigenen Seele, mein Engelchen!
DULSKA Vor allem braucht ein Sozialist keinen Gott im Herzen.
ZBYSZKO Da haben wir's – – – es war schon lange keine Rede von Gott in diesem Haus.

BILD 12

Dieselben. Hanka.

HANKA *(Aus der Küche:)* Bitte, gnädige Frau, der Schirm.
DULSKA Laß ihn im Vorzimmer . . . und dann kannst du das Vorzimmer sauberfegen. Ist die Köchin zurück?
HANKA *(Kommt aus dem Vorzimmer – geht in die Küche.)* Ja.
DULSKA Einen Augenblick . . . *(Ab zur Küche.)*
JULIA *(Zu Zbyszko:)* Tante hat wirklich recht. Du könntest ein bißchen vernünftiger werden. Siehst aus wie eine Leiche.
ZBYSZKO Du siehst auch nicht sehr reizend aus.
JULIA Ich? Ich war gestern die ganze Zeit zu Hause.
ZBYSZKO Das bedeutet – daß ich mich außerhalb des Hauses herumgetrieben habe und du im Haus.
JULIA *(Lacht)* Du bist unmöglich . . .
ZBYSZKO Je nachdem . . . *(Hanka geht mit Schaufel und Besen durch das Zimmer. Zbyszko schaut ihr nach.)*

JULIA Was schaust du der Hanka so hinterher?

ZBYSZKO Weil sie mir gefällt.

JULIA Ein Dienstmädchen?

ZBYSZKO Na und? Ist sie keine Frau? Ich versichere dir, sogar sehr ...

JULIA Hast du's schon ausprobiert?

ZBYSZKO Was geht dich das an!

JULIA Ich dachte, du hättest einen feineren Geschmack.

ZBYSZKO Du mit deiner dummen Spießer-Ästhetik. Übrigens bin ich wie ein Pianist. Sobald ich einen Flügel sehe, muß ich gleich einen schnellen Lauf ...

JULIA Nun gut ... wo aber siehst du einen Flügel ...

ZBYSZKO Meine Liebe – jede Frau ist ein Flügel – nur muß man darauf spielen können ... Ach! ... Am liebsten möchte ich jetzt schlafen ...

JULIA Warum treibst du dich dann in den Kneipen herum?

ZBYSZKO Und wo sonst sollte ich mich herumtreiben? Irgendwo muß ich es ja.

JULIA An deiner Stelle würde ich mich um eine feste Bekanntschaft ... eine solide ... bemühen ... na ... Es gibt so viele verheiratete Frauen, mein Gott.

ZBYSZKO Danke. Mir reicht das Spießertum zu Hause und ... in mir selbst.

JULIA Wieso bist du ein Spießer?

ZBYSZKO Weil ich spießig geboren bin, mein Engelchen! Ich war es schon im Mutterleib – auch wenn ich aus der Haut fahre, dort tief unten, in der Seele, habe ich eine dicke Schicht Spießertum, die nichts ausrotten kann. Etwas, ein Neuer, anderer kämpft dort mit dem Angeborenen – reißt sich los, bricht aus. Aber ich weiß, es dauert nicht lange, dann packt mich der Familienspießer am Schopf, dann kommt die Zeit, daß ich ein Felicjan sein werde, Mieten kassiere ... nun ... ein Dulski, ein Ur-Dulski, ein Ober-Dulski sein werde, Dulskis zeugen werde, ganze Legionen von Dulskis – werde Silberhochzeit feiern und einen ordentlichen Grabstein haben, weit weg von den Selbstmördern. Und ich werde nicht grün sein im Gesicht, sondern aufgedunsen von Fett und von Theorien, und ich werde viel von Gott reden . . . *(Bricht ab, geht zum Klavier und spielt nervös.)*

JULIA *(Geht zu ihm.)* Vom Spießertum kann man sich befreien.

ZBYSZKO Stimmt nicht. Du glaubst, daß du davon frei bist, weil du ein bißchen Politur an der Oberfläche hast. Du bist nur auf Mahagoni gebeizt – wie deine Jugendstilmöbel und deine gefärbten Haare. Das ist ein Schandmal . . . Frau Rat . . . ein Schandmal . . .

JULIA *(Spielt mit einer Hand auf dem Klavier mit.)* Hattest du eigentlich Klavierunterricht?

ZBYSZKO Ich? Ich kenne keine einzige Note. Irgend etwas spielt in mir . . . In mir schlägt auch etwas gegen die Wand . . . aber das schlägt sich mit der Zeit tot . . . ach! egal . . . *(Umarmt sie.)* Weißt du was . . . du bist gar nicht . . . gar nicht . . .

JULIA *(Lacht.)* Laß mich in Ruhe!

ZBYSZKO *(Lacht.)* Läufe, meine Liebe, Läufe . . . *(Hanka geht durch das Zimmer und wirft einen finsteren Blick auf die beiden. Ab zur Küche.)*

JULIA *(Betrachtet sie aufmerksam.)* Du, das ist interessant.

ZBYSZKO Was denn?

JULIA Dieses Mädchen. Hättest du gesehen, wie sie uns angestarrt hat . . . Ich an deiner Stelle . . .

ZBYSZKO Ich auch, sobald ich Zeit habe . . .

JULIA Du verstehst nicht. Ich würde mich fern von ihr halten.

ZBYSZKO Äh!

JULIA Sie ist eifersüchtig. Sie wird dir Szenen machen.

ZBYSZKO Das wäre großartig.

BILD 13

Dieselben. Dulska.

DULSKA *(Zu Zbyszko:)* Immer noch hier? Schämst du dich nicht? Dein Vater arbeitet, ich arbeite – die Schwestern ...

ZBYSZKO *(Geht ins Vorzimmer, nimmt den Mantel, den Hut – kommt zurück und zieht sich an.)* Muttchen! Muttchen! ob man arbeitet oder nicht, es kommt auf dasselbe heraus.

DULSKA Das ist nicht wahr – wir arbeiten, und die Faulenzer ...

ZBYSZKO Nicht doch, Ihr werdet genauso wie wir ...

DULSKA Was? was?

ZBYSZKO Ins Gras beißen ... Tschüß! *(Zu Julia:)* Pa, Püppchen! ... *(Ab.)*

BILD 14

Dulska. Julia (siewiczowa). Hanka.

DULSKA Schrecklich ... einfach schrecklich ... hast du gehört, wie er spricht! Und das schlimmste ist, daß er so begabt ist – soviel Talent hat! Wenn er nur wollte, könnte er Karriere machen – aber ... er will nicht, will nicht ... Gleich kommt das zweite Frühstück! ... Ich sage dir, er will nicht und basta. Treibt sich immer nur rum. Sobald er im Büro diese paar Kronen bekommt, ist er verloren. So sieht das aus! ... Nichts als Kaffeehäuser und Weiberröcke.

(Hanka trägt ein Tablett mit Wodka und Imbiß herein.)

Bitte, lang zu, meine Liebe.

JULIA Danke, Tante. *(Sie setzen sich zum Essen.)* Er ist so reizbar, unzufrieden.

DULSKA *(Ausbrechend:)* Weiß er denn selbst, was er will! Er sollte Gott danken, daß er gerade gewachsen ist, gesund ... Dein Wohl ... *(Trinkt das Gläschen leer.)*

Hanka, geh, bring das Zimmer des jungen Herrn in Ordnung. *(Hanka ab.)*

JULIA *(Sieht ihr hinterher.)* Tante, bist du mit Hanka zufrieden?

DULSKA Es geht.

JULIA *(Leise:)* Du solltest sie entlassen, Tante!

DULSKA Und . . . warum?

JULIA Ich hab etwas gemerkt.

DULSKA Sie stiehlt.

JULIA Nein . . . schlimmer . . .

DULSKA Na, na . . .

JULIA Ich glaube, Zbyszko macht sich an sie ran.

DULSKA *(Widerwillig:)* Ach . . . das . . .

JULIA Ich weiß, was ich sage. Schick sie weg, Tante, solange es noch Zeit ist.

DULSKA Meine Liebe, das kommt dir nur so vor . . . Und außerdem . . . *(sie blickt zur Seite)* verglichen mit dem, was sich da tut . . . na . . . du verstehst . . . es ist das Bier, das da schäumt.

JULIA Ah!

DULSKA Kurz und gut . . . du weißt schon . . .

JULIA Besser zu Hause?

DULSKA Ich sage nichts . . . aber . . .

JULIA Weißt du, Tante, vielleicht hast du recht . . . *(Sie schweigt einen Augenblick, Hanka geht wortlos durch das Zimmer und verschwindet in der Küche.)*

Man muß zugeben, daß die Männer einen eigenartigen Geschmack haben.

DULSKA Ach, meinetwegen! . . . Hauptsache, er treibt sich nicht herum und vergeudet seine Gesundheit nicht . . . Man muß Mutter sein, um zu verstehen, wie das schmerzt, wenn man sieht, wie sich der Sohn zugrunde richtet.

Möchtest du noch etwas?

JULIA Danke. Nur daß sie später nicht . . .

DULSKA Sie? Das wäre noch schöner! Sie wird zufrieden sein . . . so eine kennt kein Ehrgefühl oder Gottesfurcht. Ich zeige dir mein Hütchen, das ich mir habe umarbeiten lassen.

(Geht ins Vorzimmer, kommt mit einem Häubchen aus Veilchen und weißen Federn zurück, setzt es sich auf, was bei dem Barchentunterkleid einen seltsamen Effekt erzeugt.) Gut?

JULIA Nicht übel . . . nicht übel . . .

DULSKA *(Mit Hut:)* Ich muß sparen . . . deshalb laß ich meinen alten Plunder umarbeiten.

JULIA Aber – Tante, dir steht wirklich alles. Wirst du in diesem Jahr die Mieten erhöhen?

DULSKA Ich nehme an. Ich muß. Sie erhöhen ja alle. Ich zeige dir gleich das Verzeichnis.

JULIA Nun . . . nun . . .

DULSKA *(Holt aus der Schublade ein Papier, stützt sich auf den Tisch, beide neigen sich eifrig über das Papier.)*

Die Souterrains erhöhe ich durchweg um zwanzig . . . in den Korridor stelle ich eine Drehrolle . . .

JULIA Das wird etwas eng. Sie schlagen sich die Zähne ein.

DULSKA Das ist mir egal. Ich benutze den Korridor nie. Die beiden Parterre je fünf – den ersten Stock, mit der Kokotte, um zehn . . .

JULIA Kokotte? Das ist zuwenig. Ich würde wenigstens um zwanzig erhöhen.

DULSKA Meinst du?

JULIA *(Lacht.)* Selbstverständlich . . . sie hat Geld, es fällt ihr leicht zu . . . soll sie zahlen.

DULSKA Soll sie zahlen . . .

JULIA *(Lacht.)* Soll sie zahlen!

DULSKA Also – die Kokotte um zwanzig, den Rat um zehn . . . die zweite Etage . . .

(Beide ereifern sich, über den Tisch gebeugt, lesen.)

Der Vorhang fällt langsam.

1906

Frau Zapolskas – und überhaupt das polnische Theater Eine Glosse von Adolf Nowaczyński

Eine großartige Bemerkung machte während einer Premiere, zugegeben zufällig, ein Krakauer Theaterkritiker namens Felix (ganz überflüssig) Notwendig (Konieczny) hinsichtlich der jungen Kritiker über die ultra-ästhetischen Forderungen und übertrieben hochgestochenen Erwartungen und Ansprüche, die man heute an die Kunst stelle. (Nebenbei gesagt, zweifle ich, ob Herr Konieczny selbst darauf gekommen oder vielmehr von der Marquise Garpheine inspiriert worden war).

»Bei uns läßt man im Augenblick kein Stück gelten, wenn es nicht wenigstens etwas vom *König Geist* [dem großen historiosophischen Gedicht – 1847 – von Słowacki] hat . . . Und mit Recht, und zwar großem, weil doppeltem, zweischneidigem Recht. Die ultra-ästhetischen Jünglinge haben nämlich recht, wenn sie in Anbetracht der Vorherrschaft des bürgerlichen Repertoires von Zapolska, Kisielewski, Kawecki, die bestenfalls Salonkonversationen, schlimmstenfalls Arbeitertragödien bieten, nach einer hehren, königlichen Poesie und Kunst rufen, die von würdigem Geist eingegeben wäre, nach unzeitgemäß wurmstichigen Problemen, nach Kostümen, Masken, Gesten, nach Vollblutmenschen, impulsiven Aktionen, elementaren Situationen, nach blumiger Sprache und nach beseelten Strophen . . .

Recht haben die Kritiker mit dem feineren Sinn für Soziales, die das Kunstinteresse des *misera plebs* verteidigen; und zwar gegen das schwierige und unzugängliche Raffinement der Tausende, die nach Thesen, Tendenz, Vivisektion, nachvollziehbaren Gegenwartsproblemen, Menschen nach Maß, nach Umgangssprache, nach Situationen aus

dem Alltag, nach Realismus, nach volkstümlichem Stil, nach Moral verlangen. Gebt dem Kaiser, was des Kaisers ist, und Gott, was Gottes ist; den Massen ein Stück Knochenfleisch, den Auserwählten Kaviar.
Erwartet von Frau Zapolska nicht die Mystik von Calderon, die Geistigkeit von Angelus Silesius oder die Sprache von Swinburn; verlangt von einer Boulevardfarce nicht den Puritanismus der Quäker, Dantische Tiefe oder Descartes' Logik. Verlangt nicht von Przybyszewski den Vegetarismus, die Abstinenz, den Eintritt in die Heilsarmee, von Wyspiański nicht den Kampf mit dem Alkoholismus, psychoanalytische Eingriffe an Hysterikerinnen, Unterschlagungsepopöen, neurasthenische Dialoge und den Slang der Warschauer Reporter. Bei Zalewski, Lubowski und Roniker erwartet nicht Dostojewskis Psychologie, Ibsens unversöhnliche Sozialkritik oder eine Technik, die besser wäre als die französische; und von den Kozlowskis, Graybners, Przybylskis verlangt nicht zusätzlich den ›König Geist‹. Ein Genie der Nation offenbart sich nur einmal in Jahrhunderten in seiner königlichen Majestät und Pracht, und mehr Offenbarung erbitten, erbetteln, suchen – und dann nicht finden, wäre nur Strafe dafür, daß man die Namen der Großen unnütz gebraucht hatte.«

1903

Aus dem Tagebuch einer Pensionatstochter
Persiflage von Władysław Stanisław Reymont
Deutsch von Margaret Stisi

. . . .
. . . .
ich setze schrecklich gerne Punkte. . . . .
Endlich bin ich eine Braut! . . . .
. . . .

. . . . aber genug der Spielerei! Fürchterlich, wie gerne ich Punkte setze. Ich muß einen Leserbrief an den »Kurier« schreiben und fragen, was das bedeutet. Die sollten es doch wissen, da sie auf alles antworten. Letztes Jahr fragte »Ma« nach Wallfahrtsorten: sie zählten alle in der ganzen Welt auf; und danach fragte »Pa«, ob wir von Adel seien und welches Familienwappen wir hätten. Sie antworteten sofort und nannten etwa zehn Wappen! »Pa« ging daraufhin zu einem Spezialisten, um sich beraten zu lassen, welches er für die Visitenkarten nehmen soll! . . .
Ich habe tatsächlich einen Bräutigam, und zwar ganz offiziell, mit »Ma« und »Pa«, mit Tanten und Onkelchen, mit einer mehrstöckigen Verlobungstorte, dem Segen und einem Brillantring am Finger . . .
Tantchen Hortensja schenkte mir Brillantohrringe, ich habe sie gleich angelegt und mich vor den Spiegel gesetzt, ein wenig abseits der Lampe, sie funkelten so wunderbar, daß Henryk versucht war, mich aufs Ohr zu kü . . .
Er ist nämlich mein Bräutigam.
»Pa« war nicht einverstanden, weil Henryk sein Studium noch nicht beendet hat.
Auch ein Grund!
Wer im fünften Semester Medizin studiert, kann wohl auch Ehemann sein! . . .

Ein Blaustrumpf bin ich nicht, und ich denke nicht daran, eine alte Jungfer zu werden – das sagte ich zu »Pa« deutlich. Aber er meinte, ich hätte noch Zeit . . . sicher, nur habe ich von diesen Tanztees mit Pennälern genug!
Ich möchte zu gerne auf richtige Bälle gehen und mit richtigen Männern tanzen!
Ich schäme mich sogar, das Pensionat schon vor einem Jahr verlassen zu haben und noch kein einziges Mal verlobt gewesen zu sein, fürchterlich!
Dabei sind viele meiner Freundinnen bereits verheiratet! Und eine ist sogar gestorben! . . .
»Pa« war mit Henryk gar nicht einverstanden!
Erst nachdem »Ma« erfahren hatte, daß Henryk drei reiche Tanten hat, wurde »Pa« ein wenig weich und sagte: Ich überleg's mir, potztausend, zum Kuckuck!
Das Grundbuch ist wichtig! Und Tanten ohne Besitz – führen zu gar nichts, verehrter Herr Henryk! . . . Ich weinte zum Steinerweichen und betete für die Tanten und ihre Grundbucheintragung! . . . Und am nächsten Morgen stellte »Pa« fest, daß alle drei Tanten Häuser besitzen und außer Henryk keine Erben haben! . . .
»Ma« ließ vor Freude eine Messe lesen, ich schenkte mein Kleid und die Winterjacke – sie waren noch ganz gut – der Tochter unseres Hausmeisters.
Und beim Abendessen sagte »Pa«:
– Verlieben kann sich auch ein Student, aber heiraten darf nur ein ordentlicher Mensch, und dein Luftikus ist kein schlechtes Material für einen ordentlichen Menschen . . .
Und er war einverstanden!
Schreckliche Materialisten sind diese Männer, wie »Ma« manchmal sagt.
Besitz interessiert mich nicht!
Darum habe ich mich nie gekümmert! Ich erinnere mich noch genau an den klugen Satz aus dem Schönschreibheft: »Arbeit adelt und bereichert, Geld richtet zugrunde«, oder

diesen: »Ausdauer und Arbeit führen zum Ziel . . .« Das ist sehr klug . . . nur verstehe ich nicht ganz, daß Arbeit bereichert . . . aber was soll's.

Es interessiert mich nicht, ob Henryk arm oder reich ist, ich habe ihn auch so li . . ., und daß ich hübsch wohnen, angenehm leben und im eigenen Wagen fahren möchte, denn von den Straßenbahnen und Droschken habe ich langsam genug, das ist wohl ganz natürlich! . . .

Tantchen war auch dagegen, sie redete ständig auf »Pa« und »Ma« ein, Henryk sei keine Partie!

Ein Doktor, der drei Tanten mit Hausbesitz hat, eine schlechte Partie!

Abscheulich sind diese anspruchsvollen Witwen! . . .

Oho! Mich kann sie nicht täuschen, ich habe genau gesehen, wie sie die Augen nach ihm verdrehte . . . und sich fortwährend puderte und parfümierte, daß sogar Tausendschön vor ihr Reißaus nahm . . . und ich weiß genau, daß . . . daß sie wattierte Mieder und Kleider trägt . . .

Morgens läßt sie nämlich nie jemanden in ihr Zimmer, einmal jedoch . . . wirklich ohne Absicht . . . sah ich, wie sie sich anzog . . .

Jesus! Sie sah aus wie eine gesteppte Matratze . . . grauenhaft! . . .

Aber sie zierte sich vor ihm, daß es einem schlecht wurde!

Henryk und ich, wir lachten nur.

Nein, ich lästere über niemanden, ich mag keinen Klatsch, immerhin ist sie die Schwester von »Ma« . . .

Es ist wirklich eine Schande, in diesem Alter . . . und noch . . .

. . . .

Tausendschön schnappte mir eine Pralinenschachtel weg und verkroch sich unter das Sofa . . . ich verprügelte ihn wie einen Hund, aber die Pralinen waren futsch . . .

1903

Spießbürgertum
Eine Glosse von Adam Nowaczyński

Das Spießbürgertum, in den Possen von [G. Zapolska und] M. Bałucki verspottet, verließ das Theater immerhin lächelnd, belustigt und in der Überzeugung, daß der Lichtkegel seiner Grundsätze, Ansichten, Ideen, Konvenienzen, Liebhabereien, Kulte der hellste, hygienischste und einzig mögliche unter den lokalen Bedingungen ist, die einem Kleinkleckersdorf, Kuhweiher oder Ketschkenbroda bieten. Ebenso wie man Labiche in Paris für Molière gehalten hat, hielt man Bałucki in Krakau für [Polens größten Komödienschreiber] Fredro, *Das offene Haus* verglich man mit *Herrn Perrichons Reise,* und diese verglich man mit dem *Tartüff.*

Dann kam der junge Kritiker Ferdinand Brunetière, der im Augenblick an katholischem Marasmus leidet, löschte den Herd des Ruhms von Labiche und schlachtete den Stückeschreiber. Darauf kamen junge Kritiker, löschten den Herd des Ruhms von Brunetière und schlachteten den Literaturkritiker. Und auch nach uns, selbst wenn es uns gelingen sollte, diese jungen Kritiker auszulöschen, werden jüngere kommen und uns schlachten.

Denn für die Menschen vom Ende des 20. Jahrhunderts werden wir ein Bałucki aus Kleckersdorf, ein Mazanowski aus Kuhweiher und ein Flach aus Lemberg sein.

1903

Kleine Fabeln von Jan Lemański

Einleitung: Seit der Erfindung der Märchen haben die Tiere, immer bereiter, zu lesen und die Wohltaten der Literatur anzunehmen, dies und jenes in ihrer Natur verändert. Die folgenden Fabeln handeln von solchen veredelten Wesen.

Der Einsiedler und der Bär
Ein Einsiedler und ein Bär freundeten sich derart an, daß sie fast unzertrennlich waren. Eines Tages schlief der Einsiedler, während auf seinem Gesicht eine Fliege herumspazierte. Als der Bär das sah, jagte er die Fliege so lange fort, bis der Einsiedler, ausgeschlafen, wachgeworden war. Und als dieser aufstand und sie von etwas anderem sprachen, wäre es dem Bären nicht im Traum eingefallen, den Vorfall auch nur zu erwähnen. Und so weiß der Einsiedler bis heute nicht, daß der Bär ihm das Leben gerettet hatte.

Wer einmal lügt, der lügt auch ein zweites Mal
Klein Thomas hatte Schafe gehütet. Eines Tages wollte er den Erwachsenen einen Schabernack spielen; er rannte ins Dorf mit Geschrei, der Wolf überfalle und fresse die Schafe. Die Erwachsenen, mit Knüppeln und Forken bewaffnet, liefen hinzu, doch als sie den Wolf nicht antrafen und die Schafe bei bester Gesundheit sahen, merkten sie, daß man sie angeführt hatte. Demzufolge schlugen sie klein Thomas windelweich. Ein zweites Mal hatte er Angst, mit den Erwachsenen Scherze zu treiben . . .
Und nun ist er ein sehr ernsthafter großer Thomas und treibt seine Scherze nur noch mit den Kleinen.

Freunde

Der Hase hatte Freunde: ein Pferd, einen Ochsen, einen Hammel und einen Esel. Er liebte sie sehr und kannte sie noch besser. Es geschah, daß er, von Hunden gehetzt, über die Wiese, auf der alle vier weideten, in den Wald flüchtete. Sich in der Not an seine Freunde zu wenden, ist nicht nur Menschenart, sondern auch Hasenbrauch. Also wollte der Hase einen seiner Freunde, oder auch alle, um Hilfe bitten, doch da schossen ihm ihre todsicheren Antworten durch den Kopf:

»Gern, aber heute habe ich keine Zeit, vielleicht morgen« – würde das Pferd sagen.

»Gleich, gleich, ich ruhe nur noch ein wenig aus, denn ich habe zu viel gegessen« – könnte der Ochs meinen.

»Siehst du, mein liebes Häschen«, würde ihm der Hammel klarmachen, »helfen möchte ich dir schon und gern, doch habe ich selber Angst um meine Zotteln.«

»Gut«, hörte er den Esel brummen, »aber zuerst schaff mir ein Löwenfell herbei, damit ich die Hunde damit erschrecke.«

So denkend, verlor der Hase keine Zeit mit überflüssigen Bitten, sondern flitzte querfeldein in den Wald, was ihm das Leben gerettet hat.

Adler und Rabe

Als der Rabe den Adler mit einem Lamm in den Krallen davonfliegen sah, sagte er: – »Gut, daß ich kein Adler bin: das schwere Tragen bleibt mir erspart.«

Der Müller, sein Sohn und der Esel

Der Müller führte zusammen mit seinem Sohn einen Esel zu Markte. Der Müller wollte das Tier nicht strapazieren und saß nicht auf, und der Sohn zog es vor, seitlich des Weges zu laufen, ab und zu eine Blume zu pflücken und Steinchen nach einem Vogel zu werfen, natürlich ohne diesen zu treffen. Als sie so gingen, stießen sie auf eine Schar von Gaffern, die ihnen nachriefen: »Schaut nur – da gehen drei Esel.« Der Müller musterte sie, zählte ab und sagte: »Ihr seid mehr als drei.« Und ging weiter.

Die Taube und die Biene

Als die silbergefiederte Taube sah, daß die Biene zu ertrinken drohte, stürzte sie ihr zu Hilfe und zog sie an einem Flügel ans Ufer. Als sie die Biene gerettet hatte, begann sie zu überlegen, welche Belohnung ihr dafür gebühre. Und da sie von einer Biene nichts als Honig erwarten konnte, fraß sie sie auf, kam aber bald danach, zur Strafe, bei einem Taubenschießen selbst ums Leben.

1902

Normale Menschen
von Adolf Nowaczyński

Der edelste Beweis für die Bescheidenheit der normalen Menschen ist die Geringschätzung ihresgleichen.

Auch normale Menschen träumen: berechnend.

Normale Menschen werden geboren, um das Leben der außergewöhnlichen Menschen durch die ethische Brille zu – verfolgen.

Der normale Mensch mag es, ganz gleich, ob er Tartüff, Harpagon, Exzellenz oder ein Philologe ist, zweimal jährlich zu wiederholen:
– Auch ich bin einst ein Draufgänger gewesen! ...

Der normale Ehrenmann entdeckt seine Ehre in dem Augenblick, da er zum erstenmal eine Ohrfeige bekommt, eventuell auch dann, wenn er zum erstenmal seine entkleidete Frau in den lüsternen Armen seines Jugendfreundes sieht.

Die dümmlich joviale Güte normaler Menschenkinder gleicht den falschen Flämmchen auf unüberschaubarem Sumpffeld. Vertraue nur diesen Irrfeuern, und sie führen dich allmählich in den Morast des zeitlichen Glücks, in die Suhle des bürgerlichen Vegetierens.

Angeblich lebte zu Zeiten Ibsens eine normale Wahrheit manchmal fünfzehn Jahre. Wie unnormal!

Normale Menschen sind im gewissen Alter bereits geschlechtslos; die Männchen setzen das Fett, die Feigheit, den

Stumpfsinn, die Gefräßigkeit und die Frömmigkeit ihrer Weibchen an, die Weibchen die Brutalität, den Geiz und die Gläubigkeit ihrer Männer.

Normale Menschen sind so gewissenhaft und eigen, daß sie aus Prinzip (z. B.) lieber gar nichts für Dinge der Kunst und für literarische Zwecke stiften, als daß sie es womöglich für einen »ungewissen Zweck« und für »verdächtige Ziele« täten.

Wenn ein normaler Mensch vor einem Wasserfall steht, schmilzt seine Seele vor Stolz, mit dem ihn der Gedanke erfüllt, der Genius seines Artgenossen habe diese rasende Gewalt zu bändigen und in Licht zu verwandeln vermocht, um die Dunkelheit ... seiner philiströsen Lagerstätte zu zerstreuen.

Schlaues Mißtrauen ist der Scharfsinn normaler Menschen.

Normale Menschen hassen so sehr jegliche Ironie wie ein Dieb die nächtlichen Laternen.

Die Natur verteilte die geistigen Güter gerecht. Der Persönlichkeit gab sie alles, dem normalen Menschen nichts, dafür ließ sie ihn werden: einen Literaturprofessor, einen »Ehrenbürger der Stadt«, einen »Jubilar«.

Tiefe Nachdenklichkeit verraten normale Menschen beim Studium – der Speisekarte.

Die Moral der normalen Menschen ähnelt einer Provinzschauspielerin; wie diese wünscht sie sich möglichst viele Anhörer und möglichst viele Beschauer.

Die chemische Analyse des Labors »Veritas« erbrachte folgenden Befund (Objekt: ein normaler Mensch) –

extract. oedae
oleum sentiment.
impot. mentalis
psychop. sexualis
arrogant. absoluta
liquor combin.
aqua ecclesiastici
excrementa heroum
ex libris alien.
phlegma ordinaria
cerevista pura

Das Röntgenbild zeigt keinerlei Rückgrat, die Endkristallisation ist ungewiß, reagiert weder auf Salz noch auf Säuren, schmilzt unter Ausscheidung peinlichen Geruchs zu einer trüben Mischung; in hoher Temperatur geht sie in der Luft restlos verloren. Eigengewicht: 0,000000001. Ein Produkt des Verfalls, frißt alle edleren Elemente auf, zum menschlichen Gebrauch ungeeignet.

Und normale Menschen »leiden«, »erleben schmerzliche Erfahrungen« und »erfahren schmerzliche Erlebnisse«. Zu den üblichen gehören: Zahnung, Impfung, die erste Geschlechtskrankheit, Erlebnisse mit dem Friseur . . . mit dem Magen . . . mit dem Finanzamtsdiener, mit dem – Rheuma.
Unter schmerzlichen Erlebnissen versteht man auch das Überqueren der Straße an einer Stelle, wo vier Hauptstraßen sich kreuzen.

Die normalen Menschen wären viel schlauer, wenn sie von der Schlauheit ihrer Nächsten nicht so geringschätzig dächten.

Der normale Dummkopf hat sich immer noch eines vorzuwerfen, nämlich, er sei für unsere Verhältnisse zu klug.

Die zehn Gebote des normalen Menschen.
Ich bin dein Gott, der dich aus dem Gelobten Land, aus dem Hause der Freiheit, aus dem Selbstbewußtsein deines göttlichen Anfangs geführt hat.
Erstens, du sollst keine fremden Götter haben neben den Göttern deiner Familie, deines Winkels, deiner Rasse, deines Klüngels, deines Fachs, deiner Partei, deines Kreises.
Zweitens, du sollst den Namen deines Nächsten nicht auf deinen Wechsel setzen, ohne die Einlösung sichergestellt zu haben.
Drittens, gedenke des Tags Aller Heiligen, damit du ihn heiligest: den Tag der nationalen und der lokalen Feste, der würdigen Jubiläen, der lustigen Jahrestage, der traurigen Jahrhundertfeiern, und zwar auf eine öffentlich dekorative Art.
Viertens, du sollst den Zufall und die Gemeinheit ehren, deine Eltern wie die Trivialität, den Egoismus, die Scheinheiligkeiten und Brutalitäten, deine Geschwister, auf daß du lange lebest und auf daß es dir märchenhaft ergehe.
Fünftens, du sollst nicht töten mit dem Dolche, sondern mit dem freien Wettbewerb und mit der besseren Anpassung an die örtlichen Verhältnisse.
Sechstens, du sollst nicht fremdgehen, sondern die fremde Frau zu dir kommen lassen.
Siebtens, du sollst nicht stehlen ostentativ und planlos, sondern konsequent und ohne tragische Analysen.
Achtens, du sollst kein falsches Zeugnis reden wider deinen Nächsten, es sei, es brächte dir prinzipiell und jedesmal auf's neue einen materiellen Vorteil oder zumindest eine gesellschaftliche Sensation.
Neuntens, du sollst deines Nächsten Weib nicht grundlos und nicht ganz umsonst begehren.

Zehntens, noch seinen Ochs und Esel und keins der bescheidenen Dinge, die dein Nächster hat, um nicht der absoluten Lächerlichkeit anheimzufallen.

1902-1904

TRÄUME VON DER MACHT

Traumwandler, Tantaloiden, »Byzantiner! – die neue Kunst nimmt eure Arbeit hin – doch läßt sie sich nicht von euch beherrschen. Eine neue Epoche der Kunst bricht an – hart und stark – die neue Werte schmiedet. Hört ihr die Hammerschläge?«

Stanisław Brzozowski, *Wir Jungen*, 1903

Schmied
Aus dem Zyklus »Träume von der Macht«
von Leopold Staff

Die ganze laxe Masse von kostbaren Erzen,
Die in geheimen Tiefen meines Busens kreisen,
Spei ich wie ein Vulkanschlund seine Lavakerzen
Hinaus auf einen Amboß aus gestähltem Eisen.

Ich schlage sie mit hoffnungsvollen Hammerschwüngen;
Es gilt jetzt, eine große Arbeit zu vollenden,
Ich muß aus diesen Erzen mir ein Herz erzwingen,
Ein stolzes Kraftgefäß mit feuerfesten Wänden.

Doch gibst du nach, mein Herz, den vielen Eisenschlägen
Und platzt unter dem Hieb mit kläglichem Gewimmer:
Dann schlag ich dich mit meiner harten Faust in Trümmer!

Denn besser schon du stirbst, dem Hammer unterlegen,
Als wenn, verwunschen durch die eigenen Gebrechen,
Du weiterlebtest, morsch von Rissen kranker Schwächen.

1901

Die Genesung des Jahrhundertendes
Entwurf von Leopold Staff

Es gibt nichts Schlimmeres, als wenn der Menschengeist nach dem Zusammenbruch seiner Wünsche und Neigungen, nach dem Bankrott seiner Ideen dem Zustand der Apathie verfällt, wenn er zu wünschen und zu hoffen aufhört . . .

Die Krankheit der Trauer und des Pessimismus hat ihren kritischen Höhepunkt erreicht.

Es gibt Jahre – sagte Słowacki – erfüllt von Langeweile und Sorge, die dem Menschen wie ein Gang durch Wüsten vorkommen; nichts gelingt ihm dann zur rechten Zeit; was gut ist, gelingt schlecht; alle Mühe bleibt erfolglos; es sind die Jahre des Hastens, des Fieberns . . . des Schmerzes, mit einem Wort: böse und schlaflose Jahre. Aber plötzlich (wenn Gott uns beisteht) fühlen wir, wie sich alles wandelt, wie das Leben reicher wird; etwas zeigt es uns an im Herzen; vielleicht ist es die Wende im Gesundheitszustand, im Nervensystem – jedenfalls ist sie gut . . .

Die Seelen erwachen aus dem Fiebertraum der langen und verzehrenden Krankheit und rufen mit schwacher Stimme: Genesung! . . .

Leben! Wieder Gefallen am Leben finden, es lieben lernen, seine Genüsse, seine Schönheit, das, was in ihm gut ist, mitempfinden lernen. Hören wir auf, Asketen zu sein, blicken wir gutwillig um uns, und wir werden so manches wertvoll und liebenswert finden . . .

Betrachten wir die Welt gutwillig und wir werden finden, daß die Menschen liebenswerter sind, als wir glaubten. Wir hatten zu oft auf sie eingeredet, daß sie schlecht seien, und so wurden sie schlecht . . .

Die Menschenseele ändert im Lauf der Jahrhunderte manchen ihrer Wesenszüge. Lebt sie auf einer höheren, veredelten Kulturstufe, umgeben vom Guten, Schönen und Wahren, wird auch sie schön, gut und wahrheitsliebend, zu edlen Gefühlen und Taten bereit. Trag also bei zur Veredelung und Hebung der Kultur, so gut du kannst, durch Kunst, Wissenschaft, durch Ausdruck deines Mundes und deiner Augen. Bist du ohne jede Religion, dann bekenne die »Religion der Kultur«. Hell sein kann es nur in einem hellen Raum, warm nur in einer warmen Atmosphäre. Glücklichsein kann man allein in einer glücklichen Umwelt.

Und wir alle wollen leben, zufrieden, glücklich . . .

1900

Daniel
Auszug aus dem gleichnamigen dramatischen Gedicht von Stanisław Wyspiański

Ich bin nichts als nur Phantasie,
ich bin nichts als nur Poesie,
ich bin nichts als nur eine Seele . . .
Aber mir nach kommt eine Macht,
von meinen Worten angefacht,
die uns befreit von den Fesseln,
die uns den Staat wieder schafft!

Ich bin nichts als nur Saat
der qualvollen Einbildungskraft.
Ich werde fallen – verwehn
im Dunst eurer Träumereien;
doch in der Bruderschaft
komme ich wieder als Tat –
und werde Jahrhunderte sein.

1893

Zum Monolog »Fluch den Tränen!« Aus Stanisław Wyspiańskis Drama »Die Befreiung« von Wilhelm Feldman

Die reine Negation [der Totentanz am Ende des Dramas *Die Hochzeit* (1901), siehe S. 76 f] konnte nicht des Dichters letztes Wort sein. Er nimmt das Problem noch einmal in dem Drama *Die Befreiung* (1903) auf, das uns in ein Theater führt, auf dem Konrad erscheint, der Held aus Mickiewicz' Tragödie *Die Ahnen,* der »mit seiner Liebe Millionen umschlungen hält und deren Leid auf sich nimmt«. Das »Theater«, der Nationaltempel, verwandelt sich in das Innere der Königlichen Kathedrale im Wawelschloß. Hier treffen sich stilisierte Gestalten, die beten, beraten, schwärmen und philosophieren. Alle ergehen sich in romantisch träumerischer Verherrlichung der *Gräber* [der »Ahnen«] und blicken unverwandt den Genius an, den versteinerten Mickiewicz, wie ihn die geistige Starre der Generationen verbildet hat. Konrad aber ist ein Heutiger, dessen Liebe der Willenskraft gilt. Sein Credo ist die Tat. Ihn verzehrt die Sehnsucht nach Polen – dem *lebendigen* Polen, dessen Lebensrecht er fordert. Deshalb entreißt er dem Genius den Kelch mit der betäubenden Träumerei und schwingt die Fackel, die zwar Brände anlegt, aber auch weit und breit den Horizont erhellt. Sie beleuchtet überdies den Grundgedanken Wyspiańskis, der sich gegen die Lebensverneiner wendet und nur die Sprache der Tat gelten läßt, der Tat, die seinem Volke bringen soll, was andere längst besitzen: den Nationalstaat. Konrad räumt mit dem Glauben an ein überirdisches Polenreich und an dessen Erlöserrolle auf, mit der pseudoromantischen Phraseologie von einem *Wunder,* das Polen retten wird . . . Die neue Romantik fordert nach einer aus eigener, innerer Freiheit geborenen Tat. Die Romantik der Willenskraft hat jedoch unter den bestehenden

Umständen einen tief tragischen Hintergrund. Der Held der »Befreiung«, Konrad, erlebt das Schicksal aller von ihrer Zeit nicht verstandenen Demiurgen und Propheten. Ihm war die nationale Auferstehung heilige Lebensaufgabe, für seine Umgebung war es – Theater. Nach vollendeter Aufführung bleibt Konrad allein »auf leerer Bühne«, von den Erinnyen der Verzweiflung gepeinigt.

Fluch den Tränen!
Aus dem Drama »Befreiung«
von Stanisław Wyspiański

Allein auf großer leerer Bühne.
Meine Idee ins Grab getragen.
Ich schäme mich, verzweifle, sühne. –
Der Dom hat Mitternacht geschlagen.

Wohin jetzt gehn? Wo alles düster,
wo alles Nichts und Nacht und Dürre.
Ich sehne einsam mich und irre
beklagenswert durch diese Wüste.

Was soll ich, arm, nach Hause tragen,
Gefangener eines Gedankens?
Er war mein Sieg und mein Versagen.
Jetzt ist er tot, und ich muß wanken.

Bist, Polen, du – nur wo ich träume?
Mich hat die *Kunst* in Bann geschlagen:
Ich trat in dunkle Tempelräume
und geh – wohin? ich kann's nicht sagen.

Das Licht erlosch, das eben brannte,
geworfen auf das Riesenlinnen,
Gelumpe, das ich Tempel nannte.
Wie treibt man, *Kunst,* dich aus den Sinnen?

Allein auf großer leerer Bühne;
Wie hohl doch meine Schritte hallen.
O Angst – sei du mein Wohlgefallen . . .
Die Nacht hängt ihre Pechgardine.

Wie grausam! Diese dunklen Wände
versperren alle guten Werke. –
Ich bin allein; – im Herzen Brände
der Scham: meine geheime Stärke.

1903

Zu Wyspiańskis dramatischem Gedicht »Warschaulied« von Wilhelm Feldman

Der polnische Aufstand 1830/31 übte auf den Dichter Wyspiański magische Wirkung aus. Dieser Ausbruch des polnischen Heroismus' fesselte seine männliche Natur mehr als der Aufstand von 1863, der keine polnische Nationalarmee mehr kannte und also das Volk auf die Dulderrolle verwiesen hatte. In den Jahren 1830/31 kämpften noch an der Spitze der Aufständischen Generäle, die sich in den napoleonischen Kriegen ruhmreich hervorgetan hatten, wie Chłopicki, Skrzynecki, Chłapowski, Dwernicki sowie jüngere, die der älteren würdig waren, die Siege über die Moskowiter errungen hatten, die in ganz Europa Bewunderung hervorriefen. Auch das Malerische, das Dekorative des Aufstandes von 1830 mußte die dichterische Phantasie Wyspiańskis ganz besonders ansprechen, ihn als Dichter und bildender Künstler fesseln; der Denker fragte sich allerdings, weshalb der Aufstand, trotz der herausragenden Führer und ihrer Siege – mit einer Niederlage enden mußte. Der prophetische Geist wollte in den traurigen Bildern zugleich die Hoffnungszeichen einer freien, einer besseren Zukunft sehen.

Das Stück wurde am 29. November 1898, am Gedenktag des Novemberaufstands, in Krakau aufgeführt und hinterließ – besonders bei der Jugend – einen starken und anhaltenden Eindruck. Das Drama zeigte zwei Welten: die klassizistische Empirewelt der alten Generäle, die nur Tatendrang und Siege kannten, und die junge, von Byron und von der Romantik, von der Sehnsucht nach Ruhm und nach dem Heldentod inspirierte Welt . . . Der Dichter verstand es großartig, beide Welten dramatisch zu verdeutlichen. Die private Tragödie der Maria, die ihren Bräutigam um des Ruhmes willen in den Kampf schickt, seinen Tod erfährt und sich unter diesem Eindruck in eine polnische Kassandra verwandelt; die harte, rücksichtslose Welt des Soldaten Chłopicki, der Marias Bräutigam bereitwillig in den sicheren Tod schickt, um dem kommandierenden General seine Unfähigkeit zu beweisen; und dann Marias Verzweiflung, die selbst diesen Haudegen-General in eine weiche, romantische Todesstimmung versetzt. Schließlich die tragische Schuld, die auf den Führern lastet und die Niederlage der nationalen Bewegung bestimmt. »Jeder von ihnen war, als sei er geistig krank« – urteilte Kasimir der Große in der Verserzählung gleichen Namens, was auch von den Personen der *Novembernacht* gesagt werden könnte. Den Aufständischen fehlte der Glaube; was sie allein hatten, war Mut. Sie waren unter Umständen glänzende Soldaten, die fürs Vaterland zu sterben wußten, sie waren aber keine Männer der siegesgewissen und zielbewußten Tat. Ihr Kampf war vergeblich.

Warschaulied
Szene aus dem dramatischen Gedicht »Warszawianka« von Stanisław Wyspiański
Deutsch von Stanisław von Odrowonsch

Die Szene spielt am 25. Februar 1831, dem dritten Tag der Schlacht bei Grochowo. Personen: General Chłopicki, General Skrzynecki, General Graf Pac, Maria, Anna. (Außerdem treten auf, hier nicht zitiert: Kasimir Małachowski, Der junge Offizier, Annas und Marias Mutter, Der alte Veteran, Der Dichter, Generäle, Offiziere, Edelleute.)

CHŁOPICKI: Wir, die wir Bonapartes Geist verspürt,
Wir haben seine Adler in den Lüften
Gepackt und sie in unser Land geführt. –
Jeder von uns dünkt sich ein Cincinnatus,
Glaubt sich der Urquell aller Tugenden
Und wähnt, hat er die Würde, die ihn ziert,
Sich beigelegt, allein, er imponiert
Der Welt, die vor Erstaunen in den Fugen kracht.
PAC: Und wird dabei von ihr nur ausgelacht.
CHŁOPICKI: Die Adler sinken schmerzbetäubt zur Erde;
Die flugbereiten Fittiche zertrat
Das überlegne Neidervolk der Krähen;
Der Adler Herzen zucken und verbluten
An ihrer Brüder schmählichem Verrat.
Schon einmal, als mir die Liktorenruten
Nicht freie Bahn zu schaffen wußten, legte
Ich das Kommando nieder. Denn ich sah
Zur Ohnmacht mich verdammt, da ich tagein,
Tagaus von Königen umgeben war.
SKRZYNECKI: Ein stolzes Urteil, daß nur du berufen,
Vollbringer dieses großen Werks zu sein.
CHŁOPICKI: Laß immer Diktatoren aufeinander folgen; –
Sieh dich doch um, wie alle die Statisten

Sich blähn; hat einer auch nur einen Schatten
Eines Gedankens aufgeschnappt, den Zipfel
Eines Gedankens irgendwo erwischt,
Der nicht aus meiner Welt geboren, gleich
Schreibt er ein Buch und kritzelt Memoiren;
Es wird ein Werk politischen Gehalts
Mit Felddienstordnung, Taktik, Strategie,
Ein Meisterwerk der Kriegskunst aller Zeit;
In Friedenszeiten läßt sich allenfalls
Nachdenken über die Gelehrsamkeit. –
Ich sehe schon, wie eine nahe Zukunft
Ihr Haupt verhüllt und heiße Tränen weint,
Wenn sie das Buch zur Hand nimmt, das die Fehler,
Die wir begangen, schonungslos vereint.
Wenn zum Erwachen läuten graue Sorgen –,
Der Ruhm ein Wahn ist, nach dem Kriege, – morgen.

SKRZYNECKI: Jetzt zielt der General mit der Satire
Und trifft ins Herz der vaterländischen Sache
Noch besser als mit des Diktators Faust.

CHŁOPICKI: Von der Satire selbst zu gut getroffen,
Hab ich den Saft der rohen Gifte mir
Ins Herzblut eingeimpft, – das kocht und wallt.

SKRZYNECKI: Laß gut sein! Wenn die Faust nur wie bisher
Dem Vaterlande dient.

MARIA und ANNA *spielen und singen:* Tag des Kampfes,
Tag der Ehre
Bring die Freiheit uns zurück.
Weißer Adler steig zum Himmel,
Hol den Stern von Polens Glück.
Hoffnungstrunken dich zu retten,
Ruft er dich aus deiner Not:
Auf, mein Polen . . . .«

Allgemeine Bewegung; Rufe, leises Mitsingen; der Gesang der Mädchen taucht in der allgemeinen Unruhe unter; nach einer Weile hört man wieder

MARIA und ANNA *singen:* »Auf, mein Polen, brich die Ketten,
Auf zum Siege oder Tod!«

– –

CHŁOPICKI *während der allgemeinen Unterhaltung:*
Ja, ja – das ist es, in den Tod! Da Mars
Kraftglühend übers Schlachtfeld rasen sollte.
Hier liegt im malerischen Bild des Todes
Verborgen des Zerfalls Miasma. Wollte
Gott! Ein Poem romantischer Gemüter:
Schlingt um die Stirnen schwarze Trauerflore
Und laßt die schwarzen Federbüsche wallen –
Schmückt euch nur zu, ihr Helden aus Romanen . . .
»Mein Schicksal ruft, – ich bin bereit – und sterbe,
Doch meine Seele lebt, und ich erwerbe
Mir die Unsterblichkeit in alle Zeit.«
Der Kaiser applaudierte Talma und auch ich –
Ich applaudierte.
Jetzt bin ich vom Parkett emporgestiegen
Zur Bühne
Und stehe mitten im Tragödienspiel,
Umringt von Männern, die dem Grabe sich
Vermählen . . .
Maria!! Wir stürmten durch den Kugelregen
Den Berg hinan, und auf den steilen Wegen,
Die felsengleich die Sonne ausgesengt,
Sprüht Sand uns in die Augen und vermengt
Sich mit dem Staub zur dichten Mauer.
Wir brachen durch – und eh der Tag verblich,
Erklommen wir der Felsenkuppe Grat –
Wo rechts und links der Abgrund gähnend klafft.
– Da dachte nicht des Todes der Soldat.
Des Krieges Ungestüm, sein Dämon war
Speerschüttelnd mit uns und verlieh uns Kraft;
Uns brauste nach ein Sturmwind wunderbar
Gewaltgen Rauschens, und an unserm Ohr

Brach sich der einzge Ruf: Viktoria!!
Die Sonne hatte mit sieghaften Strahlen
Uns zu des Ruhmes Höhn emporgerissen.
Ja, unsern kriegerischen Idealen
Hat ganz Europa Beifall zollen müssen.
Auf tausend Meilen wohl sah man die Mienen
Von Angst verzerrt, und rings im ganzen Land
Herrschte der Schrecken, öffnete die Tore
Von tausend Städten, jeder Widerstand
Sank vor dem Schwerte Boleslaus des Kühnen.
Ich wollte schwören, daß der Geist der Polen,
Der große Geist uns allen sichtbar ward.
Von allen Höhen donnerten Kanonen
Und spieen gleich Vulkanen Dampf und Glut.
Wir waren Sieger, unsere Parole
Hieß: Sieg! Das war. Und heute . . . wollt ihr sterben.
Erlosch denn Ares' Stern? –
Ihr Jungen, nur zu gern
Schmückt ihr mit Epauletten, Federbüschen
Euch auf und tastet nach dem trügerischen
Lorbeer des Grabes mit verblaßter Hand.
Die Senatorenstirnen Rom verwandt,
Die Herzen keusch, die Seelen gottgebannt,
Zwängt ihr in Uniformen und, von Degen
Zerfetzt, bringt ihr der Zukunft sie entgegen. –
– – Warum so trüb, so kraftlos, todesbleich?
Welch Leidens Schatten senkte sich auf euch? –
Euere Lieder, euere Gespräche
Künden das Grab und künden eure Schwäche.
Um die Standarten schlingt ihr Trauerflore,
Bezahlt im voraus Charons stumme Fracht.
Habt ihr's so eilig, in dem Reich der Toten
Die schattendunklen Pfade zu durchwandeln;
Lockt euch der Leichenfeier düstre Pracht?
Habt ihr genügt des Erdenrufs Geboten? 1898

Stoa
Aus dem Zyklus »Auf Spuren antiken Fusses«
von Leopold Staff

Ich sehe die Sterne am Abend,
die rein sind und unverschleiert,
So wie mein Leben in dieser
Wandelhalle, die ängstlich
Der Volksaberglaube meidet
wegen des Fluchs, der ihm anhängt,
Seitdem die dreißig Tyrannen
sie, Männer mordend, befleckten.
Ich laß mich nicht bange machen,
es kommt nicht das Glück eines Mannes
Vom Schicksal nur, denn es ist nicht
böse, was ich so nicht nenne,
Und auch meine Selbstbeherrschung
kann nichts, außer mir, zerstören,
Damit ich edel und weise,
und rein sei, und frei und heiter,
Die Furcht und den Zorn nicht kenne
und immer mein Lächeln wahre,
Mich nur von den Feigen nähre,
vom Wasser der reinen Quelle,
Womit ich den Göttern gleiche,
die keine Bedürfnisse kennen.
Mein Tag, so streng und so einfach
wie eine dorische Säule
Und wie der Wurf meines Kleides,
ist siegreicher und viel schöner,
Je schwieriger und je härter
die Kämpfe und Leiden waren.
Aus Reichtum wie aus dem Elend,
aus der Gesundheit wie Schwäche

Schaff ich mir heitere Freiheit,
so wie des Phidias Meißel
Aus Gold oder einem Feldstein
das Standbild der Götter haute.
Schmerzen und Freuden sind Werkstoff
des Lebens. Die Mühsal ist Meister
Des Ringers, der die Gewandtheit
zu nackten Wettkämpfen einübt.
Das Leben ist Spiel. Des Diskus
Zielsicherheit ist wichtig
Und nicht, woraus er gemacht ist!
Des Spielers Leid oder Freude
Sind gleichgültig, nur die Würfel
zählen, der Wurf und die Absicht,
Sich selber stets zu gewinnen.

1910

Zu Wyspiańskis Drama »Novembernacht« von Wilhelm Feldman

Was im *Warschaulied* stimmungsvoll, im *Lelewel* dialektisch angedeutet ist, spricht uns in dem Symboldrama *Die Novembernacht* mit souveräner Kraft an.

Im Korridor der Fähnrichschule in Warschau, woher das Kampfsignal zum Aufstand kam, erscheint Pallas Athene, ruft ihre Siegesgöttinnen herbei und erteilt ihnen Befehle. Nike, die Napoleonische, die den russischen Großfürsten, Statthalter von Warschau, gefangennehmen soll, widersetzt sich – ein Zeichen dafür, daß die Napoleonischen Generäle gegen den Kampf mit dem Großfürsten sein werden. Auch die Gestalten und Antworten der anderen Göttinnen werfen ihre Schatten auf die kommenden Ereignisse voraus. Im dritten Aufzug warten die jungen Aufständischen im Łazienki-Park auf das Signal zum Überfall auf den Großfürsten. Die Herbststimmung in der absterbenden Natur ist Hintergrund des Dialogs zwischen zwei mythologischen Figuren: zwischen Demeter und Kora. Die Mutter nimmt Abschied von der Tochter, die auf die Dauer des Winters in die Unterwelt [den Untergrund?] steigt, was sie jedoch keinesfalls betrübt, weil sie weiß, daß dem Winter der Frühling mit seinem neuen Leben folgen wird; es muß sterben, was leben soll . . . Dieses Kora-Motiv kehrt in dem Schauspiel einige Male wieder. Kora, die Natur, sammelt das Blut der polnischen Helden wie eine gute Saat ein, um es der Welt als neues, triumphierendes Leben wiederzugeben . . .

Eins der folgenden Bilder führt ins Warschauer Stadttheater in eine Vaudeville-Vorstellung. Die Stimmung des Publikums im damaligen Polen wird lebendig. Wyspiański führt Satyrgestalten als Schauspieler ein und läßt sie die Revolutionsahnungen des Publikums darstellen. Schließlich stürmt die Napoleonische Nike herein und feuert die Soldaten zum Kampf an; den Napoleonischen General Chłopicki fordert sie auf, den Weg des unsterblichen Ruhms zu beschreiten. Der General weigert sich ... Die Straßenkämpfe zeigen die Heldentaten und die Fehler der Aufständischen, aber auch den Gegensatz zwischen Pallas und Ares; nicht die klug vorausschauende Göttin, sondern der kurzsichtige Soldat leitet den Aufstand und – verfällt der Genußsucht. Im lyrischen Nachklang vereint menschliche Ergriffenheit alle Toten, ohne Unterschied der Nationalität. Die am Ufer des Parksees Gefallenen dieser Nacht geben sich Meditationen über die Erbärmlichkeit des Lebens hin, von dem der Tod sie erlöst. Für die Seelen der Helden ist der Tod eine Pforte zum Leben. Kora versinnbildlicht das Naturgesetz – »Ihr werdet frei sein!«. Durch unsterbliche Taten!

Im letzten Aufzug feiert der Geist Triumphe. Der aus der Stadt vertriebene russische Großfürst irrt vor den Toren Warschaus umher und ist von der Kraft des polnischen Freiheitsdranges überwältigt. Die wenigen Polen, die ihm gefolgt waren, straft er mit Hieben seiner Ironie: *er* glaubt an Polen. Selbst in diesem Augenblick erweist er sich als echter Russe, zügellos grausam. Łukasiński, den Märtyrer der Freiheit, der lange Jahre eingekerkert war, läßt er an eine Kanone ketten, um ihn so nach Rußland in die Verbannung zu schleppen, wo er drei qualvolle Jahrzehnte verbringen wird. Doch selbst der Großfürst beugt sich vor der ungebrochenen Seelengröße des Helden und nennt ihn einen »polnischen Prometheus«. Das Bild vom polnischen Prometheus bewahrheitet die Prophezeiung Koras. Die brutale Übermacht wird letzten Endes vom überlegenen Geist besiegt. Das ist das letzte Geheimnis der *Novembernacht*.

Novembernacht
Szene aus dem gleichnamigen Drama von Stanisław Wyspiański
Deutsch von Stanisław von Odrowonsch

Zeit und Raum der Handlung: Warschau am 29. November 1830, die Nacht des Novemberaufstands. Personen der ersten Szene: Pallas Athene, Nike der Napoleoniden, Nike von Thermopylae, Nike von Salamis, Nike von Chaeronaea, Nike von Marathon, Peter Wysocki, Fähnriche.

Ein Korridor in der Fähnrichsschule
Führt von der Rampe in den Hintergrund.
Von links durch hohe Fenster scheint
Das Mondlicht bleich und fahl herein;
Im Hintergrund ein Tor, darüber
Vier Fahnen zum Bukett vereint;
Rechts an der Wand stehen Gewehre
Geordnet in zwei Reihn.
Sehr später Abend, – Stille, – Leere; –
Nur vom Łazienkipark dringt noch
Ein Rauschen leis herüber.
Die Wache stampft, – man hört die Tritte;
Auf Böcken Trommeln und zwei Mörser;
Ein Häufchen Kugeln und ein Degen.

Ein unterirdisch Tor springt rasselnd
Auf, und im Korridore erscheint
Ein Mädchen. Ihren Kopf umweht
Ein Helmbusch; ihre Rechte hält
Den Speer, die Linke einen Schild;
Sie tritt als Erste uns entgegen
Mit Rede und mit Spiel.

Ein kupferroter Helm verbirgt
Die Züge, ihre Augen brennen
Heiß unterm Erz. Im Mondlicht wirkt
Ihr hell Gewand wie erzgewebt.
Der mächtige Schild an goldner Kette
An ihrer Schulter leise bebt.
Der silbernen Aegide Schlangen
Rascheln mit furchtbar wildem Ton.
Die hohen, starken Schultern, von
Lebendgen Schlangen überlastet,
Sind leicht gehoben, und sie stößt
Den Speer fest in die Erde. Ruft, –
Als ob ein Donner sich gelöst
Aus Jovis Händen, tönt die Stimme;
Und eine Schar von Mädchen hastet
Beflügelt auf sie zu.

PALLAS: Zu mir! Zu mir! Zu mir!
Siegreiche Geister, eilt herbei
Im Adlerfluge, windgetrieben,
In Sturmgetos' und Brausen;
Bei diesem Zeichen ruf ich euch!
Kampflustbeseelt,
Des kalten Stahles, männermordender
Wehr Priesterinnen,
Ihr stolzen Ruhmes Dienerinnen;
Auf des Hymetos, Ossa Gipfel
Dem Sonnengotte anvermählt!
Nun von des Pelion Gipfel eilt
Herbei in Scharen, und euch treibe
Die Gier nach blutigem Erliegen
Der Sterblichen. – Es starrt der Speer!
Zu mir denn, her zu mir!!
Donner

Du, Siegerin von Marathon,
Die du Athen den Freudenrausch gesandt;
Und du, Bezwingerin vor Salamis,
Die du den Perser peitschen ließt das Meer,
Bis ächzend er im Staub sich wand;
Du, die du vor den Thermopylen
Gestanden; die du Alexander
Zum Tyrus führtest, ihm verliehen
Achilleus Kraft; du, die da lebt
In Liedern, die von Hektors Taten
Vor Troja singen; du, die Roms
Cäsaren durch die Welt geführt
Von Ost nach West, von Pol zu Pol;
Du, die den Ruhm aufs neu belebt,
Als eines Nordens Sterne sanken;
Du, die des Tuisco Söhne überwand,
Als Witold, aresgleich und kampfdurchglüht,
Das große Blutbad schuf;
Und du, die du die Gottesgeißel
Durch Feuerscheine führtest zu
Dreimal verwünschtem Ruhme, daß
Das Kreuz erbebte in der Stadt
Der sieben Berge, als du in
Das Licht die Löwenbrut geschleudert!
Zu mir! Im Donnerrollen her
Zu mir!

Donner

CHOR: An die Waffen!!!

Der Chor enteilt, indessen Pallas
Nun aus dem Schein des Lichtes, das
Sie grell umfloß, ins Dunkel tritt.
Hier bleibt sie stehn, hemmt ihren Schritt
Und lauscht und weilt.
In diesem Augenblicke eilt
Peter Wysocki rechts hervor

Aus einer Tür zum Korridor.
Ein weiter Mantel deckt ihn zu,
Birgt sein Gesicht, in einem Nu
Ist er jetzt dicht vor dem Portal
Im Hintergrunde, das zum Saal
Hinführt, stößt es gewaltsam auf,
Faßt seines Degens Silberknauf,
Zieht und beschreibt dann einen Kreis;
Wirft seinen Mantel ab; wie auf Geheiß
Stürzt an die Tür die junge Schar,
Die ihn erkennt, und drangt hervor,
Und da er spricht, ist alles Ohr:
WYSOCKI: Auf, meine Brüder, Kinder, Soldaten,
An die Gewehre, auf, an die Waffen!
Jeder ergreife nun sein Gewehr,
Stelle in Reih und Glied sich daher
Unten im Hof.
Auf denn, ihr Brüder, Stürme erwachen,
Auf, an die Waffen, auf, an die Waffen!
Sehet, die Stunde kam rauschend geflossen,
Da wir die stählernen Ketten brechen,
Die uns den Nacken, die Arme umschlossen,
Da wir die Tage der Knechtschaft rächen.
Da wir die Schwerter und Dolche segnen!
Da wir sie schärfen!!
Tod den Tyrannen, Usurpatoren,
Die unsre Throne besudeln, begeifern,
Unsre Altäre mit Schmutz bewerfen.
Gott gab das Zeichen,
Laßt uns nicht weichen,
Gott ist mit uns, er sendet den Strahl
Leuchtender Freiheit nach langer Qual.
Und aus den göttlichen Händen
Kommt sie den Völkern und Ständen.
Stunde der Rache für Unrecht und Schmach,

Stunde der Rache, rächender Tag!
Schleudert auf Felder glimmende Funken
Nun von den Hütten, die lodernd versunken.
Für all die Leiden, die Qualen, die Tränen,
Auf, meine Brüder! Gewaltiges Sehnen
Schlingt eure Hände zu heiligem Bunde
Heute zusammen! Laut schlägt nun die Stunde,
Da sie die Sehnsucht in langen Jahren
Endloser Mühen und in Gefahren
Zitternd und sehnend beflügelt.
Auf, an die Waffen, Jesus Maria!
Auf, an die Waffen, auf, und besiegelt
Blutigen Bund mit blutiger Tat.
Auf nun für Polen, fürs Vaterland!

Bild und Musik in den Dramen von Stanisław Wyspiański von Wilhelm Feldman

Die Bildergalerie seiner dramatischen Dichtungen ist unüberschaubar. Auch die Formen, in denen er zuweilen denkt, sind zwar bekannt, aber originell kombiniert. Vor allem beeindruckt und befruchtet ihn die griechische Kunst. Ihre mythischen Gestalten führt er überall ein, wo sie ihm passend erscheinen, ohne Rücksicht auf Ort und Zeit: die Parzen siedelt er in der prähistorischen polnischen Zeit an, Kora und Demeter, Pallas Athene und Ares nehmen an dem Warschauer Novemberaufstand teil; Pandora versetzt er auf den Krakauer Skałka-Boden; die Phantasie des Künstlers schweift ubi vult; ihr Hunger nach Schönheit und dekorativer Wirkung folgt einer irrationalen Gefühlslogik. Manchmal denkt er in den Kunstformen der italienischen Renaissance, manchmal, mit besonderer Liebe, hängt er den Werken seines Meisters Matejko an, mit dessen Gruppenbildern er seine Aufzüge des öfteren ausklingen läßt. Der Phantasie- und Kompositionsreichtum seines Theaters läßt sich kaum übersehen; allein in der *Befreiung* begegnen wir einem Dutzend von Meisterschöpfungen von unvergessener Schönheit und unsterblichem Bühnenleben.

Wyspiańskis Kunst ist aus dem Geist der Malerei geboren, aber auch aus dem Geist der Musik. Er hatte sich in Paris viel mit Wagners Musik befaßt und einige Werke – darunter den *Daniel* und vielleicht auch die erste *Legende* – als Libretto geschrieben. Wichtiger ist jedoch die »innere« Musik, aus der seine Dichtungen kommen.

Durch die Plastik und Beweglichkeit seiner Visionen zum Bühnendichter prädestiniert, besaß Wyspiański ein besonderes Gefühl für Bühnenwirksamkeit. Der Aufbau seiner reifen Werke ist originell, die Spannung steigert sich bis zum Schlußakkord und bleibt frei von banaler Effekthascherei. Wirkungen wie der dritte Akt der *Hochzeit* (alle Gäste warten auf das Wunder und erstarren in atemloser Spannung wie in einer tödlichen Trance), Konrads Kampf mit dem Genius in der *Befreiung*, der erste Aufzug des *Boleslaus*, Mickiewicz auf dem Kapitol in der *Legion*, der ganze *Fluch* – suchen in der dramatischen Weltliteratur ihresgleichen.

Und diese Welt auf Wyspiańskis Bühne besteht nicht aus Luftschlössern und Schattengestalten, sie ist – in den reifsten Werken des Dichters – von Menschen und Ideen bevölkert, die das Gewissen und die Sehnsucht eines ganzen Zeitalters zum Ausdruck bringen.

Wyspiańskis Auftritt fällt mit einem bedeutungsvollen Wendepunkt im polnischen Geistesleben zusammen. Die Romantik, die in Polen mehr war als eine Dichterschule und mehr als Weltanschauung, wurde in der mißlungenen Revolution gegen Rußland 1863 im Blut erstickt. Darauf folgte eine nüchtern realistisch-positivistische Zeit, die Volksaufklärung verlangte und zur »organischen« Arbeit aufrief. Gegen Ende des Jahrhunderts war diese Strömung bereits versiegt. Sie hatte einige tüchtige Talente gefördert, viel kulturelle Arbeit geleistet, sie war aber nicht imstande gewesen, die tiefste Sehnsucht einer großen Nation nach Freiheit und Schönheit zu befriedigen. Zuletzt verfiel sie jedoch der Müdigkeit und der Verzweiflung. Das Verlangen des geknechteten, in seiner Entwicklung gehemmten Volkes konnten moderne soziale Ideen nicht befriedigen. Die von Schwäche befallenen Geister arteten in Sensualismus aus, und nur der sinnliche Genuß, der Hedonismus, gewährte ihren willensschwachen Nerven noch Behagen. Edle, großangelegte Naturen wie Jan Kasprowicz verfielen in tragischen Pessimismus, der jeden Weg zur historischen Tat versperrte. Daraufhin kamen am Ende der neunziger

Jahre neue Losungen auf, wie »Im Anfang war der Urtrieb« (Przybyszewski), die mit ihren metaphysischen Perspektiven und der heiliggesprochenen »nackten Seele« ebenso verblüfften wie hinrissen. Der Zusammenhang dieser unheimlichen Nervenkunst mit der großen nationalen Romantik war zerrissen, aber auch ihr Kontakt zum Leben war unterbrochen.

In diesem Augenblick trat Wyspiański auf den Plan. Seine Werke, Kinder reiner Inspiration, von einer immanenten inneren Logik, waren Offenbarungen reinen Künstlertums. Sie ragten mit ihrem Haupt zum Himmel visionärer Verzückung und standen gleichzeitig mit festen Beinen auf dem Boden des konkreten Lebens.

Das erklärt die Suggestivwirkung, die solche Werke wie *Die Hochzeit* oder *Die Befreiung* auf diese Generation ausgeübt haben. Nicht alle Zuschauer dieses Theaters haben ihren Begriffsinhalt ganz oder richtig erfaßt, aber alle hörten ihren Ruf und empfanden ihren Jammer, ihre Ohnmacht, ihre Sehnsucht nach Kraft und Größe. Die Symbole des Dichters haben die nationale Phantasie erregt; seine Phantasiegestalten und geflügelten Worte haben sich der Seele der Nation bemächtigt – und sie blieben bis zum heutigen Tag gültiger Ausdruck mancher nationalen Tugend oder Sünde. Und diese Werke förderten nicht nur die Selbsterkenntnis der Nation, sondern gaben ihr auch, und sei es vordergründig didaktisch, mächtige Willensimpulse. Den Zerrissenen und Schwachen der dekadenten Generation wurden Feuergeister entgegengestellt. Gegen den einschläfernden Historismus und den Wortkult der Romantik – die Romantik der Gräber und der Vergangenheit, mit der Wawel-Kathedrale und den Gebeinen des heiligen Stanislaus im silbernen Sarg als Wahrzeichen – trat die Romantik des modernen Voluntarismus an. Wyspiański dichtete mit dem Hammer: »Alles könnten sie schon haben, wenn sie doch nur wollen wollten«, sagt der Bauer in der *Hochzeit* über die polnischen Herren; »meine Geliebte heißt Wille«, sagt Konrad in der *Befreiung*. Wyspiańskis Empörung und Spott richten sich gegen die Décadence und verherrlichen auf phantastische und spirituelle Art die positiven Werte, die Tat. Als konkretes Ziel dieser Tat aber leuchtet ihm ein freies, großes Polen vor.

Irrende Seelen
Ein Zitat von Artur Górski

Paraklets [des Heiligen Geistes] erste weiße Tauben klopfen in der finsteren Nacht an die Fenster der schlaflosen Menschen, in der Ferne leuchtet es auf wie das schimmernde Weiß der Mauern von Jerusalem, die ein einsamer Büßer, mit dem Gesicht im Staub und stöhnend, willkommen heißt; und obwohl ringsum Dunkelheit und Abgestorbenheit herrschen, läuten dort in der Ferne die Stunden der Frühmesse, die auf den Flügeln der Lüfte zur Erde eilen. Sturmwind der Seele trägt die Welt zu verborgenen Zielen. Und so wie du, Erde, im Wolkengestöber mit der Eile von Blitzen vorwärtsdrängst, obwohl deine scheinbare Ruhe unsere Augen trügt, so drängt auch der Geist der Natur mit der ganzen Breite des Busens vorwärts zum Menschen. Auf ihn sehen die Gipfel der Berge, von ihm sprechen die Sterne des Nachts, ihm fallen die Wiesen zu Füßen und kommen vor seine Schwellen, seiner Stimme gehorchen die bewegten Gewässer. Und der im Jammertal alleingelassene Adam, mit allem Schmerz und aller Qual der Erde auf seinen Schultern, geht durch die knisternden Flammen Gottes vorwärts, ohne nachzugeben im Zug, bevor die Pforte der Ewigkeit sich auftut vor seinem Geist. All sein Tun und Mühen, Ninives Ruinen, der Schlangenkörper der Hetäre Fryne, der Blutschweiß des Ackerbauern, die Nachdenklichkeit der Weisen und die Träume der Dichter, die Gebete und die Lästerungen, das Leid und die Verzweiflung fließen zu einer Hymne zusammen, zu einer aus Blut und Geist emporgeförderten Herausforderung, zum gewaltigen Veni creator, zum Komm Schöpfer Geist, der du Himmel und Erde begreifst.

1901

Veni creator
von Stanisław Wyspiański

Hymne

Veni creator
Des Volkes Gesang
Des Heiligen Geistes
Anrufung

Das heisst
In der Sejmrunde
Im Tempel der Heiligen
In der Kathedrale
Im Gemeindehaufen
In der Versammlung der Werktätigen
Im Soldatentrupp
Im Feld auf dem Acker
Im Hause
Im Handwerkerhof
Im Gutshaus im Palast im Schloss
In der Hüttensiedlung
Wie der Flüsse Strömung
Von den Bergbächen
Zu den Wasserfluten
Im Sturm bei Sonne im Blitz
Beim Pflügen
Beim Säen des Korns
Soweit die Sprache reicht
Botschaft

Komm zu uns, Taube, Schöpfergeist,
den würdevollen wecke Sinn,
den unser Aug und Ohr umkreist,
die wir eine Gemeinschaft sind.
Der Du das Seelengastmahl bist
und des Allmächtigen Geschenk,
mach durch ein Flammenmahl gewiß,
daß uns das Herz zur Quelle lenkt.
Und rüste uns in Gnade ganz,
die Väter weck nach Eurem Fug,
das Brauchtum füll mit Gottes Glanz,
und heb den Geist zu Deinem Flug.
Verbann die Nacht der Sinne, bleib
in unsrem Eifer uns zum Schutz, –
daß jeder sich vom Fesselleib
befreie zu dem Ruf des Muts.
Vertreib den Feind von unsrem Tor,
das Heil uns schenk, das Unheil nimm;
steh Du, Propheten-Gott, uns vor,
laß siegen wider Trug und Grimm.
Den Vater laß uns in Dir schaun,
mach, daß Der Sohn durch Dich uns naht,
laß uns Dem Licht in Dir vertraun,
daß uns der Glaube führt zur TAT.

1905

Der Traum vom Degen und andere Zitate von Stefan Żeromski

Heldentum besteht vor allem in der Verachtung des Todes. Ein kluger Mensch hält den Tod nicht für einen nachdenkenswerten Gegenstand. Gegenstand des philosophischen Denkens kann nur das Leben sein.

Worte sind nutzlos und eitel. Selbst die der genialsten Dichter. Sogar die von erleuchteten Propheten. *Oblectamenta et solacia servitutis* . . . Groß allein sind Taten. Nur sie sind den Naturkräften vergleichbar, nur sie machen die Allmacht unseres menschlichen Todes zunichte. Ein Leben ohne große Taten ist dumm und elend. Ein solches Leben führen Marder, Hunde, Schmetterlinge.

Nur die polnische Poesie verläßt dich nicht, verrät dich nicht, schändet dich nicht, Soldat! Nur sie fürchtet deine Träume und deine Taten nicht. Auch wenn deine Sache verspielt ist – wird sie dir ihren Glauben bewahren. Sie wird dir deinen goldenen Traum in deine verknöcherten und erst im Tode machtlosen Hände legen, den Traum so vieler Generationen der Jugend, den Traum vom Ritterdegen.

1906

Anerkennung
Eine Glosse von Adolf Nowaczyński

Herr Spasowicz erkennt das Talent von Wyspiański als Stilisator der Geschichtsphilosophie, als japanischer Mystiker und als Phantast der Sprache aus Bronowice nicht an – Herr Chmielowski erkennt das Talent von Przybyszewski als Aristokrat des Geschmacks, als sozialer Egoist, als ethischer Anarchist und diabolischer Erotomane nicht an – Herr Tarnowski erkennt das Talent Żeromskis als notorischer Freimaurer, Sozialdemokrat, Kollektivist . . . Darwinist . . . Dekabrist . . . Mitglied der Volksversammlung . . . Irredentist . . . nicht an.

Bischof Niedziałkowski erkennt die Talente der Herren Spasowicz, Chmielowski, Tarnowski nicht an.
Der Heilige Vater Leo XIII. erkennt das Talent des Bischofs Niedziałkowski nicht an.
Ich erkenne das lyrische Talent des Heiligen Vaters nicht an.

1903

Leichteres Kaliber
Aphorismen von Karol Irzykowski

Wir brauchen Diktatoren für die kleinen Geschäfte, nicht für die großen.

Es gibt Augenblicke der Willensschwäche, da der Wille, um sich zu retten, zum Starrsinn wird.

Mensch-Sein bedeutet, unter Menschen *allein* zu sein.

Kultur ist Übung des Gedächtnisses und des Vergessens.

Die sogenannte Gedankenkette ist an keine Mauer gekettet; dafür an viele andere Ketten.

Zu Ende denken kann man nichts, man kann alles zu Ende ertragen.

WELTSCHMERZ

Weltverlorene Wehmut und -leidigkeit. »Wir haben einen Zustand erreicht, in dem . . . die Seele, selbstvergessen, Staub ihres Staubes wird – den Himmel nicht mehr vor ihr Gericht zitiert und die ungläubigen Hände nicht mehr zum Gebet erhebt, sondern nur noch, als einsame in sich verhaftete Nacht, jammert und auf Schmerzenswellen schaukelt. – Es fand eine Zertrümmerung statt, wie ihr auch die Planeten unterworfen sind, wenn sie, in Stücke geschlagen, unter den Sternen in Wirbelbewegungen kreisen, nur von der einen früheren Schwungkraft getrieben, so lange, bis sie in die Sphäre der fremden Sonnen geraten und müde, als Regenfall armseliger Blitze, in das Bodenlose stürzen.«

Artur Górski, *Irrende Seelen,* 1901

Zwei lunatische Gedichte von Tadeusz Miciński

Ich hänge am schwarzen Mond,
betrachte die Stille erlöschender Sterne.
Im stolzen und lautlosen Dämmer
mit der zerschmetterten Harfe der Träume
fließe ich – suche sie –
finde wohl nimmer.

1902

Du Mond! am Altar der Wolken – Priester und Seher –
gib mir Träume – beflügelte – einsame – helle –
laß vergessen, daß ich in Verdammnisse schnelle,
vor Qual des Feuers glühend – und im Rauch vergehe!
. . . .
. . . .
Meine dunklen Wege!
versilbert –
geliebt –
freigeküßt durch den Mond!

1903

Der Schatten Chopins
von Kazimierz Tetmajer
Deutsch von Carl von Pentz

Über den Hain und die blühenden Matten
  Schwebt wie ein Traum
Still in der Nacht sein verblichener Schatten
  Und atmet kaum.

Er lauscht und er hört, wie die Wälder stöhnen
  Am nebligen Bach,
Wie die Geigen schluchzen, die Bässe dröhnen
  Unter dem Dach.

Wie die Espe raunt zu Malve und Flieder
  Im Heiderauch.
Und der Mädchen melancholische Lieder,
  Die hört er auch.

Im Mondschein glaubt er zur Mitternachtsstunde,
  Wo die Weiden stehn,
Geheimnisvoll lockend aus feuchtem Grunde
  Die Nixen zu sehn.

Und heimliche Glocken läuten von ferne
  Ein Sterbegeläut.
Sehr kalt und unnahbar flimmern die Sterne
  Am Himmel verstreut.

Er fühlt, wie die Herzen verzweifelt schlagen,
  Von Angst durchbebt,
Genauso wie er es in seinen Tagen
  Einmal erlebt.

1892

Chopin und die polnische Seele von Stanisław Przybyszewski

Ihren tiefsten Ausdruck fand die polnische Seele in einem der erstaunlichsten Künstler aller Zeiten, in Friedrich Chopin.

Den spezifischen Wert des geheimnisvollen Volkstons in seiner ganzen Tiefe zu erfassen, die Kraft zu besitzen, alle übrigen Töne auf diese Grunddominante harmonisch abzustimmen, macht die Größe des Künstlers aus und zeugt zugleich davon, wie sehr er seinem Volkstum verbunden ist.

Dieser Ton ist die grundlegende und gleichzeitig ursprünglichste Einheit der Seelenformation des Volkes. Er ist wie der Urkern, um den sich alle anderen Bestandteile lagern, um den sie oszillieren und sich zum organischen Körper verdichten. Dieser Grundton färbt jegliches Empfinden, alle Eindrücke und alles Erleben mit einer nur ihm eigenen Klangfarbe; sein lebenspendendes Mark sättigt alle seelischen Vorgänge und verleiht ihnen Charakter.

Daher kommt es, daß sich die Seele eines Volkes am reinsten und stärksten in der Musik widerspiegelt. Es ist leichter, die besonderen seelischen Eigenheiten eines Volkes in seiner Musik zu erfassen als im Wort.

Der Ton, auf den die Seele des Polen gestimmt ist, ist kein zufälliges Phänomen, sondern die Musik seines Blutes, sein heiliges Atma – sein Atem, auch die Eigenheit seines Auges, das dem fernen Horizont der weiten, öden Ebenen angepaßt ist, und die organische Beschaffenheit seines Kehlkopfs, der sich Laute geschaffen hatte, die der Sprache eines anderen Volkes fremd sind; das ist das Ächzen und Stöhnen seiner Erde und die Musik des Laufs seiner Flüsse und der Rhythmus, in dem sich die Wellen auf seinen Seen bewegen, und die monotone Psalmodie des herbstlichen Regens,

wenn er mit trostloser Eintönigkeit gegen die Scheiben klatscht.
Und dieser Grundton der polnischen Seele, wie er sich in der polnischen Volksmusik am reinsten offenbart, dort aber nur über eine geringe Skala verfügt, entfaltete sich in Chopins Kunst zu einer Riesenblüte von unsagbarer Schönheit und großer Majestät. Vor unseren Augen steigen aus den herbstlichen Nebelschwaden die breitästigen Weiden an Wegen, an denen das Elend und die Trauer, die Mühsal und die blutige Lebensnot kauern, und die Erinnerung an Schmerzen, für die die Tränenquelle versiegte, und das dumpfe Hinsiechen in dem trostlosen Hin und Her des stumpfen Brütens, nur ab und zu durch ein irres, schluchzendes Sinnen unterbrochen – ob der versunkenen Pracht, der nutzlosen Opfer, der Kämpfe, die nicht zu Ende gekämpft, ob der Tränen, die nicht zu Ende geweint . . .
Und an den Scheidewegen geistern im Mondlicht die breitgeöffneten Arme der Kreuze, über den Sümpfen irrlichtern die flackernden Seelen der Verdammten; öde Stoppelfelder breiten sich aus im Kreis, und in den schlanken Pappeln, die ein vereinsamtes Grab umrahmen, singt der Wind die düstere Ballade von der Frau, die ihren Mann erschlagen hat; aus der Tiefe eines abgründigen Sees steigen Nixen auf und singen bestrickende, verführerische Weisen; und der Mensch, vom flackernden Irrlicht gelockt, wagt sich weit ins Moor hinaus, um dort sein Grab zu finden.
Die Liebe zu dieser Erde wuchs in Chopins Seele zu einer Religion heran; daher kommt es, daß kein fremdes Volk, nicht im entferntesten, ihn so verstehen, sich mit ihm so eins fühlen kann wie der Pole. Für die intimsten, die glühendsten Regungen in Chopins Seele bleibt der Fremde taub, für eben die, die in einem Polen den stärksten Widerhall auslösen. Wie eine lächerliche Fanfaronade mutet die Inschrift auf Chopins Denkmal im Park Monceau in Paris an: *Sohn eines französischen Vaters und einer polnischen Mutter.*

Wenn es ein Volk gibt, das von Chopins Musik nicht die geringste Ahnung hat, dann ist es das französische Volk.
Chopin hat alles in sich versammelt, was sein Volk durchweint, in tiefer Verzweiflungstrauer sich ersungen, sich erschrien hatte, und dafür reicht das g, d, a, e der Geige nicht aus; er schuf sich ein Instrument, für das es eigentlich keinen Namen gibt.
Denn Chopins Klavier ist etwas ganz anderes als das Klavier eines Bach, eines Mozart oder Beethoven. Sein Klavier ist kein fertiges Gerät zur Vermittlung von Tönen; es ist die unmittelbare Ton-Projektion der Seele Chopins, die eine Synthese des eigentlichen Seins des ganzen Volkes darstellt. In sein Klavier hatte Chopin seine ganze Seele gelegt, ihre intimsten Fasern zu Saiten gespannt und ihnen eine solche Kraft und ein solches Fassungsvermögen verliehen, daß sie ein ganzes Orchester ersetzen ...
Chopin mußte keine Orchesterwerke schaffen – sein Klavier ist ein Orchester für sich: sie ist zugleich Geige und Baß, Orgel und Flöte und Dudelsack, ein Jagdhorn und eine Fanfare.
Und jetzt erst, auf seinem ureigensten Instrument, das er sich selbst geschaffen hatte, faßte er das große Geheimnis der Seele seines Volkes in Töne; er wurde ihr tiefster Deuter und ihr seherischer Verkünder, ohne vergessen zu haben, was er der ursprünglichen naiven Volksweise zu verdanken hatte; die tiefsten Eindrücke seiner Seele kleidete er in die Form des Mazurek ... Einer der bedeutsamsten scheint mir Masurek Opus 41 Nr. 1 zu sein; hier kommen das Chopin-Volk und die Chopin-Erde am deutlichsten zum Ausdruck.
Maestoso:
Stilles, hinüberdämmerndes Träumen, hin und wieder vom inneren Erdbeben unterbrochen – die Melancholie der endlosen Ebenen, das Irren der müden Finger auf der großen Himmelsharfe einer lustvollen Wehmut, und plötzlich, wie ein Windstoß, von dem man nicht weiß, woher er

kommt, ein jäher Schrei, ein halb triumphierender Ruf, halb keuchendes Aufstöhnen, um den tiefen, irgendwo unten verborgenen Schmerz zu ersticken:
Tanze, meine Seele, tanz!

1917

Heut
von Kazimierz Tetmajer

Einst mußte man sich verbrauchen, zerleben,
um nicht mehr zu lieben, nicht mehr zu streben;
heut – zweifeln schon allererste Gedanken,
die meist zwischen Ekel und Spottlust wanken.
Werkzeug der Bildung, der kritischen Nahrung,
sind unsre Köpfe voll fremder Erfahrung –
würde man Ikarus' Flügel uns bringen,
wir hätten den Mut nicht, uns aufzuschwingen.
Da niemand was hatte oder nur möchte,
verliert er auch nichts – und genug des Guten,
daß es uns schlecht geht; weil wir das Schlechte
nicht ausdrücken können, sondern verbluten.

1894

Hymne an das Nirwana von Kazimierz Tetmajer

Ich heb meine Stimme zu dir vom Abgrund aller Entehrten
Nirwana!
Dein Königreich komme im Himmel ebenso wie auf Erden
Nirwana!
Entreiß mich den Krallen des Bösen, seinen grausamen Plagen
Nirwana!
Und laß mich nicht länger im Joch den blutenden Nacken tragen
Nirwana!
Der Unrat der Menschengemeinheit trübt meine Augenlider
Nirwana!
Im Moder der Bosheit zu waten ist meinem Schritt zuwider
Nirwana!
Ich bin von Abscheu erfüllt und Ekel verschnürt mir die Kehl
Nirwana!
Und quälende Krämpfe erschüttern die leidgeprüfte Seele
Nirwana!
O komm und leg mir die sanften Hände auf meine Pupillen
Nirwana!
Damit dein alles erlösender Atem den Busen stille
Nirwana!
Daß ich gelebt, mach vergessen, und leben werde, nicht wisse
Nirwana!
Mach meine Seele frei von Gedanken, Gedächtnis, Gewissen
Nirwana!
Mach daß den Blick keine niederträchtige Fratze mehr störe
Nirwana!
Zerschlage die Götzen der Menschen und ihre Hochaltäre
Nirwana!
Gleichgültig sei mir das Leben der Starken, der Tod de
Schwachen

Nirwana!
Der finstere Blick der Verzweiflung darf mich nicht irremachen
Nirwana!
Behüte uns vor dem Abgrund der Niederlagen, Beschwerden
Nirwana!
So komme dein Königreich wie im Himmel also auf Erden
Nirwana!

1894

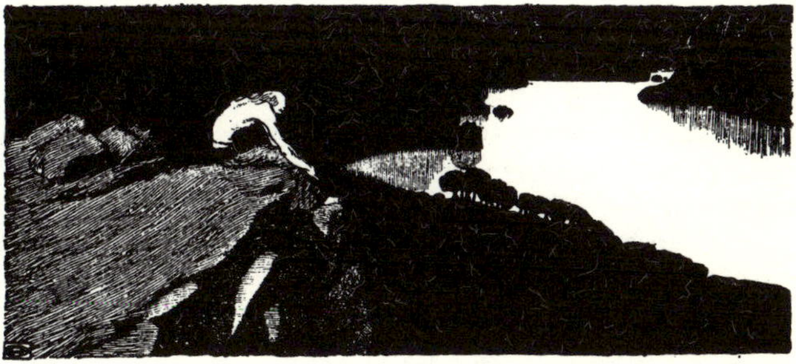

Der Korsar
Aus dem Zyklus »Im Sterndämmer«
von Tadeusz Miciński

Ich bin so düster wie ein Friedhofsgatter –
und so vereinsamt wie der Seewind, so matt
und irregeführt wie das weglose Blatt –
verknäuelt im Schädel wie eine Natter.

Mich schrecken Gespenster, Geheimverbrechen,
mir singt Oromanzes himmlische Weisen –
könnt ich den Dunst meines Herzens zerreißen,
ich würde Sternbilder beispiellos sprechen!

Wenn ich nicht dieser Druide aus Steinen,
der sterbliche Gott, König Kronlos, wäre –
nicht der besessene Vogel der Meere –

Nicht schwarz und müde vom Leiden und Weinen,
beherrschten nicht Grabgesänge mein Fühlen –
ich führte euch dann – nach Thermopylen!

1902

Die Ballade vom heldenhaften Pferd von Jan Kasprowicz

Meine Damen und Herren!
Hier ist das Pferd, auf dem Sir Raleigh Haywards das siegreiche Regiment gegen die rebellierenden Bauern von Transvaal geführt hatte.
Die Soldaten Ihrer Majestät der Königin haben glänzende Knöpfe.
Es fraß den Zucker aus der Hand der Generalsgattin, die seinem Herrn besonders gewogen war; Miss Ellen, wegen ihrer Schönheit berühmt, flocht ihm in seine Mähne Bänder, die sie in dem Magazin von J. M. Freebody u. Debenham, wegen erlesener Waren bekannt, in der Wigmorestreet 44 (vierundvierzig!) erstanden hatte.
Es gab eine Zeit, da das Pferd goldene Hufeisen trug. Wenn eine Trompete schmetterte, trampelte es mit diesen Eisen, schnaubte ungeduldig und biß am Zaum, weil es den Augenblick, gegen den Feind loszustürmen, nicht erwarten konnte.
Die Soldaten Ihrer Majestät der Königin haben glänzende Knöpfe.
Wenn es nach errungenem Sieg im Takt der Musikkapelle in die Stadt zurückkam, ging es wie ein Lamm: die Zukunft des Landes machte ihm keine Sorgen.
Es aß sich am Hafer satt und ließ das Ausschlagen mit den Hufen sein: Im Kriegsgetümmel aber galoppierte das heldenhafte Pferd und schäumte, als wollte es mit prophetischer Stimme rufen: Das Leben sei nur ein Weg zum herrlichen Tod.
Die Soldaten Ihrer Majestät der Königin haben glänzende Knöpfe.
Seine Sanftmut, wenn's sein muß, parat, bewirkte, daß der ebenso heldenhafte wie auch, wenn's sein muß, sanftmütige

Oberst erlaubte, daß seine ihm unlängst angetraute Frau, eine, wie man weiß, reiche Tochter des Inhabers vom Wechselkontor S. A. Sir Isaak Hanfstaengl, es reite.
Frau Oberst bestieg es und trabte bei Morgengrauen, nach unruhigen Träumen, zu den Parkanlagen, die im Morgentau badeten, wo das Wasser in seinem Bett silbern glitzert, wo –
Die Soldaten Ihrer Majestät der Königin haben glänzende Knöpfe –
der Rasen sich wie Samt unter die Füße des verirrten Wanderers breitet; wo –
Die Soldaten Ihrer Majestät der Königin haben glänzende Knöpfe –
die mächtigen Eichenäste geheimnisvoll das Lied von der Unendlichkeit raunen.
Das Pferd, an einen uralten Baumstamm gebunden, zupfte an einem Berberitzenstrauch, während die subtile Reiterin gedankenverloren in der *Lady of the Lake* zu lesen geruhte.
Aber leider! Das Menschenglück ist vergänglich und noch vergänglicher wäre das Pferdeglück, gäbe es nicht den wundertätigen Fortschritt, der zur Aufrichtung der geknickten Geister diese Institution geschaffen hatte.
Sir Isaak Hanfstaengl seligen Angedenkens fälschte Wechselpapiere und verschied vor Gram –
Die Tragödie geht verschleiert durch die Welt –
Die Soldaten Ihrer Majestät der Königin haben glänzende Knöpfe –
Der Oberst, der wegen seiner Verdienste Herzog von Johannisburg oder Vizekönig von Indien hätte werden müssen, verlor an der Börse und machte Bankrott.
Dem heldenhaften Pferd riß man die Hufeisen ab und schmolz sie zu Gold, und als der Hafer verbraucht war, verkaufte man es um einen Spottpreis – abgemagert und melancholisch war es geworden – unter die Peitsche eines gewöhnlichen Gemüsehändlers.

Und hier habe ich es entdeckt.
Ich kannte seine Vergangenheit; wer von uns hätte schon den Mut, zuzugeben, er kenne sich in der Heimatgeschichte nicht aus?!
Ich brachte es nicht fertig, es so schimpflich zugrunde gehen zu lassen, dieses Pferd der Pferde – o nein! dieses Roß der Rosse, das bei Trompetengeschmetter unerschrocken gegen die Feinde stürmte –
Die Soldaten Ihrer Majestät der Königin haben glänzende Knöpfe.
Ein Pferd, das mit geradezu prophetischer Stimme rufen konnte, das Leben sei nur ein Weg zum herrlichen Tod. Ich sagte mir, es soll weiterhin öffentlichen Dienst leisten, und gab es der Gesellschaft zurück.
Nun wird es bald, unter der Spitzrute von Miss Jane Woodrow, wie früher auf dem Schlachtfeld, beachtliche Hürden nehmen; es wird, wie beflügelt, durch vier Reifen auf einmal springen, ohne, o nein! mit den geschickt zurückgezogenen Hufen die Flasche auch nur zu berühren.
Und wenn seine letzte Stunde kommt –
Die Tragödie wandelt verschleiert durch die Welt –
Meine Damen und Herren!
Meine Herren und Damen!
Glauben Sie mir:
Ich werde es niemals dem Messer eines Privatschinders ausliefern, seine Haut ziehe ihm zumindest ein städtischer Abdecker ab, und vielleicht gelingt es mir sogar, dafür den Staatshauptracker zu bestechen. Die Traueranzeige für das heldenhafte Pferd wird in der Tagespresse des In- und Auslands erscheinen, ihr aber, Bürger, legt schon heute Groschen für Groschen zurück, damit dieser Augenblick euch nicht unvorbereitet treffe, damit wir ihm ein würdiges Denkmal mit einer leuchtenden Inschrift an seiner Frontseite errichten:

Dem heldenhaften Pferd
Das dankbare Vaterland

Die Soldaten Ihrer Majestät der Königin haben glänzende Knöpfe.

1906

Aus der nachgelassenen Kladde von Bronisława Ostrowska

Zusehn, wie das Blut an der Säbelrinne
herunterfließt – am unbeugsamen Säbel –
und denken – es verfließt . . .

Durch den Wald gehn – den abgebrannten,
durch die Asche verkohlter, königlicher Stämme –
und denken – er wächst nach . . .

Das Herz hören, das den Busen mit Schlägen
des tödlichen, siegreichen Aufruhrs sprengt –
und denken – es vergißt . . .

1910-1913

Die Heimkehr des Odysseus von Stanisław Wyspiański

Du gehst durch die Welt und gibst dieser Welt
Gestalt durch Taten.
Betrachte die Welt, die Gestalt der Welt
ist dir mißraten.
Wo gemeine Huld und Falsch und Schuld
dir Ruhm bescheren,
Dort stehen Verrat und schändliche Tat
in hohen Ehren.
Wo der Bettelstab dir Erbarmen gab,
und noch viel schlimmer,
Leben Lug und Mord deiner Taten fort
als Rauch und Trümmer.

1907

Aphorismen
von Kazimierz Tetmajer

Das Vaterland des Gedankens ist die Melancholie.

Der Instinkt geht – die Reflexion wandert.

Nur Fanatismus macht das Menschenleben unsterblich.

Traurig ist die Epoche, in der im öffentlichen Leben das Ehrliche naiv und das Aufrichtige dumm genannt werden.

Nichts charakterisiert einen Menschen so wie die Art der Zerstreuung, die er sucht.

Das Kreisen der Menschen umeinander ähnelt dem Kreisen der Sterne – es ist ebenso einsam und ebenso allgebunden.

Schadenfreude ist eine Eigenschaft der niederträchtigen Völker. Deshalb gibt es dieses Wort in der polnischen Sprache nicht.

Am gründlichsten verschleißen sich die unsterblichen Götter.

Gedichte sind die Aristokratie der Sprache.

1918

Leichteres Kaliber
Aphorismen von Karol Irzykowski

Wir stellen einen Ziegelstein hin und erwarten, daß daraus ein Haus wird.

In jedem Unglück steckt zu schlechter Letzt ein Tropfen Gift, der es zu etwas Widerlichem macht.

Die Qualität des inneren Monologs, und zwar lebenslänglich, macht den Charakter.

Wann eine Lüge erlaubt ist? Wenn sie es kürzer macht. Wenn das Sagen der Wahrheit die wahren Proportionen zerbräche.

Wir sind in ein Aquarium eingesperrt; das Zerschlagen der Nasen an seinen Wänden ist unsre menschliche Sprache.

Die Wahrheit hat keine Heimat, deshalb wird sie behandelt wie ein lästiger Vagabund.

Die Wahrheit ist ein Aschenbrödel. Sie steht vor halboffenen Türen und wartet, bis sie eingelassen (gerufen) wird. Am liebsten holt man sie zum Aufwasch herein.

Je weniger ich die Menschen mag, desto mehr weitet sich mein Herz.

Ideale dienen zur Erpressung. Und davon leben sie.

ENDE DER LEGENDE

Ein großartiges Volk – es versoff, verjubelte, verkaufte sein Vaterland, beweinte danach den Verlust auf allen Märkten Europas, zerfloß in Tränen, bettelte um Mitleid, bekam sogar ein fabelhaftes Almosen in Form eines öffentlichen, von einigen Zehntausend Engländern unterschriebenen – Protests.

Stanisław Przybyszewski, *Tag des Gerichts*, 1909

Ende der Legende oder von der Not der passiven Wehleidigkeit

Eine ideologische Auseinandersetzung von Stanisław Brzozowski

Deutsch von Klaus Staemmler

Im allgemeinen fühlte sich das »Junge Polen« als Erbe der Romantik, als Wiedererwecker ihrer Tradition. Wie das? Worauf beruhte die Verwandtschaft? Das Verhältnis ist sehr charakteristisch. Man kann sagen: Was das »Junge Polen« zur Romantik hinzog, war deren Fatalismus, Absonderung, Loslösung vom Leben. Die Romantiker versuchten, das zu überwinden, durch geistige Anstrengung den Abgrund einzuebnen, der sie vom Leben trennte. Die gesamte polnische Romantik ist in dem symbolischen Geworfen-Werden Kordians vom Alpengipfel zur Heimaterde enthalten; ihre Vertreter waren unablässig bestrebt, der Erde, der Verbindung mit dem realen, blutvollen Leben näherzukommen. Sie kämpften ständig gegen die Leere, und als sie glaubten, sie hätten sie überwunden, fielen sie ihr zum Opfer. Sie richteten große geistige Gebäude auf, die den freien, unmittelbaren Umgang mit dem nationalen Organismus ersetzen sollten. Genau diese geistigen Konstruktionen blendeten das »Junge Polen«. Die Romantiker versuchten, den Vampir in sich zu überwinden. Für das »Junge Polen« war der Vampir die Tiefe und die Wahrheit. Dort war das Geist-Gespenst Schicksal und Feind, hier Ziel. Geist werden, aufhören, Mensch zu sein – das sah nach Rechtfertigung aus. Überhaupt diente die Romantik dem »Jungen Polen« als Urmuster und Begründung. Weil die *Ohnmacht* der Fluch jener Großen war, wurde sie in den Augen der Heutigen zu ihrem Verdienst. Ihre Einsamkeit, ihr Märtyrertum, ihre Niederlage wurde jetzt zum Gipfel und zum Stolz, jeder Mißerfolg zum Sieg erhoben. So wird ihr eigenes Drama in umgekehrter Richtung erlebt ... Die Romantik bedeutete eine Überwindung der Wirklichkeit, die für die Vertriebenen Trennung von der Heimat und Unmöglichkeit [der Rückkehr] war; ihre Welt lag außerhalb der Welt, außerhalb des Lebens. Das, womit sie rangen, was sie überwanden, von dessen Druck sie sich befreiten, war ihre Ohnmacht, das weite, volle Leben der polnischen Öffentlichkeit zu leben. Jetzt, da man diese Weltanschauung für das Wesen der Romantiker hält und ihre Einstellung unter völlig anderen Bedingungen in sich wiedererweckt, entsteht ein erstaunliches Phänomen. Man trennt im Namen der Romantik die Seele von jener Wirklichkeit, die die Romantiker anstrebten, und man strebt im Namen der Romantik die gleiche geistige Vereinsamung an, die die Romantiker überwinden wollten; die Romantiker waren bemüht, das Leben im Exil in das Leben der Nation umzuformen – nun verwandelt sich das historische Leben selbst in Traum, Schlaf, Rührseligkeit, in den Subjektivismus kraftloser, einsamer Seelen. War die Romantik Golgatha, dann ist dies Oberammergau ...

Es steht außer Zweifel, daß für das »Junge Polen« die Romantik zum Vorwand geworden ist, der seiner Lebensuntüchtigkeit den Wert nationalen Märtyrertums verleihen soll. Mit Hilfe der Romantik, unter ihrer Flagge, macht man heute die ästhetische Apathie zur nationalen Pflicht, zur kulturellen Mission; die Ohnmacht wird künstlich gezüchtet; die Unfähigkeit, unmittelbar zu verstehen, zu sehen und zu empfinden, zum Ideal erhoben; unter dem Deckmantel des Namens Mickiewicz errichtet man den Monsalvat, eine Zuflucht für Egoisten, Stimmungsmenschen und Snobs. Das Wichtigste ist der Glaube, ruft Mickiewicz; das Wichtigste ist der Glaube, wiederholen seine Anhänger von heute: Ich muß mir die Welt so vorstellen, daß ich den Glauben an mich niemals verliere, unabhängig davon, was ich tue und was ich bin. Für den romantischen Kult von heute gilt folgender Grundsatz: Der polnische Intellektuelle hat sich die Welt so vorzustellen, daß ihm seine untätige Existenz als Hebel des nationalen Seins erscheine – das habe die Romantik gelehrt. Das hatte die Romantik eben nicht gelehrt. Die Romantik war *die Bewahrung des Glaubens in der realen Qual*. Heute macht man aus ihr ein um des eigenen Stolzes willen täglich erneuertes Passionsspiel; die eigene unfruchtbare Existenz. Ich kann nichts tun, trotzdem aber glaube ich, rief die Romantik. Seht nur, *wie ich glaube, ich tue ja nichts,* wiederholen heute ihre Epigonen. Dort war das Märtyrertum, hier der Wunsch, sich durch die »Qual« vor der Arbeit zu drücken . . .

Die Vertreter des »Jungen Polen« meinen die Romantik zu vertiefen, wenn sie jene Vampire, mit denen die Romantiker kämpften, wie Gottheiten verehren. Die Romantiker versuchten, ihr Polen als geistigen Sieg über das restliche Europa in sich zu bewahren; das »Junge Polen« suchte in der Romantik das Land, in dem man Europa, d. h. unser Leben darin, den Anspruch unserer Arbeit heute – vergessen kann. Für die Romantiker war es die Schmiede der Macht, für ihre Epigonen ist es die Zuflucht ihrer freiwilligen Zersplitterung. Die Romantiker kämpften gegen die Zersplitterung, das »Junge Polen« pflegte diesen Geisteszustand voller Pietät . . .

Die Romantik diente dem »Jungen Polen« als Ausflucht vor dem Problem; es suchte darin die Illusion, die geschichtliche Betrachtungsweise könne in ihren eigenen Grenzen nach außen aktiv werden. Doch die Taten der Romantiker waren durch ihre Lage bedingt; es waren für sie wirklich die einzig möglichen Taten. Das »Junge Polen« befand sich in einer anderen Lage. Was die Geschichte von ihm forderte, war die Schaffung eines den gesamten Lebensbereich umfassenden Nationalbewußtseins, der Abschluß eines Bündnisses Polens mit der Natur und mit der gegen sie kämpfenden modernen Menschheit. Statt dessen schuf das »Junge

Polen« die Legende, polnisches Denken sei von den Bereichen unabhängig, in denen die Arbeit gegen die Natur kämpft und in denen prinzipielle, für das irrationale, elementare Wesen der Nation entscheidende Triebe und Leidenschaften entstehen. Die Romantik war das Streben der Vertriebenen zur Nation, für das »Junge Polen« war die innere Emigration eine Oase, in der man sich von der wirklichen Nation, von jeder Realität erholen konnte . . .
Was immer das Leben mit sich bringt, Christus ist das Vorbild des inneren Sieges, er wird nie die innere Einheit verlieren. Christus ist das Ideal des Menschen, der da lebt in der elementar geschaffenen Geschichte und ihr untertan ist. Er ist das Ideal, sofern man den ökonomischen Kampf des Menschen gegen die Natur, die Produktion, beiseite läßt. Deshalb beherrscht diese Gestalt die ganze polnische Romantik. Das Problem der Romantiker war: Hamlet in sich überwinden – Christus schaffen. Hamlet glaubt, das ihm widerfahrene Unrecht gebe ihm das *Recht,* zu richten und zu strafen. Er glaubt, er handle richtig, er habe das Recht, sich über das Sein zu erheben . . .
Heute ist das Leiden an sich zum gesellschaftlichen Zustand, zum Daseinsgrund geworden. Während das romantische Bewußtsein vom Hamletismus zur unbedingten inneren Freiheit weiterführt, ist dem jungpolnischen Bewußtsein das Leiden, das vom Kampf um die wahre Freiheit befreit, Ziel genug; hier wird das Leiden zum Gipfel des Hochmuts, auf dem der Teufel Christus in Versuchung führte. Für das »Junge Polen« ist das Kreuz eine Flucht vor dem Pflug, die über Golgatha zu den Kreuzgängen von Hamlets Helsingör führt. Christus ist hier Maske, Übergangszustand, Hamlet dagegen Ausgangspunkt und Ziel; die Romantiker – Mickiewicz, Słowacki, Norwid – sind die Lieferanten jener dialektischen Rüstung, die Krasiński, der Märtyrer des Hamletismus, in seiner tiefen Einsamkeit für sich allein schmiedete . . .

Heute vollzieht sich die Koordinierung polnischer Energie eher kraft des Instinkts als durch bewußten Willen. Das polnische Denken, der polnische kulturelle Gefühlsreichtum bleiben unendlich weit hinter der polnischen Lebenswirklichkeit zurück. Verhielte sich polnisches Denken ebenso zur modernen Geistesstruktur wie die polnische Arbeit zur Technik und Ökonomie, welche die materiellen Grundlagen der Moderne bilden, dann besäße unser geistiges Leben die gleiche männliche Geschlossenheit und Kraft, die unser praktisches Leben in vielen Bereichen kennzeichnet. Die Beziehung zwischen der inneren, psychischen Natur des Lebens und seinem praktischen Kampf mit der Welt ist indessen nicht so lose, wie es manchmal scheint. Zweifellos faßt der orthodoxe Geschichtsmaterialismus diese Dinge zu steif und zu geradlinig auf; das innere Leben hängt nicht so unmittelbar von Technik und Ökonomie ab, wie es die Menschen glauben, welche die Geschichte mit Hilfe der kleinen Schemata des märchenhaften Ignoranten Lafargue betrachten. Große und gründliche Bedeutung kann jedenfalls nur eine psychische Bewegung haben, die imstande ist, Einfluß auf die ökonomische und technische Tüchtigkeit der Gesellschaft zu nehmen. Das moderne polnische Denken hat hier in der Tat eine riesengroße Aufgabe zu erfüllen . . .

Indem wir unaufhörlich die Phrasen von der Zugehörigkeit unserer Kultur zum Westen wiederholen, befreien wir uns vom Nachdenken über die Frage, was mit den psychischen Kräften in uns vorgeht, deren Ergebnis diese Kultur ist. Unter dem Deckmantel der Verehrung für »das Europäische«, für »die lateinische Kultur« usw., unter dem Deckmantel der tröstlichen Überzeugung, wir seien eine westliche, konstruktive Gesellschaft, keimt in uns ein eigentümlicher, idyllischer, sentimentaler, heuchlerischer Nihilismus, reift eine Psychologie der Lebensunreife, schwindet die Auffassung vom männlichen, verantwortlichen Willen,

und – seltsam genug – diese destruktive Geisteshaltung, diese Wasserfläche der Stagnation präsentiert sich uns als ein Gipfel.
Analysiert man die Formen, die das sogenannte positive Denken in Polen zeigt, findet man darin immer eine geheime Verbindung zu dieser Geisteshaltung der Ohnmacht und der Unfreiheit. Denn man täusche sich nicht: die Unfreiheit hat in uns eine ganze Anzahl von organischen Giften gezüchtet; sie hat uns die Gleichgültigkeit aufgezwungen und uns das Gefühl der Verantwortungslosigkeit eingeimpft; wir leben auf dem Boden der westlichen Kultur, sind uns jedoch über die harte gemeinsame Anstrengung nicht im klaren, aus der diese Kultur erwächst. Aufsässig gegen die Übermacht, haben wir das Gefühl und das Verständnis für die Disziplin uns selbst und gegenüber dem großen, gemeinsamen Werk der Kultur verloren . . .
Wir behalten uns heute das Recht vor, die Gesetze, Einrichtungen, Sitten und Ideen anderer Nationen rücksichtslos zu kritisieren, und wir nehmen nicht wahr, daß wir auf diese Weise unseren eigenen Zustand der Unfreiheit verwerten. Wir denken wie Menschen, die sich in der Leere befinden, weil unsere Gedanken unser eigenes, gemeinsames, unabhängiges Leben nicht verändern. Und je mehr wir uns innerhalb unserer kulturellen Richtungen nach links verschieben, desto mehr überrascht und überwältigt jenes *demoralisierende Schmarotzertum der Negation,* jene Pilatusgeste des Händewaschens angesichts der Verantwortung derer, die selbständig die Last der gesellschaftlichen Existenz zu tragen haben. Stanisław Wyspiański hat sein Leben lang gegen diese knochenlose, ausweichende Geisteshaltung der Ohnmacht und Unfreiheit gekämpft . . .
Der Rationalismus zersetzt uns in einem unpersönlichen Prozeß; der Kampf, die Schlacht – das sind individualisierende Elemente *par excellence.* Wir müssen lernen, die Welt mit den Augen des Eroberers zu sehen; wir müssen ihr unser

eigenes Schicksal, unsere eigene Zukunft entreißen. Etwas von einem Soldaten sollte in jedem Polen stecken, etwas Rücksichtsloses, von allem Äußeren Unabhängiges, für immer auf sich selbst Angewiesenes. Kein Gesetz entsteht unabhängig von der Macht; und diese Macht, die bereit ist, mit allem zu brechen, sich allem entgegenzustellen, müssen wir in unserer gemeinsamen Geisteshaltung heranbilden und gebrauchen . . .

Die einsame, sich über das Leben erhebende Geisteshaltung ist das Produkt unserer geschichtlichen Situation, eine im Prinzip taten- und kraftlose Geisteshaltung. Der uneingeschränkte Individualismus ist hier nur poetisierter Ausdruck der Unfreiheit. Ich besitze nichts als die eigene Seele; d. h. der geschichtliche Vorgang, der mich erzeugt hat, unterliegt nicht meiner Macht; die Nation als tätige, sich selbst gestaltende Gemeinschaft steht außerhalb meines Handelns; ich kann mir mich selbst nicht in der Rolle eines tätigen Gliedes, eines Erzeugers lebendiger Werke vorstellen. Aber mein *Ich* ist da, es existiert, in ihm kann ich mich einschließen. Die äußere Welt existiert nur insofern, als ich sie anerkenne. Also habe ich über die Welt *so* zu denken, daß mein *Ich* sich selbst treu bleibt. Wenn uns heute gesagt wird, die Kunst erwachse aus der Vergangenheit, sie entstehe aus ihr über der Wirrnis derzeitiger Kämpfe und Veränderungen, dann verbirgt sich eben *das* hinter diesen Theorien. Unsere Tradition, unsere geschichtliche Mentalität reicht aus, daß ganze Generationen von Künstlern aus ihnen ihre individuellen Träume spinnen. Eine Illusion. Ein individueller Traum setzt Individualität voraus. Individualität jedoch erwächst aus einer tiefen Beziehung zum Leben. Hier aber haben wir zu Beginn des Individualismus eine schreckliche Verarmung des Lebens festzustellen. Die Individualität entsteht hier, indem der Zusammenhang mit dem fortlaufenden Leben des Ganzen, aus dem sie entstanden ist, unterbrochen wird, sich von ihm losreißt und abtrennt. Was sich als Individualität zeigt, ist eigentlich eine Zufälligkeit der Ohnmacht. Zufällige Ausformungen der nationalen Seele halten sich selbst für hinreichende Ganzheiten; dahinter aber steht, was sie produziert hat. Und es fällt nicht schwer, sich davon zu überzeugen. In einem Augenblick, da das Leben Wahrheit fordert, gähnen alle zeitgenössischen polnischen Bücher vor Langeweile. Etwas Unbewegliches, träge Untätiges drängt sich durch den Purpur der Tragik, das Schluchzen der Lyrik, der Mangel an Horizonten, das nicht Vorhersehbare. Es gibt ein gewisses, demoralisierendes *a priori,* mit dem man darangeht, diese Dinge zu schreiben und zu lesen ...

Und gerade dies ist jenes demütigende, verkleinernde *a priori,* das auf unserem zeitgenössischen literarischen Bewußtsein lastet. Eigentlich geht es allein darum. Das ist eine *in concreto* bestimmte Sphäre, die man hochtrabend mit dem Namen »Ewigkeit«, »das Absolute«, »reines Ich« bezeichnet. Das praktische Leben bleibt außerhalb ihrer Grenzen. Und man fühlt unwillkürlich, daß dem praktischen Leben von den Ereignissen in dieser Zaubersphäre keinerlei Gefahr droht. Alle Negationen und Bestätigungen, alle Tragödien und Höhenflüge der Seele – bleiben *dort.* Mut und Konzentration, Einsamkeit und Vergesellschaftung – sind lediglich Gesten. Hier ist kein Platz für den Mut des Gedankens.

Die Ungebundenheit hat nichts mit der Toleranz der »Exzentrizitäten« als solcher zu tun, wie Nowaczyński es nennt, und die Mannhaftigkeit hat keinerlei Ähnlichkeit mit der zu nichts verpflichtenden Bühnenfrechheit. Das Gefühl, die Bühnenbretter unter den Füßen zu haben, ist die Bürgschaft für die Kühnheit dieser unabhängigen Geister. Es erlaubt ihnen, die Wissenschaft teils zu verachten, teils nachsichtig anzunehmen. Die Bühne ist niemandem verantwortlich, nicht einmal sich selbst. Dieser Spiegel duldet die Geste unendlich. Und die »Gesten« unserer Individualisten ziehen vorbei, ohne auch nur an ihrem eigenen Willen etwas zu ändern. Nicht durch die Verneinung gewisser Lebensfragen, sondern durch den bewußten Standpunkt ihnen gegenüber bestätigen wir unsere Unabhängigkeit von ihnen. Was als *Unbewußtes* in uns existiert, ist eigentlich der ungeordnete, von uns nicht beherrschte Ertrag der Geschichte, das ungeprüfte Vorurteil; die unbeherrschte, vom Zufall geformte Geschichte dauert in unserer Seele als Unbewußtes fort. Wie altmodisch, wie ungelüftet riecht die Meinung dieser angeblich freien Geister, wenn sie gezwungen werden, sich auf diese oder jene Weise dem Leben gegenüber zu äußern. Grundlage aller polnischen Eintags-Metaphysiken ist die althergebrachte polnische Unbildung, die unsorgfältige und träge Bestellung der polnischen Hirne. Die Enge der geistigen Horizonte, die an Verwilderung grenzende Gleichgültigkeit verdecken sich gegenseitig mit der rücksichtslosen Geste verächtlicher Verneinung. Man verneint die Existenz der Probleme, von denen man nichts weiß. Leichtfertig stößt man alles ins Nichts: die Wissenschaft, die sozialen Institutionen, die Technik, die Industrie, und schließlich, wenn das in die Enge getriebene absolute Ich diesen abgelehnten Welten etwas Eigenes entgegenstellen muß, wartet man mit dem Naiven, dem Überalterten, dem Kindlichen auf . . .

Ernest Renan, der in seiner *Geschichte des Volkes Israel* den Fall Babylons bespricht, sieht eine der Ursachen [des Übels] in der Vorherrschaft der Literaten, der Künstler und Scharlatane. Heute, sagt er, stellt die Industriegesellschaft zu hohe Ansprüche, als daß man ein derartiges Schwinden der wissenschaftlichen Tradition zu befürchten brauchte . . .

Wir müssen daran denken, daß die Psychologie des Produzenten, seine moralische Strenge, sein tätiger Enthusiasmus, sein Wille, sein moderner, zum Wetteifer mit dem Fortschritt der Technik geeigneter Intellekt – Kräfte von erstrangiger Bedeutung sind. Die Geisteshaltung des polnischen Arbeiters, der arbeitenden polnischen Bevölkerung

ist das eigentliche Terrain, auf dem sich der Kampf um unsere Eigenständigkeit abspielt. Hier ist unsere Basis. Der Automatismus der ökonomischen Entwicklung ist eine mythologische Karikatur der Marxschen Gedanken. Es geht nicht um diesen Automatismus, sondern um die Bedingungen, die er schafft. Um die Bedingungen, die das Leben, seine schöpferische Seite erfüllen muß. Sich auf den automatischen Lauf der Dinge zu verlassen, heißt, den prometheischen Funken dieses großen Denkers nicht zu verstehen. Marx erlaubt uns, nur die Bedingungen zu bestimmen, die über unseren Sieg oder unsere Niederlage, über unser Leben entscheiden. Unsere Arbeit, unsere im tiefsten Sinne dieses Wortes geschichtliche kulturelle Leistung kann allein entscheiden, was Polen in dieser eisernen, unaufhörlich wachsenden, mächtigen Welt sein wird ...
Wie unendlich schwach und feige wirkt, aus diesem Blickwinkel gesehen, unsere »aufrührerische« Literatur des »Jungen Polen«. Hinter den hochmütigen Worten zu den Aufgaben der Literatur verbirgt sich feige Huldigung für geistige Laster und Schwächen, die fast absolute Unfähigkeit, sich angesichts der historischen Aufgaben klar und männlich auszusprechen. Wo gibt es eine Antwort auf die Frage nach unserem Verhältnis zum Christentum, zum Katholizismus, zur Demokratie, zu den Problemen der Befreiung der Arbeit. Das »Junge Polen« lebt am Körper seiner Gesellschaft, die in den großen, geschichtlichen Organismus des sich wandelnden Europa eingewachsen ist, es lebt in einer Epoche, die unter der Last immer neuer Probleme nahezu zerbricht – und hat sich kein einziges Mal bemüht, in diesem entsetzlichen Chaos eine klare und rücksichtslose Orientierung zu finden. Irgend etwas ist da, und irgend etwas ändert sich, dieses »Irgend etwas« liefert uns individuelle Erlebnisse – das ist alles. Das ganze Problem wurde auf diese Weise sozusagen *unwissentlich* gestellt. Polen ist ein unendliches ästhetisches Experiment; der Zusammenstoß

unserer psychischen Struktur mit der modernen, uns ständig fremder werdenden Kultur muß immer mehr unvorhergesehene, einzigartige Seelenzustände erzeugen. Und das Verbrennen der Seelen im Feuerwerk des Lyrismus dauert fort, doch langsam schwindet das grundsätzliche Erlebnis, aus dem dieser Subjektivismus der Ohnmacht entstanden ist – der erste individuelle, unvorhergesehene Zusammenstoß mit dem Leben, der Vorrat an Erfahrungen, die ganz Europa in ein unverständliches, sich rund um die einsamen Seelen ausbreitendes Etwas verwandelt haben. Heute kommt man ohne Erfahrungen zu diesem Ergebnis, heute bezieht man *a priori* der Welt gegenüber den Standpunkt eines heiteren Nichtverstehens, und Langeweile erfüllt die Seele; wahrlich, es gibt keine weniger individuellen, inhaltleereren Wesen als diese jüngsten Individualisten. Hier spürt man bereits den Luftmangel, der dem Erstickungstod vorausgeht, hier spürt man ganz einfach, daß diese Leute »jenseits von Gut und Böse«, diese »Verschwender« laut gähnend nach irgendwelchen Erlebnissen suchen. Und die »Geschichtskatastrophen« spielen sich wie immer mit einer solchen Konsequenz ab, daß sie unbemerkbar den Sinn zerstören, mit dessen Hilfe sie hätten erfaßt werden können. Unsere eigene Geschichtslosigkeit zeigt uns die Geschichtslosigkeit überall, denn wir sehen in den Erscheinungen der Kultur nur, was mit unserem eigenen Verhältnis zu ihr zusammenhängt. Man muß die lebendige, von uns geschaffene Geschichte vor sich spüren, um die Geschichte außerhalb seiner selbst zu spüren, zu verstehen, zu sehen. Die Geschichtsverdrossenheit erzeugt geradezu die gegenteiligen Folgen, sie schafft eine künstliche Leere rund um das Werk der Kultur, sie isoliert es, trennt es von den Bedingungen ab, unter denen es entstanden ist . . .

Das »Junge Polen« hat sich mit der Schaffung einer Legende begnügt – ich will, daß die nationale Bedeutung der Literatur Wahrheit wird. Ich weiß, das Schicksal der Nation hängt hundertmal mehr vom polnischen Bauern und Arbeiter ab als von der polnischen Intelligenz, aber die Arbeit und der Kampf dieses Bauern wird erheblich leichter, wenn die Intelligenz *seine* Intelligenz ist und nicht wie bisher oder vielmehr *wie heute* vor allem sein Schmarotzer.

Die polnische Literatur muß den historischen Charakter der Arbeit verstehen, die die Nation leistet, um zu leben . . .

Die Literatur ist zum Zersetzungsfaktor jener Werte geworden, die zum Handeln führen, weil sie der Wahrheit gleichgültig gegenübersteht. Dem Menschen, der etwas tun will, geht es nicht darum, ob seine Anschauung neu und frisch ist, sondern ob sie dem Stand der Dinge entspricht, ob sie, als Grundlage des Handelns anerkannt, zu Fehlern führt oder aber zum Sieg. Eine Literatur, die sich mit dem Begriff der *Originalität* zufrieden gibt, behauptet damit, sie sei keine bewußte Organisation der Arbeit, sondern ein Mittel der Unterhaltung für Menschen, denen außer der Unterhaltung nichts mehr geblieben ist . . .

1910

Affenspiegel
Glossen von Adolf Nowaczyński

Viele Herrschaften sind darüber traurig, daß sie nicht mehr *fin de siècle* schreiben können; weil sie mit diesem Wort alles erklären durften, was sie nicht begreifen konnten.

Das in manchen Familien auch der Vater ein *enfant terrible* sein kann, dafür war Beispiel: das »Junge Polen« in Krakau.

Ließe sich das Leben um die Dreißig wenden, könnte man es noch mit Eleganz bis zum Tode weitertragen; so aber – läuft man ziemlich zerlumpt herum.

Biedere Modernisten reihen selbst ihre Halluzinationen bereits zu Zyklen.

1902–1904

Leichteres Kaliber
Aphorismen von Karol Irzykowski

Das Leben ist ein Provisorium, dennoch sollte man sich darin vernünftig einrichten.

Der Zauberkünstler gibt zehn Vorstellungen, führt alle seine Tricks vor – bis ihm der eine übrigbleibt: sein Werkstattgeheimnis zu verraten, das, was sich hinter dem Vorhang verbirgt. Das ist dann die allerletzte Vorstellung. So ist es auch in der Literatur: Kritik entzaubert.

Polnische Paradoxa? Zu viel der Ehre: einfach Unsinn und Ignoranz.

Wenn sich die Literaten untereinander im Zustand bellum omnium contra omnes befinden, dann deshalb, weil sie mit dem empfindlichsten Material arbeiten und jeden Stümper für einen Kirchenschänder halten.

Am besten konservieren ein Buch die Druckfehler. (Theorie eines Setzers.)

Jede Kultur zeigt eines Tages ihre traurige Wahrheit – die Wahrheit eines überladenen, aber leeren Magazins.

Ein Schlüssel bleibt uns nach allem doch zurück. Der Aphorismus – der Schlüssel zu den verlassenen (früheren) Behausungen.

(Einen Aphorismus, der uns im Profil gefällt, darf man nicht en face betrachten.)

Postscriptum.
Polen. O du mein Land, Land der lächelnden Sünden – wo sich der Mensch selbst am vollkommensten durch seinen Leichtsinn zugrunde richtet. Land, das an den Geist, der keine Erscheinungen hat, geglaubt hatte. Mein Land, Land Gottesritter, Land Regenbogen über dem blutigen Abgrund.

Stanisław Brzozowski, *Flammen*, 1908

ANHANG

BERENT, WACŁAW (1873-1940), Botaniker, Autor mehrerer Künstlerromane, deren Weltanschauung vom Gedankengut Nietzsches und altgriechischer, auch fernöstlicher Tradition geprägt ist. Sein Roman »Moder« (Próchno, 1903) wurde in der Zeitschrift »Chimera« 1901 als Modell jungpolnischer Prosa vorabgedruckt.
Décadence (dt. von Karl Dedecius) aus: »Próchno«, Warszawa 1956, S. 63, 170, 287.
Moder (dt. von Karl Dedecius) aus: »Próchno«, a.a.O.

BRZOZOWSKI, STANISŁAW (1878-1911), Philosoph, Publizist, Autor von Dramen und Romanen, radikaler Kritiker des »Jungen Polen« (Legenda Młodej Polski, 1910) und der »Hoffnungslosigkeit« der polnischen Intelligenz, sozialistisch engagierter Befürworter der »Philosophie der Arbeit«.
Ende der Legende (dt. von Klaus Staemmler) aus: »Legenda Młodej Polski«, Warszawa 1937, S. 126 f., 138, 151 f., 158 ff., 174 f., 180, 189 ff., 204, 402 f.

FELDMAN, WILHELM (1868-1919), Literarhistoriker und Kritiker, auch Dramatiker und Erzähler; eine seiner bedeutendsten Abhandlungen ist »Die polnische Literatur der Gegenwart« (dt. 1916).
Die Geburt einer Legende (dt. von Klaus Staemmler) aus: »Współczesna literatura polska 1864-1907«, Lwów 1908, S. 662 ff.
Zu Wyspiańskis Drama »Die Hochzeit« (dt. von Karl Dedecius) aus: »Krytyka« 1901, Bd. I, S. 341-344.
Zum Monolog »Fluch den Tränen!« (dt. neu gefaßt von Karl Dedecius) nach: S. Wyspiański, »Dramatische Werke«, Bd. I, Albert Langen–Georg Müller, München 1918.
Zu Wyspiańskis dramatischem Gedicht »Warschaulied« (dt. von Karl Dedecius) aus: W. Feldman, »O twórczości Stanisława Wyspiańskiego i Stefana Żeromskiego«, Warszawa 1905.
Zu Wyspiańskis Drama »Novembernacht« (dt. von Karl Dedecius) aus: »Krytyka« 1908, Bd. II, S. 505-509.

Bild und Musik in den Dramen von Stanisław Wyspiański (dt. neu gefaßt von Karl Dedecius) nach: S. Wyspiański, »Dramatische Werke«, Bd. I. © 1918 Albert Langen–Georg Müller, München.

GÓRSKI, ARTUR (1870-1959), Pseudonym: Quasimodo; Leitartikelverfasser der jungpolnischen Zeitschrift »Leben« (Życie) und Mentor der jungen Generation und ihrer Kunst. Veröffentlichte Klassiker-Monographien, kritische Beiträge, übersetzte Dante und Goethe.
Zueignung (Młoda Polska, dt. von Karl Dedecius) aus: »Programy i dyskusje literackie okresu Młodej Polski«, hrsg. von M. Podraza-Kwiatkowska, Wrocław 1973, S. 101 f.
Irrende Seelen (Błędne dusze, dt. von Karl Dedecius) aus: ebd., S. 557 f.

IRZYKOWSKI, KAROL (1873-1944), Schriftsteller und Literaturkritiker; sein Roman »Die Vogelscheuche« (Pałuba, 1903) war thematisch und kompositorisch höchst originell und eine Vorwegnahme der späteren psychoanalytischen Belletristik.
Leichteres Kaliber (dt. von Karl Dedecius) aus: »Aforystyka dwudziestolecia 1918-1939«, Warszawa 1976.
Aufzeichnungen aus dem Leben (dt. von Karl Dedecius) aus: »Notatki z życia, obserwacje i motywy«, Warszawa 1964, S. 133.

KASPROWICZ, JAN (1860-1926), Lyriker, Dramatiker, Übersetzer. Viele seiner Werke gehören bis heute zur Pflichtlektüre in den polnischen Schulen und zum festen Bestandteil der Anthologien, u. a. die 1899 in der Zeitschrift »Leben« veröffentlichten Hymnen »Dies irae« und »Heiliger Gott« (Święty Boże). Kasprowicz schrieb apokalyptische Visionen vom Untergang der Menschheit, Gedichte über die Natur, die Liebe und das Landleben.
Heiliger Vater! Heiliger Starker! (Święty Boże, święty mocny, dt. von Karl Dedecius) aus: »Poezje II«, Kraków 1958.
Die Ballade vom heldenhaften Pferd (O bohaterskim koniu i walącym się domie, dt. von Karl Dedecius) aus: »Dzieła wybrane«, Bd. 2, Kraków 1958.

KOMORNICKA, MARIA (1876-1949), Lyrikerin und Kritikerin, Autorin psychologischer »Skizzen« (Szkice, 1894), schrieb Abhandlungen über die Frau und über unverstandene Außenseiter.
Danksagung (Dziękczynienie, dt. von Karl Dedecius) aus: »Chimera«, Bd. 1, Warszawa 1901, S. 487 f.
Gott stirbt (Pan kona, dt. von Margaret Stisi) aus: »Baśnie. Psalmodie«, Warszawa 1900, S. 61 f.
Schwarze Flammen / Drei Bilder (Czarne płomienie, dt. von Karl Dedecius) aus: »Chimera«, Bd. 4, Warszawa 1901, S. 173, 180, 184 f.

KORAB-BRZOZOWSKI, STANISŁAW (1873-1901), Lyriker, Baudelaire-Übersetzer; das Gedicht »Kreuzigung« (Ukrzyżowanie) verbindet religiöse Empfindungen mit Elementen der sinnlichen Liebe; Brzozowskis Lyrik knüpft an barocke Elemente der polnischen Dichtkunst an.
Leere (Próżnia, dt. von Karl Dedecius) aus: »Młoda Polska. Wybór poezji«, hrsg. von T. Boy-Żeleński, Wrocław 1947.
Das Letzte Abendmahl (Ostatnia wieczerza, dt. von Karl Dedecius) aus: »Poezje zebrane«, Kraków 1978.
Kreuzigung (Ukrzyżowanie) aus: Polnische Poesie des 20. Jahrhunderts. Herausgegeben und übertragen von Karl Dedecius. © 1964 Carl Hanser Verlag, München.
Die Nacht naht (Nadchodzi noc, dt. von Karl Dedecius) aus: »Poezje zebrane«, a.a.O.

LEMAŃSKI, JAN (1866-1933), Satiriker, Übersetzer, vor allem Fabeldichter, der alte Fabeln ironisch aktualisiert und mit paradoxen Pointen auflädt.
Nachbarn (Sąsiedzi, dt. von Karl Dedecius) aus: »Wybór bajek«, Warszawa 1956.
Kleine Fabeln (Pustelnik i niedźwiedź; Kto raz skłamie, ten skłamie i drugi raz; Przyjaciele; Orzeł i kruk; Młynarz, syn jego i osieł; Gołąbek i pszczółka, dt. von Karl Dedecius) aus: »Wybór bajek«, a.a.O.

LEŚMIAN, BOLESŁAW (1878-1937), Lyriker. Natur, Traum und Tod gehören zu den häufigsten Motiven seiner Werke, die den Einfluß der französischen Symbolisten erkennen lassen.

Dem unbekannten Gott (Nieznanemu Bogu, dt. von Karl Dedecius) aus: »Poezje«, Warszawa 1965.

MATUSZEWSKI, IGNACY (1858-1919), Literaturkritiker des »Jungen Polen«, Interpret dieser Epoche aus psychologischer, sozialer und ästhetischer Sicht; schrieb Abhandlungen über »Kunst und Gesellschaft« (1899), »Stimmung, Suggestion und Symbol«, »Słowacki und die neue Kunst« (1902).
Kunst und Gesellschaft (Sztuka i społeczeństwo, dt. von Karl Dedecius) aus: »Programy i dyskusje literackie okresu Młodej Polski«, hrsg. von M. Podraza-Kwiatkowska, Wrocław 1973, S. 256 f.

MICIŃSKI, TADEUSZ (1873-1918), Lyriker, Dramatiker mit Neigung zu Okkultismus und Mystik. Wegbereiter des polnischen Expressionismus und Surrealismus. Seine Gedichte (»Im Sterndämmer« – W mroku gwiazd, 1902) und Theaterstücke beschreiben das metaphysische Duell zwischen Gut und Böse.
Ananke (dt. von Karl Dedecius) aus: »Poezje«, Kraków 1980.
Es flackern goldene Pomeranzen (Migocą złote pomarańcze) aus dem Zyklus »Gestürzter des Himmels« in: Polnische Poesie des 20. Jahrhunderts. Herausgegeben und übertragen von Karl Dedecius. © 1964 Carl Hanser Verlag, München.
Melancolia (dt. von Karl Dedecius) aus: »Poezje«, a.a.O.
Polnische Freimaurer (Wolnomularze polscy, dt. von Karl Dedecius) aus: »Poezje«, a.a.O.
Es tagt (Już świt, dt. von Karl Dedecius) aus: »Poezje«, a.a.O.
Ama (dt. von Karl Dedecius) aus: »Poezje«, a.a.O.
Am Meer (Stanąć tak nad morzem, dt. von Karl Dedecius) aus: »W mroku gwiad«, Kraków 1902.
Zwei lunatische Gedichte (Na księżycu czarnym wiszę; Księżycu, dt. von Karl Dedecius) aus: »Poezjé a.a.O., bzw. »Ateneum«, Heft IX-X, Warszawa 1903.
Der Korsar (Korsarz, dt. von Karl Dedecius) aus: »Poezje«, a.a.O.

NAŁKOWSKI, WACŁAW (1851-1911), Wissenschaftler und Publizist, Mitautor des Buches »Die Vorposten« (Forpoczty), das er 1895 mit Maria Komornicka und C. Jellenta herausgab. Mit-

arbeiter der Zeitschrift »Die Stimme« (Głos), wurde u. a. durch seine Kritik an dem Positivisten Henryk Sienkiewicz bekannt.
Der neue Mensch und die Höhlenbewohner (dt. von Karl Dedecius) aus: »Forpoczty ewolucji psychicznej i tryglodyci«, 1895; zitiert nach: »Programy i dyskusje literackie okresu Młodej Polski«, hrsg. von M. Podraza-Kwiatkowska, Wrocław 1973, S. 16-27.

NOWACZYŃSKI, ADOLF (1876-1944), Schriftsteller, aggressiver Satiriker und Pamphletist: »Affenspiegel« (Małpie zwierciadło, 1902), »Eulenspiegelspäße« (Facecje sowizdrzalskie, 1903); schrieb auch historische Dramen.
Liberum veto (dt. von Karl Dedecius) aus: »Małpie zwierciadło«, Bd. 1, Kraków 1974, passim.
Eine Glosse (dt. von Karl Dedecius) aus: »Facecje sowizdrzalskie«, Kraków 1974, S. 311.
Przybyszewski und andere Pornologen (dt. von Karl Dedecius) aus: »Facecje sowizdzalskie«, a.a.O., S. 302.
Philister (dt. von Karl Dedecius) aus: »Skotopaski sowizdrzalskie«, a.a.O., passim.
Frau Zapolskas – und überhaupt das polnische Theater (dt. von Karl Dedecius) aus: »Facecje sowizdrzalskie«, a.a.O., S. 404 ff.
Spießbürgertum (dt. von Karl Dedecius) aus: »Facecje sowizdrzalskie«, a.a.O., S. 378.
Normale Menschen (dt. von Karl Dedecius) aus: »Skotopaski sowizdrzalskie«, a.a.O., passim.
Anerkennung (dt. von Karl Dedecius) aus: »Facecje sowizdrzalskie«, a.a.O., S. 375 f.
Affenspiegel / Glossen (dt. von Karl Dedecius) aus: »Aforyzmy sowizdrzała«, a.a.O., S. 51, 55.

ORKAN, WŁADYSŁAW (1875-1930), Dichter des Bauerntums, schrieb Novellen (»Am Bergsturz« – Nad urwiskiem), realistische Romane über die Tatrabauern, zum Teil im Dialekt, sowie Dramen.
Ein Herkules der Neuzeit (Herkules nowożytny, dt. von Karl Dedecius) aus: »Obraz literatury polskiej. Młoda Polska«, Bd. 3, Kraków 1973, S. 122 f.
Am Bergsturz (Nad urwiskiem, dt. von Karl Dedecius) aus: »Obraz literatury polskiej . . .«, a.a.O., S. 119 f.

OSTROWSKA, BRONISŁAWA (1881-1928), Schriftstellerin, Lyrikerin und Übersetzerin, mit den französischen Symbolisten vertraut. 1902 erregte ihr Gedichtband »Opale« Aufsehen.
Welten / Zwei Gedichte (Światy; Magdaleno, ciszo polna, dt. von Jeannine Łuczak-Wild) aus: »Poezje wybrane«, Warszawa 1976.
Aus der nachgelassenen Kladde (Widzieć krew ściekającą żłobionym, dt. von Karl Dedecius) aus: »Poezje wybrane«, a.a.O.

PRZESMYCKI, ZENON (1861-1944), Pseudonym: Miriam; Literaturkritiker, Lyriker, Übersetzer, Herausgeber der wichtigsten Modernistenzeitschrift »Chimera« (1901-1907), setzte sich für die reine Kunst ein, lehnte jede ideologische Bindung ab, förderte den Symbolismus.
Pro arte (dt. von Karl Dedecius) aus: »Pro arte«, Warszawa 1914; zitiert nach: »Obraz literatury polskiej. Młoda Polska«, Bd. 1, Kraków 1973, S. 174 ff.
Nacht im Walde (dt. von Marek Scherlag) aus: »Moderne polnische Lyrik«, hrsg. von Lorenz Scherlag. © by 1923 Amalthea-Verlag, Zürich, Leipzig, Wien.

PRZYBYSZEWSKI, STANISŁAW (1868-1927), schillerndste Gestalt seiner Epoche, Triebfeder der jungpolnischen Kunst, bekannt in der Berliner Bohème, Redakteur der Krakauer Literaturzeitschrift »Leben« (Życie), schrieb Abhandlungen und Manifeste, auch in deutscher Sprache (»Zur Psychologie des Individuums«, Berlin 1892), Dramen (»Schnee« – Śnieg, 1903) und Romane.
Confiteor (dt. von Karl Dedecius) aus: »Programy i dyskusje literackie okresu Młodej Polski«, hrsg. von M. Podraza-Kwiatkowska, Wrocław 1973, S. 235 ff.
Sumpffieber (dt. von Karl Dedecius) aus: »Synowie ziemi«, in »Chimera«, Bd. 1, Warszawa 1901, S. 62, 83 f., 89 ff.
Requiem aeternam (dt. von Karl Dedecius) aus: »Obraz literatury polskiej. Młoda Polska«, Bd. 2, Kraków 1973, S. 129.
Am Fjord (dt. von Karl Dedecius) aus: »Poezje prozą«, Warszawa 1902.
Am Meer (dt. von Karl Dedecius) aus: »Życie« 1897, Nr. 5.

Chopin und die polnische Seele aus: »Von Polens Seele«, Eugen Diederichs Verlag, Jena [Köln] 1917.

REYMONT, WŁADYSŁAW STANISŁAW (1867-1925), Dichter, Autodidakt, begann mit naturalistischen Erzählungen; sein vierteiliges Hauptwerk »Die Bauern« (Chłopi, 1904-1909), ein von homerischer Epik und von Mickiewicz beeinflußtes kraftvolles Bild des polnischen Bauernlebens, wurde 1924 mit dem Nobelpreis ausgezeichnet.
Antek und Jagna (dt. von Jean Paul d'Ardeschah) aus: »Die Bauern«, Berlin, Darmstadt, Wien 1959, S. 851 ff., 258 ff. Mit Genehmigung des Diederichs Verlags, Köln.
Frühling. Sommer. Herbst. Winter (dt. von Karl Dedecius) aus: »Chłopi«, Bd. 1, Warszawa 1953, S. 8 ff., 261 ff., Bd. 2, S. 7 f., 334 ff.
Aus dem Tagebuch einer Pensionatstochter (dt. von Margaret Stisi) aus: »Z pamiętnika«, Warszawa, Kraków 1903.

ROLICZ-LIEDER, WACŁAW (1866-1912), Lyriker, studierte Orientalistik in Paris, war in Polen lange Zeit unbekannt, fand erst dank der Freundschaft mit Stefan George, der seine Gedichte ins Deutsche übertrug, in seiner Heimat Resonanz. Mit dem »Jungen Polen« verband ihn das Verlangen nach einer reinen, ideologisch ungebundenen Kunst.
Hier ist die bei nacht zirpende halle (dt. von Stefan George) aus: Stefan George »Zeitgenössische Dichter Übertragungen. Zweiter Teil«, Helmut Küpper, vormals Georg Bondi, Düsseldorf, München 1968. Mit Genehmigung des Klett-Cotta Verlages, Stuttgart.
Ich bin ein Satyr (Ja jestem satyr, dt. von Karl Dedecius) aus: »Poezja Młodej Polski«, hrsg. von M. Jastrun, Wrocław 1967.
Erinnerung an den Genfer See (Wspomnienie Lemanu, dt. von Karl Dedecius) aus: »Wybór poezji«, Kraków 1962.

RYDEL, LUCJAN (1870-1918), Dichter, Dramatiker, Prosaist, eines der jungpolnischen Originale des Krakauer Milieus; seine Hochzeit mit einem Bauernmädchen gewann durch Wyspiańskis Drama »Die Hochzeit« Symbolcharakter.

Herbst (dt. von Marek Scherlag) aus: »Moderne polnische Lyrik«, hrsg. von Lorenz Scherlag. © by 1923 Amalthea-Verlag, Zürich, Leipzig, Wien.

STAFF, LEOPOLD (1878-1957), Lyriker, Dramatiker und Übersetzer. Sein Gedichtband »Träume von der Macht« (Sny o potędze, 1901) war eine energische und klare Absage an die pessimistischen Tendenzen in der Literatur des »Jungen Polen«.
Schmied (Kowal, dt. von Karl Dedecius) aus: »Poezja Młodej Polski«, hrsg. von M. Jastrun, Wrocław 1967, S. 304.
Die Genesung des Jahrhundertendes (Rekonwalescencja końca wieku, dt. von Karl Dedecius) aus: »Programy i dyskusje literackie okresu Młodej Polski«, hrsg. von M. Podraza-Kwiatkowska, Wrocław 1973, S. 558 ff.
Stoa / Aus dem Zyklus »Auf den Spuren antiken Fußes« (Śladem stopy antycznej, dt. von Karl Dedecius) aus: »Uśmiechy godzin«, Lwów 1910.

TETMAJER, KAZIMIERZ (1965-1940), Dichter, einer der bedeutendsten Vertreter des »Jungen Polen« und der Dekadenz. Seine Gedichte sind Ausdruck von Hoffnungslosigkeit, Schwermut und Lebensüberdruß, meisterhaft in der Wiedergabe von Gefühlen und Stimmungen der Generation, insbesondere in der Natur- und Liebeslyrik. Beliebt war sein Erzählzyklus »Im felsigen Podhale« (Na skalnym Podhalu, 1903-1910).
Zwei Gedichte (Zamyślenia; Nie wierzę w nic, dt. von Karl Dedecius) aus: »Poezje«, Warszawa 1974.
Evviva l'arte (dt. von Karl Dedecius) aus: »Poezje«, a.a.O.
Hymne an die Liebe (Hymn do miłości, dt. von Karl Dedecius) aus: »Poezje«, Seria II, Warszawa 1914.
Ich mag's (Lubię, kiedy kobieta, dt. von Karl Dedecius) aus: »Poezje«, Warszawa 1974.
Von der Tatra (Pod śniegu srebrnym puchem; Zaszumiał, dt. von Carl von Pentz) aus: »Es leuchten die Sterne. Eine Auswahl aus den Gedichten von Maria Konopnicka, Kazimierz Przerwa-Tetmajer und Teofil Lenartowicz«, ohne Ort, 1950.
Das Meer der Liebe (dt. von Carl von Pentz) aus: »Es leuchten die Sterne«, a.a.O.

Der Schatten Chopins (Cień Chopina, dt. von Carl von Pentz) aus: »Es leuchten die Sterne . . .«, a.a.O.
Heut (Dziś, dt. von Karl Dedecius) aus: »Poezje«, Warszawa 1974.
Hymne an das Nirwana (Hymn do Nirwany, dt. von Karl Dedecius) aus: »Poezje«, Seria II, Warszawa 1914.
Aphorismen (dt. von Karl Dedecius) aus: »Aforystyka dwudziestolecia 1918-1939« Warszawa 1976.

WOLSKA, MARYLA (1873-1930), studierte in München Malerei, schrieb Gedichte und Novellen, war von Tetmajer, Staff und Kasprowicz beeinflußt: »Herbstsymphonie« (Symfonia jesienna, 1901), »Das Fest der Sonne« (Święto słońca, 1903).
Andante (dt. von Karl Dedecius) aus: »Poezje wybrane«, Warszawa 1974.

WYSPIAŃSKI, STANISŁAW (1869-1902), Dramatiker, Dichter und Maler; seine symbolistisch-expressionistischen Dramen variieren mit Ernst oder Ironie nationale Mythen und geschichtliche Themen, verknüpfen disparate Motive und Teile zu einer neuen harmonischen Einheit: »Die Hochzeit« (Wesele, 1901), »Warschaulied« (Warszawianka, 1898), »Die Befreiung« (Wyzwolenie, 1903).
Nacht (Noc, dt. von Karl Dedecius) aus: »Młoda Polska, wybór poezji«, hrsg. von T. Boy-Żeleński, Wrocław 1947.
Daniel aus: Polnische Poesie des 20. Jahrhunderts. Herausgegeben und übertragen von Karl Dedecius. © 1964 Carl Hanser Verlag, München.
Fluch den Tränen! (Wyzwolenie, dt. von Karl Dedecius) aus: »Dzieła zebrane«, Bd. 2, Kraków 1958.
Warschaulied (Warszawianka, dt. von Stanisław von Odrowonsch) aus: Stanisław Wyspiański, »Dramatische Werke«, Bd. 1. © 1918 Albert Langen–Georg Müller, München.
Novembernacht (dt. von Stanisław von Odrowonsch) aus: »Dramatische Werke«, a.a.O.
Veni creator (dt. von Karl Dedecius) aus: »Nowa Reforma«, Nr. 125, Warszawa 1906.
Die Heimkehr des Odysseus (Powrót Odysa, dt. von Karl Dedecius) aus: »Wybór poezji«, Kraków 1979.

ZAPOLSKA, GABRIELA (1857-1921), Schriftstellerin und Schauspielerin; trat für die Gleichberechtigung der Frau ein. Vom Naturalismus beeinflußt, zeigt sie die Tragik der Armut und entlarvt die verlogene moralische Fassade der bürgerlichen Gesellschaft. Sie schrieb Dramen (»Die Moral der Frau Dulska« – Moralność pani Dulskiej, 1907) und Romane.
Kathrin, die Karyatide (dt. von Karl Dedecius) aus: »Kaśka Kariatyda«, Kraków 1977, S. 299 ff.
Die Moral der Frau Dulska (dt. von Karl Dedecius) aus: »Moralność pani Dulskiej«, Wrocław 1978.

ZAWISTOWSKA, KAZIMIERA (1870–1902), Lyrikerin, Übersetzerin, stand im Einflußbereich von Baudelaire, Verlaine und der Symbolisten, war ständige Mitarbeiterin der jungpolnischen Zeitschriften »Leben«, »Kritik« und »Chimera« und zeichnete sich besonders in erotischen und Stimmungsgedichten aus, die vor allem die Psyche der Frau zum Thema haben.
Panagia (dt. von Jeannine Łuczak-Wild) aus: »Poetki Młodej Polski«, Warszawa 1963.

ŻELEŃSKI, TADEUSZ (1874-1941), Pseudonym: Boy; Literatur- und Theaterkritiker, Satiriker und Übersetzer. Autor der Lieder- und Gedichtsammlung »Wörter« (Słówka, 1913), Mitarbeiter des Kabaretts »Der grüne Luftballon« in Krakau. Seine Eindrücke und Anmerkungen zum »Jungen Polen« enthält das kritisch-satirische Buch »Kennst du das Land?« (Znasz-li ten kraj, 1932).
Alkohol und Musik (dt. von Karl Dedecius) aus: »Znasz-li ten kraj«, Kraków 1962, S. 99 ff.

ŻEROMSKI, STEFAN (1864-1925), Publizist, Schriftsteller und Dramatiker. Zu seinen bekanntesten Werken gehören die Romane »Sisyphusarbeit« (1898), »Die Heimatlosen« (1900) und »Asche« (1904), die naturalistisch-symbolistische Darstellungsart kennzeichnet.
Das Vaterland (dt. von Karl Dedecius) aus: »Dzienniki«, Bd. 2, Warszawa 1954, S. 14 f.
Der Traum vom Degen (Sen o szpadzie, dt. von Karl Dedecius) aus: »Opowiadania«, Warszawa 1963, S. 208 ff.

ŻYWICKI, K. R. (LUDWIG KRZYWICKI) (1859-1951), bedeutender Vertreter der polnischen Sozialwissenschaften, Aktivist und Publizist der Arbeiterbewegung, interpretierte die literarischen Strömungen seiner Zeit.
Die Kunst und die Nicht-Kunst (O sztuce i nie-sztuce, dt. von Karl Dedecius) aus: »Programy i dyskusje literackie okresu Młodej Polski«, hrsg. von M. Podraza-Kwiatkowska, Wrocław 1973, S. 266, 272 f.

Die Illustrationen dieses Bandes stammen aus der polnischen Literaturzeitschrift *Chimera* (1901-1907).

INHALT

Vorwort von Karl Dedecius 7

Anfang einer Legende 15
Zwei Gedichte von Kazimierz Tetmajer 17
Zueignung von Artur Górski 19
Confiteor von Stanisław Przybyszewski 21
Kunst und Gesellschaft von Ignacy Matuszewski 23
Der neue Mensch und die Höhlenbewohner von Wacław Nałkowski 25
Pro arte von Zenon Przesmycki 31
Die Geburt einer Legende von Wilhelm Feldman 36
Leichteres Kaliber von Karol Irzykowski 41

Bohème 43
Sumpffieber von Stanisław Przybyszewski 45
Décadence von Wacław Berent 50
Ananke von Tadeusz Miciński 51
Moder von Wacław Berent 52
Evviva l'arte von Kazimierz Tetmajer 62
Alkohol und Musik von Tadeusz Żeleński 63
Leichteres Kaliber von Karol Irzykowski 67

Chimären 69
Nacht von Stanisław Wyspiański 71
Ein Herkules der Neuzeit von Władysław Orkan 72
Leere von Stanisław Korab-Brzozowski 75
Zu Wyspiańskis Drama »Die Hochzeit« von Wilhelm Feldman 76
Am Bergsturz von Władysław Orkan 83
Es flackern goldene Pomeranzen von Tadeusz Miciński 85
Melancolia von Tadeusz Miciński 86
Liberum veto von Adolf Nowaczyński 88

Gott und Teufel 89
Polnische Freimaurer von Tadeusz Miciński 91
Es wächst mein Glaube von Wacław Rolicz-Lieder 92
Kathrin, die Karyatide von Gabriela Zapolska 93
Heiliger Vater! Heiliger Starker! von Jan Kasprowicz 97
Es tagt von Tadeusz Miciński 103
Dem unbekannten Gott von Bolesław Leśmian 104
Danksagung von Maria Komornicka 106
Gott stirbt von Maria Komornicka 108
Das Vaterland von Stefan Żeromski 110
Das Letzte Abendmahl
von Stanisław Korab-Brzozowski 112
Eine Glosse von Adolf Nowaczyński 113
Aufzeichnungen aus dem Leben von Karol Irzykowski 114
Leichteres Kaliber von Karol Irzykowski 115

Hedonie 117
Das Meer der Liebe von Kazimierz Tetmajer 119
Antek und Jagna von Władysław Stanisław Reymont 120
Hymne an die Liebe von Kazimierz Tetmajer 124
Schwarze Flammen Drei Bilder von Maria
Komornicka 127
Requiem aeternam von Stanisław Przybyszewski 130
Ich bin ein Satyr von Wacław Rolicz-Lieder 132
Am Meer von Stanisław Przybyszewski 133
Ich mag's von Kazimierz Tetmajer 135
Ama von Tadeusz Miciński 136
Przybyszewski und andere Pornologen
von Adolf Nowaczyński 138
Kreuzigung von Stanisław Korab-Brzozowski 139
Leichteres Kaliber von Karol Irzykowski 140

Natur 141
Andante von Maryla Wolska 143
Panagia von Kazimiera Zawistowska 144
Von der Tatra von Kazimierz Tetmajer 145

Erinnerung an den Genfer See
von Wacław Rolicz-Lieder 147
Frühling. Sommer. Herbst. Winter
von Władysław Stanisław Reymont 148
Herbst von Lucjan Rydel 156
Am Fjord von Stanisław Przybyszewski 157
Am Meer von Tadeusz Miciński 158
Nachbarn von Jan Lemański 159
Nacht im Walde von Zenon Przesmycki 161
Die Nacht naht von Stanisław Korab-Brzozowski 162
Nachruf auf Stanisław Brzozowski von der Redaktion der
Zeitschrift »Chimera« 163
Welten Zwei Gedichte von Bronisława Ostrowska 165
Leichteres Kaliber von Karol Irzykowski 167

Spießer 169
Die Kunst und die Nicht-Kunst von K. R. Żywicki 171
Philister von Adolf Nowaczyński 173
Die Moral der Frau Dulska von Gabriela Zapolska 174
Frau Zapolska – und überhaupt das polnische Theater
von Adolf Nowaczyński 182
Aus dem Tagebuch einer Pensionatstochter
von Władysław Stanisław Reymont 184
Spießbürgertum von Adolf Nowaczyński 187
Kleine Fabeln von Jan Lemański 188
Normale Menschen von Adolf Nowaczyński 191

Träume von der Macht 197
Schmied von Leopold Staff 199
Die Genesung des Jahrhundertendes von Leopold Staff 200
Daniel von Stanisław Wyspiański 202
Zum Monolog »Fluch den Tränen!«
von Wilhelm Feldman 203
Fluch den Tränen von Stanisław Wyspiański 205
Zu Wyspiańskis dramatischem Gedicht »Warschaulied«
von Wilhelm Feldman 207

Warschaulied von Stanisław Wyspiański 209
Stoa von Leopolf Staff 213
Zu Wyspiańskis Drama »Novembernacht«
von Wilhelm Feldman 215
Novembernacht von Stanisław Wyspiański 217
Bild und Musik in den Dramen von Stanisław Wyspiański
von Wilhelm Feldman 222
Irrende Seelen von Artur Górski 226
Veni creator von Stanisław Wyspiański 227
Der Traum vom Degen von Stefan Żeromski 229
Anerkennung von Adolf Nowaczyński 230
Leichteres Kaliber von Karol Irzykowski 231

Weltschmerz 233
Zwei lunatische Gedichte von Tadeusz Miciński 235
Der Schatten Chopins von Kazimierz Tetmajer 236
Chopin und die polnische Seele
von Stanisław Przybyszewski 237
Heut von Kazimierz Tetmajer 241
Hymne an das Nirwana von Kazimierz Tetmajer 242
Der Korsar von Tadeusz Miciński 244
Die Ballade vom heldenhaften Pferd
von Jan Kasprowicz 245
Aus der nachgelassenen Kladde
von Bronisława Ostrowska 249
Die Heimkehr des Odysseus von Stanisław Wyspiański 250
Aphorismen von Kazimierz Tetmajer 251
Leichteres Kaliber von Karol Irzykowski 252

Ende der Legende 253
Ende der Legende von Stanisław Brzozowski 255
Affenspiegel von Adolf Nowaczyński 267
Leichteres Kaliber von Karol Irzykowski 268

Anhang 271
Autoren- und Quellenhinweise 273